世纪兰音

西北师范大学
教师诗词选

主　编◎赵逵夫

副主编◎尹占华　伏俊琏

甘肃文化出版社

图书在版编目（CIP）数据

世纪足音 ：西北师范大学教师诗词选 ／ 赵逵夫主编
．－－ 兰州 ：甘肃文化出版社，2022.12
ISBN 978-7-5490-2546-6

Ⅰ．①世… Ⅱ．①赵… Ⅲ．①诗词－作品集－中国－
当代 Ⅳ．①I227

中国版本图书馆CIP数据核字(2022)第191665号

世纪足音：西北师范大学教师诗词选

赵逵夫 | 主编

责任编辑 | 鲁 小 娜
封面设计 | 苏 金 虎

出版发行 | 甘肃文化出版社
网　　址 | http://www.gswenhua.cn
投稿邮箱 | gswenhuapress@163.com
地　　址 | 兰州市城关区曹家巷 1 号 | 730030（邮编）

营销中心 | 贾　莉　王　俊
电　　话 | 0931-2131306

印　　刷 | 深圳市国际彩印有限公司
开　　本 | 889 毫米 ×1194 毫米 1/16
字　　数 | 260 千
印　　张 | 25.25
版　　次 | 2022 年 12 月第 1 版
印　　次 | 2022 年 12 月第 1 次
书　　号 | ISBN 978-7-5490-2546-6
定　　价 | 98.00 元

前　　言

　　1986年我在一本书的注文中看到王汝弼先生的一篇《左徒考》刊登在《国立西北师范学院学术季刊》第二期上。我遍查校图书馆检索目录，都没有此刊物。后来图书馆领导特许我到书库去找。我踩着高凳子把架在书架顶上的十几捆未清理、登记的旧杂志和一般印刷品（有些是油印材料）一一翻过，用了几天的工夫，终于找齐了这个刊物的创刊号和第二、第三期。也一面找，一面读，发现了其他一些西北师院校史材料（有些是城固时期、西安时期的，有的甚至是由北京带来的）。西北师院独立建置之始，各方面困难很大，物价又暴涨。《学术季刊》创刊号出版于1942年3月，每本定价8元，外埠另加邮费1元；第二期出版于1946年1月，定价每本700元，外埠另加邮费200元；第三期已无力出版，是由当时的两个杂志《西北论坛》与《新光》各让出一期，合出为《国立西北师范学院学术季刊》第三期。但在这么困难的情况下，仍然重视学术研究，刊布学术成果。我想：有这样的精神，什么事干不成？目前学校总结西北师大的精神，有"崇尚学术"和"艰苦奋斗"两条，我认为十分正确。当时还令我感到惊异的是：在那样颠沛流离、连稳定的校舍都没有的情况下，老师们还写诗以抒发抗日的激情，记迁徙之行程，反映教学生活，表现其敬业、坚强、乐观的精神。阅读那些尘封故纸中的诗作，真叫人感动。当时曾想：如果把这些诗介绍出来，既对青年教师、学生是一个教育，也是"校史"生动的内容。我后来写了一篇《介绍关于西北师院兰州分院始业纪念的一首词》，当年校庆时，将顾学颉作于1941年12月的《兰陵王》介绍给大家，刊在《西北师院报》总第三十三期（1987年12月）上（该文重刊于《飞天》2002年第7期《百年校庆·文史辉煌》专栏）。后校报主编杨文杰又向我约稿，我觉得将西北师院早期的学报《学术季刊》介绍出来意义更大，所以在1988年至1989年初又在校报上连刊了五篇《西北师院学报史漫谈》。后《西北师大学报》编辑部有关同志根据我的这几篇文章将我校学报的创刊时间定在1942年3月，并将学报按年编卷，以1942年的《学术季刊》为第一卷第一期。本来还想写几篇介绍三四十年代老师们诗词的小文章，但因为此后工作太忙，一直未能动笔。

1998年，学校准备在1999年举行大型校庆。于是，中文系党政联席会议决定，由我主编，尹占华、伏俊琏教授协助，编《西北师大教师诗词选》，与此前已着手进行的《西北师大校友诗选》同时在校庆前完成。后来在工作进行中发现，如一般地选编一些诗词作品比较容易，要编一部收录比较全面的《西北师大教师诗词选》则困难很大。主要是一些老先生早已去世，有的则很早就调离，而五六十年代的老师们由于政治气候的原因很少写诗，更少公开发表；材料也不全。要把各个阶段老师们的重要作品搜集齐全，几乎不可能。后来学校大庆时间推迟，故我们又有了三年的时间。今当西北师大百年校庆来临之际，此书终于编成。反复阅读其中老一辈学者的诗词，感受很多。下面略述自己粗浅的体会。

一、我认为这是一部诗史。首先，它反映了西北师院独立设置以来六十多年风风雨雨、艰苦奋斗、不断发展的历程。说到其中"史"的意识，最突出的是黎锦熙先生的一系列作品。黎先生不仅对北平师大西迁西安、再迁城固、再迁兰州及当时发生的较重大事件都有诗记之，且每诗均有详注，说明当时形势及诗中具体所指，是以诗代记，以诗述史。如《夏兴八首拟杜戏作》第八首注云：

去年（一九三七年）冬始抵西安，今年春即南迁此间，……
时北方各中学多组织服务团来西北，闻将选编数千人军训抗日，主张推动爱国的社会教育。为通俗计，正根据北方曲韵"十三辙"
分编国音新韵十八部，改"一东"为"十八龙"。

黎先生所编《中华新韵》是对诗韵的重大改革，影响至为深远。从此，
旧体诗的创作才在"平水韵"之外又有了一个切近于今日语音实际的韵部。
1965年中华书局上海编辑所编《诗韵新编》，就是依照《中华新韵》编成，
其他的各种新编韵书也全出于黎书。而这部书的产生，完全出于黎先生抗日
爱国之心，为了当时的抗日宣传更能深入到广大人民群众中去。黎先生的八
首拟杜之作苍凉沉郁，充满忧国、爱校之情，其感人之深，不亚于少陵《秋
兴八首》。又其《兰州慕少堂（寿祺）席间赠诗依韵和答》一首开头即为"正
月三日滞兰州"。其注文附按云："城固西北师院自一九四一年起，分期迁设
兰州，特来此讲课半年。"则兰州分院一开始招生，黎先生即专程来授课，
在兰州度过春节，故甘肃著名学者慕寿祺先生设宴以招待。这种重教、敬业
的精神，是永远值得我们学习的。城固应是从1941年起即停止招生且前半年
尚为一年级（后半年升二年级）者已迁徙于兰州，故城固学生人数年年减少，
1943年是最后一届毕业，黎先生有《题欢送毕业同学壁报》一首：

> 战鼓声中又送行，汉江滚滚拥孤城。
> 相欺无负凌云志，万里中原共月明。

西北师院就是在抗日的战鼓声中改建和发展起来的，热爱祖国、艰苦
奋斗是西北师院传统精神。《再度陇至兰州》（四首）、《端午诗人节兰州千
龄诗社小集》等也俱有助于了解西北师院20世纪40年代的状况。

黎先生写由西安到兰州路途之艰辛的作品也不少。如其第二首云：

> ……车行经醴泉，白雨来纷披。
> 电丝断难续，下座共推跻。
> 饥肠损膂力，三牛推挽之。
> 守望有高台，夜驻无危疑。
> 前后不巴村，晰㹀望若棋。

> 忽来一老农，云有物相贻。
>
> 众询是馍否？探囊出电丝。
>
> 大喜真过望，乾州息乏疲。

第一首中诗人说"抱病登长途"，注中言作者路过平凉之时，雨后同袁敦礼先生一同到平凉师范参观暖泉，"校长即集合学生四百人请讲于其新建大礼堂"。可见西北师院在迁校过程中，也传播学术，宣传抗日，推动文化的发展。第四首云：

> ……砭骨来雪风，冻馁成僵瘫。
>
> 绨袍感友朋，竟同范叔寒。
>
> 静宁一日程，深夜抵皋兰。

注云：

> 六盘山头皆雪，仅着毛绳褂裤，车中感寒而慄，至静宁，病不能兴。志仁（逵夫按：袁敦礼先生字）为我往县中学求医，校长王君等偕至，并假以皮帽毛毯，包裹身首。未明登车，过华家岭，车无窗板，风极凛冽，幸当夜十时即抵兰州矣。此次度陇来兰系结束西北师院最末一次迁校工作，不复返城固矣。

末署1944年10月。这可以说是最翔实的史料。没有任何一本史书能将西北师大的搬迁过程写得这样具体生动。这是真正的史诗，是反映西北师大早期历史的史诗。从1937年至1945年，黎先生作诗一百三十首，自言是"八年存史资"（《端午诗人节兰州千龄诗社小集》）。这是西北师院宝贵的史料，也是宝贵的精神与文化的遗产。

顾学颉先生是学校由城固迁兰中，第一批到兰州的教师。他的《兰陵王·师大卅九周年暨西北师院兰州分院始业纪念》作于1941年西北师院兰州分院所招第一届学生始业之时。题目中即将"师大（北平师大）"同"西北师院"联系在一起，正说明了西北师院历史同北平师大（今北京师范大学）的密不可分。词中写了抗战中师大西迁的历史，揭露敌人的凶残，通过宣传教育鼓舞人民奋力抗战、争取胜利的决心。《闻长沙第三大捷》更是表现出一个爱国知识分子对时局的关注和听到打击日寇取得重大胜利后无比喜悦的心情。叶丁易先生和诗表现了同样的思想感情。这充分地体现出西北师大的爱国传统。

叶丁易先生的《平凉柳湖》是由城固迁兰途中所作，在艰难的旅途中表现出乐观的情绪。其中提到清初著名诗人宋琬，因为宋琬曾官于秦州。《安宁堡看桃花》作于1942年5月前后。安宁堡仁寿山桃树从山下至山上一大片，桃花盛开之时有桃花会，诗中所表现的情绪复杂，颇可玩味。其《离兰赴蜀》一诗曾使我十分感动。1986年后半年我带病到临泽为那里的一个语文班上课一个学期，曾抄此诗贴在宿舍墙上，日暮独吟，潸然泪下。此诗表现了一个正直知识分子在难以应付复杂环境时的心态。"书成廿卷千豪秃，纵使名山也白头"应是他当时的愤激语。叶先生三十多岁即有著作数部，赴苏讲学中病逝于莫斯科。他参加"一二·九"运动，参加"中华全国文艺界抗敌协会"的活动，是积极对待人生、对社会很有责任感的学者。个别人学术上平庸，而争名逐利，便会对叶先生这样有才华的学者进行中伤。这是他离开西北师院的原因之一。我们说要弘扬西北师大的优良传统，是要将那些勤勤恳恳、尽职尽责工作、具有高尚品质，或者为西北师大的发展作出了贡献，或者默默无闻工作，不图名利，忠诚于教育事业的人的事迹加以总结、弘扬，作为西北师大的精神财富继承下来。至于污泥芜秽，自然有时间流水的冲刷，就不用多说了。

冯国瑞先生的《送张舜徽教授南归》《满庭芳·安宁堡桃花下作》侧面反映了20世纪40年代末西北师院人事变动的情况与周围的环境。

秦效忠先生作为20世纪40年代中期毕业于西北师院的早期毕业生，在三十多年后写了《十里店忆往》。可以说是20世纪20年代迁兰州后西北师院的剪影：

　　寂寥十里店，新现大学院。人众话音杂，气氛从此变。坎坷云亭路，老人乘马车。奔波风雪里，耳际响弦歌。木构泥垩房，文武时登场。外厦青年馆，中厅大礼堂。室悬一汽灯，光淡读伤

晴。鹄立期门启，微光也要争。湫隘筿庄斋，群居少忌猜。八人
连榻卧，寒夜乐相挨。院邻硗确滩，院里罢三餐。邻娃和饿狗，
巡视饭桌间。

读此诗，可以知道当时学校是何种状况，当时的学生是在怎样的条件
下学习、生活的；新旧对比，会更加喜爱我们的校园，更珍惜今日的学习、
工作条件。

1949年西北师院获得新生。郭晋稀先生的《校庆抒怀》云：

当时筚路看山林，血沃中原草木深。
旧事腥风随逝水，新春花雨看遥岑。

正写出这一转变。又由于20世纪40年代末北师大复校后一些由北京来
的教师先后离去，一些新的师资补充进来，1951年全国院校调整中教育部
又新分来很多外地教师，所以学校政治上万里蓝天，一片明朗，教师队伍
也发生了很大变化。从此新旧教职工为培养更多高素质的人才以满足迅速
发展的教育事业和经济建设的需要而努力工作，西北师大也不断向前发展。
当然中间风风雨雨，也遭受过挫折，经过了一些迂回与反复。改革开放以
后，学校得到迅速发展，面貌发生了很大变化。最近几年，学校规模扩大，
学科建设等方面取得突出成就，校园面貌也是日新月异，今非昔比。蓝开
祥先生的《苏幕遮·初到兰州就读西北师院》和《满江红·西北师大新貌》
两词写作时间前后相隔四十八年；《水龙吟·登白塔山》与《沁园春·兰
州风光》两词写作时间前后相隔四十五年，老校友读新词，新校友读旧词，
两相对照，变化自见。

叶萌先生长期教外国文学，20世纪80年代又教古代汉语。他作于1975
年的《秋夜对雨三首》是西北师院很多教师在20世纪六七十年代遭遇的一
个剪影。

斗室萧条夜渐长，满城风雨近重阳。
习劳牧豕归来晚，虽染污泥亦是香。

不因环境之恶劣而影响心境。这大约也是他一直保持着学业上青春活力的原因之一。其《终得昭雪写呈诸故人》《从命复返讲台自嘲》等从自身的遭遇反映了十一届三中全会以后学校落实政策、充分调动广大知识分子积极性的大好形势。

改革开放以来老师们所写反映学校新貌和教学科研、学科建设等成就的作品很多，在本书中也选有不少。尤其作于校庆之时的诗词，主要是赞美了今日之新貌。因这些作品数量多，也容易找到，兹不一一列举。

这里要特别提出的是反映我校教师同校外专家学者的赠答之作。这些作品反映了我校同省内外、国内外学者的联系与学术交流的情况。彭铎先生、郭晋稀先生、郑文先生、匡扶先生、洪毅然先生、马竞先先生、马骕程先生等都有不少给学界专家的诗。黄席群先生的《寿李约瑟博士九十大庆》，郭晋稀先生的《寄怀日本冈村繁教授》《以诗代柬寄户田浩晓先生》《文心雕龙国际研讨会题日本友人安东谅教授纪念册》《赠潘力生先生》等，反映了改革开放以后我校学者同国外汉学家的学术交往。

我们常说，要继承和发扬西北师大的优良传统。什么是传统？我以为传统就是在各个时期因时、因地、因人而形成的学习、工作、生活方式和优秀作风的积累。我们既可以从这些诗中看到西北师大的发展历史，也可以具体地认识西北师大的优良传统。

二、反映了我们国家由抗日战争到反内战、争民主、建立新中国，以及和平建设时期的曲折道路，表现了我国知识分子热爱祖国、热爱人民、追求自由民主和在共产党领导下辛勤工作的状况。黎锦熙先生在九一八事变之后写诗云：

> 安内残民众，和戎弃版图。
> 乃云无抵抗，直是递降书！
>
> （《从九一八到一·二八沪战》）

很早就对国民党政府的投降主义路线进行揭露，对国联眼睁睁看着日寇挑衅掠夺、明目张胆地侵略却拿不出任何办法的状况加以讽刺，让国人清醒头脑，放弃幻想，起来抵抗。此题之第二首注云：

本年（一九三二）上海"一·二八"事变后三日，南京政府即迁洛阳，称行都。闻行前尚谒中山陵寝辞行。变起仓猝，十九路孤军陷敌，自动抗日，自动不撤，全国民众热烈支持。战斗月余，日人乘其兵力不支，江防未备，终于偷袭浏河登陆。三月三日，十九路军撤退。

诗、注合读，不是生动进行爱国主义教育的教材吗？黎先生诗中这类记载国家政治、军事上事变，抒发对当时政治看法的诗很多。如《西京行》开头云：

> 杀伐声中闻郑声，战报又失杭州城。
> 济南焚市当清野，三日两都惊溃崩。

日寇大举进攻，疯狂烧杀，在国民党军队接连失守的情况下，"隔河即近前线"的郑州，仍歌舞升平，"声伎甚盛"。作者以极其沉痛的心情，真实生动地记载了这一事实。《夏兴八首拟杜甫作》之第四首、第五首亦表现这个内容。这组诗的第六、七首是以诗记史的杰作。黎先生这类诗很多，合而读之，是一部用特殊体裁写的史书。

其他几位老师的诗词也都不同程度地反映了当时的历史，表现了爱国忧国之情怀。如李建勋先生的《咏怀》，在乌云弥漫、野兽横行之际，表现出对民族复兴的自信；刘朴先生的《女俘》揭露日寇在朝鲜强征慰安妇来华的罪行。刘拓先生的《苏幕遮》作于1937年12月14日，小序中指出"作于西安临时大学"。其词云：

> 夜方阑，风乍烈。鼙鼓东来，震破卢沟月。猛兽横行人迹绝。肠断金陵，梦绕燕山缺。吊忠魂，埋暴骨。仰问苍穹，此耻何时雪！浩劫当头宜自决。三户犹存，何患秦难灭！

真是慷慨激昂，令人感发兴起。其意象的生动，情感的充沛，结构的严密，不亚于苏、辛，读罢令人想起张元幹、张孝祥、陆游、岳飞等人之作，而又具有强烈的时代色彩。其同黎锦熙、顾学颉之作，俱可传之不朽。何士骧先生的《汉江桥畔怀浙灾》写1942年诗人的家乡"既遭水旱病疫各灾，复受乱寇兵灾，流离死亡之惨，为向所未有。渝陕同乡，各设赈会以救之，予亦参加其事，愧力有未逮也"（原序）。反映了当时的历史，也反映当时学校师生在极困难的情况下，募捐救灾的活动。当时诗人在城固。

路志霄先生的《中华健儿歌》歌颂了为国捐躯的英烈。诗中写台儿庄战事之激烈与抗日英雄的壮烈行为，尤为动人：

> 三军泪花带血飞，杀贼枪林弹雨里。
> 鸿毛泰山迥不同，丈夫岂惜为国死。

其末云："燕云北望心茫然，未成报国空仰止。"时诗人尚只有十九岁。他的诗句道出了当时爱国青年共同的心声。

赵天梵先生是1947年到西北师院任教的。他作于次年的《初冬即事》后两联云：

> 战垒纵横民力尽，豪门歌舞曲将阑。
> 眼前多少忧时泪，洒向黄流起怒澜。

诗人对腐朽的国民党反动派不顾老百姓死活发动内战、又尽情挥霍的罪行进行了有力的鞭挞。《岁暮感怀》第四首首联云："金钱年年压，劳生感日长。"表现反压迫的思想更为明显。郭晋稀先生的《抗战胜利四十周年感怀》七律三首以满腔的热情歌颂了"扶伤沫血为家园，振臂高呼泣鬼神"的抗日英雄，并说："英雄姓字当千古，饮水毋忘掘井人。"让人们牢记爱国英雄"不畏强梁"，以卫国守土为己任的光辉事迹。诗的第二首揭露了日寇烧杀抢掠的罪行，末云："江水尚留遗恨在，至今犹作不平鸣。"这是对日本右翼分子歪曲历史，抹杀侵略罪行的行径的有力抨击。中国人民是不会忘记这段历史的。其第三首则对当时国民党政府消极抗日，且贪天之功以为己的做法进行揭露：

灯火高楼彻夜明，繁华犹忆蜀山城。

只贪筵上常歌舞，谁惜军前半死生！

商女岂知亡国恨，公卿都以卖国荣。

旋坤自是忠良力，功罪宁凭口舌争！

捍卫历史的真实，歌颂了人民，肯定了中国共产党在抗日战争中所发挥的巨大作用（抗战中国民政府迁至重庆，故云"繁华犹忆蜀山城"）。郭先生的《国庆三十五周年喜赋二章》则对十一届三中全会以后的大好形势加以热情歌颂。"四化真长策，功书第一筹。声威腾百国，恩泽遍神州。"这是第二首的前两联，二十个字写出了广大人民群众的心声。

彭铎先生作于1961年的《张掖》《酒泉》，作于1962年的《喜闻我再次击落美蒋 U–2 飞机贺空军诸将士》等，或反映了20世纪60年代初甘肃的状况，或因当时的重大政治事件而抒情言志，带有强烈的时代特色。

郑文先生有《金盆湖》等反映广大人民群众艰苦奋斗、改天换地精神的较长的七古之作，都是作者读报或听广播因新闻消息有感而作，反映了作者对政治时事的关心。他的《兰州杂咏》则反映了新时期兰州的美丽面貌。

黄席群先生的《兰州绿化赞歌》作于20世纪90年代初，诗中回忆了他初到兰州时的景象，是生动的兰州变迁史。"四周林木稀，一雨泥涂塞。霜秋起狂飙，风沙压城黑"，此是20世纪50年代初的兰州；"新旧公园近十所，濒河花树连广陌"，这是现在的兰州。正如诗人何严所评："作者通过四十二年的亲身经历，用兰州解放前后自然环境的对比，来说明绿化的重要意义。"此诗在艺术上也结构严谨而又有波澜、转折，如诗人丁芒所评："此诗以技法胜。"因此获1992年首届中华诗词大赛三等奖。李秉德先生的《古风》以生动而诙谐之笔，书写了改革开放后兰州市容迅速而巨大的变化。

西北师大教师诗词中描绘改革开放以来城乡巨变、描绘兰州新貌的作品很多，开卷即见。如张昌言先生的《水调歌头·秦王川今昔》通过秦王川的巨变，歌颂党中央的好政策；【越调】黄蔷薇带庆元贞·皋兰老农絮语》写农村的巨变；《【南吕】瑶华令带感皇恩采茶歌·小姑转商场》写农民生活水平的空前提高，都极为生动有趣。

乔先之先生写了大量歌颂新时期、反映社会重大政治活动的诗词，如《秋月三访凉州有感二首》《贺新凉·凉州壮观》《沁园春·新时期武威巨变》及描写引大工程的诗词、《勋业辉煌八十年——庆祝中国共产党八十华诞组诗十四首》等，都以满腔热情讴歌改革开放以来在经济建设上所取得的巨大成就。《沁园春·"引大入秦"凯歌旋》上阕写以前秦王川的干苦状况："无尽泪，纵望穿秋水，只见尘烟。"下阕写"引大入秦"工程完成后——

　　看天堂寺口，湖涵浩渺；香炉峰下，水汇波澜。鱼贯千山，
雁翔万顷，渠网流光映碧天。园林约，赏丹青胜景，市内桃源。

诗情画意，引人遐想。乔先生的很多作品都表现出对政治生活和社会变化的关心与热情。

尹占华教授诗词兼善，佳作亦甚多。他是1981年入西北师大攻读硕士学位，毕业留校任教，在兰作品多反映新时期西北师大和甘肃新貌。如《晚登银滩黄河大桥》《参观盐锅峡电厂词二首》等。还有些中青年同志，亦有些咏赞新时期的佳作。

书中所收不少写国庆佳节、"七一"建党节，庆祝香港回归、澳门回归时的作品，都表现了国家几十年来的巨变，尤其对改革开放以来大好形势的歌颂，事真、情真、意真，在今日是图画、剪影，在将来也应是诗史。

三、反映了作为一名教师高尚的师德、深厚的师生之情和对学术研究的追求与执着。

黎锦熙先生《题欢送毕业同学壁报》云：

　　战鼓声中又送行，汉江滚滚拥孤城。
相期无负凌云志，万里中原共月明。

末一句表现出对于抗战胜利的信心。"凌云志"是什么？首先是打败日本侵略者，使全国人民有一片明亮的天空。深厚的师生感情同爱国之情结合在一起。此诗注云："此是西北师院在城固最后一次毕业。前年招生已在兰州矣。"故也反映了学校历史。诗人在极困难的情况下，不低沉，不畏惧，

不以生活与教学条件之恶劣为忧，朝气蓬勃地为学生的墙报题诗，这当中表现出的不也是一种高尚的师德吗？其《回乡即事兼赠别四首》第三首注云：

> 与兰州大学校长辛树帜约商西北师院事，闻已到长沙，亟归。时武长路火车尚缺车头，以汽车头代，拖无顶车厢二。夜大雨，张伞坐……

为了运筹西北师院之事，不顾战争中交通之艰难赶往长沙见辛树帜校长，其所经历，殆成奇闻。作者将一片热忱，倾心教育事业。正是由于有黎锦熙、李蒸这样一些不顾个人得失，不怕任何艰难困苦的校领导和教授、学者，才使西北师院在极困难的情况下不仅存在下来，而且不断发展。同时，他们也为西北师大留下了一笔宝贵的精神财富。

徐褐夫先生早年参加革命，1926年赴苏学习，毕业于莫斯科东方大学研究班，曾受斯大林的接见，并称赞他为"中国人民的好儿子"。1930年回国后几次奉命"突破白色恐怖"，曾受到中共中央的奖励。其兄徐光华1927年在江西修水领导了"秋收暴动"，失败后被凌迟处死。徐先生1957年被错划为右派。他的《七十自寿》回顾一生，心地坦荡，表现出一个革命知识分子的博大胸襟。

黄席群先生之父亲黄远生为五四运动前进步的新闻记者及政论家，一九一五年被误杀于旧金山。黄先生也在1957年被误划为右派。但他对社会主义新中国、对中国共产党一直抱着深深的热爱之情，毫无怨言，在改革开放以后更是全身心用在教学与翻译事业上，也写了很多诗词之作，多次在国庆节、中共十一届三中全会纪念日、抗战胜利纪念日、校庆、香港回归、澳门回归日写诗抒发喜悦之情，到百岁离世，在所有作品中都表现出乐观、自信、积极的人生观念。

李秉德先生的《陇上吟》回首在兰州四十年执教生涯，对过去所经"惊涛骇浪"一笑置之，将甘肃看作第二故乡。

> 洛下牡丹真耀眼，陇原弦柱更牵神。

作者不是不思念故乡，不是不喜欢回归故里，但更牵心于甘肃教育事业。"华林坪上风光好，不羡邙山黄土深"，决心将自己的一生奉献给甘肃的教育事业。所表现的豁达的胸襟、乐观的精神，令人敬佩！

彭铎先生《中华人民共和国国庆三十五周年》云：

> 六合无泥滓，群星拱北辰。
> 当年三十五，今是古稀人。
> 沧海先迎日，云霄未乞身。
> 不才何所用，只有祝千春。

彭先生将大半生奉献给西北的教育事业。作此诗之时，已七十一岁，次年便去世了。"不才何所用，只有祝千春"，表现出对于国家包括教育事业在内的各方面迅速发展的良好愿望。李鼎文先生的《教师节感赋》在十一届三中全会以后"丽日照晴空"的大好形势下唱出"未觉园丁人已老，天边尚有晚霞红"的诗句，同他勤勤恳恳、诲人不倦的作风相一致。

匡扶先生的《喜迎第二届教师节》云：

> 垂老匡衡犹健饭，相期共奋鲁阳戈。

叶萌先生《终得昭雪写呈诸故人》之一后两联云：

> 馀生扰攘归心切，半世蹉跎望眼穿。
> 屈指光阴能有几？会当快马更加鞭。

其二尾联云：

> 故人莫笑痴情甚，垂老春蚕尚有丝。

表现了作为一位老教育工作者在新时期精神振奋、努力工作、多作贡献的思想风貌。

张昌言先生是化学教授，曾先后任化学系主任、西北师院院长和甘肃省教育厅厅长，但诗词也作得好。他的《拟梦吟》写批改作业至睡眼蒙眬之时，稍一休息之后，"抖擞精神重奋笔，满园桃李蕾将红"，作为人民教师的事业心、责任感得以充分的表现。他的《千秋岁·教师节感怀》更写出作为一个老教育工作者对教育的留恋："回春苏大地，矢志昭环宇。情未了，两行热泪飞如雨。"他的《千秋岁·千禧之春》云："坎坷知多少，须发霜凝早。心犹跳，何言老！"这种敬业精神，难道不是我们青年教育工作者应该学习的吗？

阎思圣于20世纪60年代初政教系毕业，长期从事行政工作，曾任西北师大副校长、党委书记。他的诗差不多都同教师、教育有关，如《喜教师增薪》《园丁赞》《参观山村小学》等。其《北京两会传捷报》云：

又值春风两会开，百花绽放蝶飞来。

神州大地甘霖降，"两免"还加"一补"牌。

关于末一句有注："指教育对贫困学生给予免除学费课本费和补助生活费的优惠。"可以看出他对教育发展的深切关注。

秦效忠先生的《怀镇江》是怀念中文系刘镇江先生的。秦先生与刘先生是西北师院上学时的同学，又一起多年在省教育学院任教，并一同到母校西北师大任教，可谓知之甚深。其第二首云：

敬业乐群薄利名，风节恬淡仰仪型。

终生力尽栽植事，桃李芬芳慰赤诚。

刘先生博闻强记，长于教学，从事中学语文教学法的研究与教学工作多年，凡与其共事者均钦佩其教学的认真负责。秦先生表彰其敬业、乐群、不重名利、一生辛勤教书的精神，也就同时表现出秦先生的思想作风。

老师们的诗中有一些写怀念自己老师的诗作，表现了对老师的热爱崇敬与怀念。冯国瑞《清华园访吴雨生先生（宓）归后赋呈》《古月堂感呈陈（寅恪）吴（雨生）两先生》《次德咸韵哭黄季刚师》等，可谓声情并茂，感人至深。末一首为七言古诗，全诗67句，是诗人再访母校清华大学所作，不仅描绘了清华校园的小山丛桂、香雪冰场、曲苑厅廊、锦茵绣幔，而且回忆了当年在清华研究院读书时的情景，回忆了几位老师。

> 忆昔中元佳节至，学院宏开来多士。
> 新会海宁与义宁，王陆经筵说义利。
> 司业更有泾阳吴，朴学华辞勤墨朱。
> 门墙跻列问奇字，龙象一时尽大儒。

"新会"指梁启超，"海宁"指王国维，"义宁"指陈寅恪，"泾阳吴"指吴宓。诗中尤其写到师生关系之融洽及老师在教育学生上的苦心：

> 残照欲收讲院明，月斜堂上夜坐深。
> 感遇微知伏挺志，升堂最苦郑玄心。
> 当时耳熟正酒酣，前席生徒共笑谈。
> 杨柳笛中歌出塞，桃花扇底哀江南。

后面写到对投湖而死的王国维的哀悼之情。诗中对所述师、事，皆有注。末尾云：

> 古月今月两茫茫，痴绝李侯问太苍。
> 今人古月同流水，往事难忘古月堂。

读完令人心情久久不能平静。以此情此心而为人师，教人子，自然能教人以良善，启人以睿智，激励人上进成才。

郭晋稀先生的《赠遇夫先生》录自杨树达先生的《积微翁回忆录》。该书中多次写到他们师生讨论学术和相互关怀的情况，也提到郭晋稀先生就读湖南大学期间在学术上提出的一些创见。所收《赠遇夫先生》系节录，中有缺文。杨先生答诗云：

识奇我愧汉杨云，妙解君真嗣景纯。

《绝国方言》劳作注，两家术业本无分。

表现师生间的融洽亲切。郑文先生的《怀顾颉刚师》是听到老师逝世的噩耗后所作，回忆中央大学迁至重庆时自己就读该校的情景，一往情深。郑先生的《怀孙鹰若师》表现出对老师的崇敬之情。其后两联云：

声音训诂高超手，道德文章浩荡胸。

渝水巴山一入梦，依稀出现旧时容。

学术为一代一代相传，学风也是一代一代相传。《庄子·养生主》云："指穷于为薪，火传也，不知其尽也。"对老师的怀念，除师生情谊外，也体现着对师传的重视。西北师大的校风、学风有很多承袭了前北平师范大学，但也有来自全国的学者注入一些新的因素。可以说，它是20世纪中优秀学风的综合体现。

本书所收诗词作品写到学术交流及校友聚会，学人间相互来往的也很不少。黎锦熙先生几首同兰州千龄诗社朋友等的酬赠工作，反映出新建的西北师院教师同甘肃地方文化人士一开始即建立起的亲密关系和共同推动甘肃教育与文化发展的愿望。20世纪三四十年代诗中多有唱和、互赠之作，都是张扬着从事教育工作和做学问以至做人应有的正气。

新时期的作品中写到参加各种学术会议时感怀的不少，还有些是写同外国学者的交流。如郭晋稀先生的《唐边塞诗讨论会相集赋诗口占四章》，其第一首云：

尽萃东南美，来临西北城。

文坛多祭酒，佳客主诗盟。

妙识阴何律，齐驱李杜兵。

秋初宜盛会，瓜果解馀酲。

对三十八年前在甘肃召开的全国第二次唐代文学研讨会情况有生动的

反映。关于这次会议，郑文、匡扶、乔先之等先生也都有诗纪云。表现出改革开放后学术交流的盛况。至于学者之间情感和学术上的交流之作则更多。从黎锦熙赠、和慕少堂等人之作，冯国瑞哭黄侃、送张舜徽、赠刘国钧之作，丁易对顾学颉《闻第三次长沙大捷》的唱和，至刘国钧、冯国瑞、李鼎文、汪岳云等先生的题画诗。李秉德先生的《陇上吟》曰：

> 塞水兰山三万里，暖来寒去四十春。
> 涛惊浪骇事成古，柳暗花明景变新。
> 洛下牡丹真耀眼，陇垣弦柱更牵神。
> 华林坪上风光好，不羡邙山黄土深。

表现出同西北师大的深厚感情和一生贡献给西北教育事业的思想。他确是西北师大教师的代表。

匡扶、彭铎、郭晋稀、马骥程、乔先之、胡大浚等先生写给学界朋友之作，都反映出西北师院教师同国内各高校知名学者的情谊。其中，陕西师大的霍松林教授同西北师大老师们的交往最广泛，与多人有诗作唱和。霍先生是天水人，对甘肃文化的发展十分关注，也曾到西北师大讲学。北京大学袁行霈先生也曾来西北师大讲学，在老师、同学中留下深刻的印象。胡大浚先生有《袁行霈同志见示新作〈登嘉峪关〉敬和二首》。此类诗胡先生还有《邝健行教授以诗见赠奉答二章用原韵》《和葛景春兄〈游隆中有感〉》《戏作襄樊行呈莫砺锋葛景春先生》及《相见欢·回眸》。由这些可以看出西北师大教师与学界同仁的情谊。

书中还收有不少赠给学生的诗作，或谆谆教诲，或殷勤勉励，充满了对学生的关爱与希望，体现了师生深情，此处不再一一论列。

四、表现了正确的创作观。书中所选数百首诗词作品，反映着一个共同的创作观念，写实事、抒真情、有感而发，没有无聊的应酬、吹捧，不做无病呻吟。这从上面所列举大量例句中即可以看出。其中有的诗中明确表现了诗人对创作的看法。如郭晋稀先生《戏嘲贾岛》云：

> 独行潭底凄凉影，自是羁人有此愁。

两句何须三载得，任他归卧故山秋。

这是不同意为作诗而自寻烦恼的苦吟。匡扶先生的《岁暮宴集即席》之二云："修己安人吾辈事，数诗狂语不须删。"主张美善与真率的结合，可以说是提出了诗歌创作的最高标准。诗是抒发感情的。如果不是写真情，无论怎样玩弄字句，也不能感人。一个诗人，不仅不能把自己的心灵局限在很狭小的圈子内，也不应为了别人看而创作并不反映自己情感的东西。我觉得上两诗中所说的道理是切中旧诗创作的时弊的。

马骥程先生与李鼎文先生、秦效忠先生、路志霄先生等都是甘肃籍老教师。马先生在秦陇诗坛早负盛名，作品也甚多。从他的《题毕业生纪念册二首》第二首可以看出他对诗歌创作的看法：

声律式微信手书，累年吟咏竟何如？
杏坛屡解无邪意，唯有卜商能启予。

《论语·八佾》载："子夏问曰：'巧笑倩兮，美目盼兮，素以为绚兮，何谓也？'子曰：'绘事后素。'曰：'礼后乎？'子曰：'启予者商也。始与言《诗》已矣。'"朱熹注云："绘事，绘画之事也。《考工记》曰：'绘画之事后素功。'谓先以粉地为质，而后施五采。犹人有美质，然后可加文饰。"马先生是主张诗人先应有优良的品德，高尚的人格，然后抒情言志，才能真切，不至无病呻吟，徒费笔墨。马先生这个见解，可是说体现在本书所有作品之中。

以上对本书的主要内容，尤其是对20世纪30年代以来一些老教师作品反映的史实和体现的思想品质与精神风貌加以归纳述评。我以为这些作品正是西北师院传统精神的载体，也是西北师院的生动的校史资料。挂一漏万，未必全面，广大老师校友正之。

末了，对有关本书编辑工作的几个问题作一说明。编辑的分工，由我提出收录范围和编辑体例，并负责收集和选定1949年以前的作品，其他由伏俊琏、尹占华收集和初选，由我审定。伏俊琏在收集方面做的工作较多，而尹占华在选的方面做的工作较多。有关编辑中的其他问题，我们三人共同商定。关于编辑体例，从西北师院独立设置开始至今，凡在西北师大（西北师院、甘肃师大）工作过的，包括后来调离的，中途调入的，只要发表过诗词作品或有诗词作品传世的，都在收录之列。但总体上主要收在兰州期间特别是在西北师大（西北师院、甘肃师大）工作期间的作品。个别回忆自己老师的作品例外，因为这些作品同样体现着一种教育的思想和情感。

为了体现前后的承接关系，体现这部诗集"史"的性质，本书编排上不采用姓氏笔画或拼音音序的办法，而以生年为序；生年不清而已去世者，以卒年为序。其他以大体在校时间安插在同时人之后。因为同样的原因，我们将50年代初院系调整以前离校教师的作品集中编在前面，以便读者了解20世纪40年代以前老师们的创作情况。每位作者，都有生平简介。原来我设想尽可能把生平各要素都写清，尤其20世纪30年代至60年代一些老师的情况，但由于种种原因，结果不是令人十分满意。

为了尽可能多收一些人，最大范围、多角度、多层次地反映学校各个历史阶段的发展变化，每人所收数量作了点限定；作者本人健在者，请本人选定；作者谢世或不在兰州者，由我们选定。从体裁上说，旧体诗、词、曲皆在收录范围之内。因古体往往篇幅较长，故采取连行排的格式，近体分行排列，两句一行；词连排，阕与阕之间空两格。以便鉴赏其语言对仗之特征与音韵之美。

虽然我们尽了相当的努力，有些老师的作品还是没有能征集到。我们根据打听到的地址，给不少已经谢世的教师的家属去信，或者走访同某些老教师有关系的人，都无所收获，写的信全无回音。我在写这篇《前言》的过程中还多次给北师大聂石樵等先生打电话，查找征集王汝弼先生的诗，后来同王先生的嗣孙通了电话，但也一无所获；给河南大学白本松先生打电话，查找李嘉言先生的诗，白先生也亲自打听，结果同样一无所获。1949年以前选入的，除黎锦熙先生找到一部诗集复印件，冯国瑞先生有诗集之外，其余是从校刊上和民国时报纸上抄录下来的，数量太少。还有些老师如李蒸、易价、胡国钰、罗根泽、谭戒甫、程金造、赵荫堂、杨伯峻、尤炳圻、李端揆、卢世藩等，都没有诗选入。当然，还有些我们不了解，而当时有诗作以记行感事抒怀者。另外，已收入的教师有的生平情况（生卒年、籍贯、毕业于何校、职称、几时至几时在西北师院任教、后在何单位工作、有何著作等）不太清楚。有知道以上情况，或可提供20世纪30年代末至60年代一些老教师的诗词作品者，希能函告，以便补充缺漏，改正谬误，使之更为完备。

　　本书的编辑出版，得到学校领导和党委宣传部、校庆办及文学院的关心与支持，并志不忘。

赵逵夫

2002年9月13日凌晨3时

目　录

匡 扶　89

再版后记　359
三版后记　361

李建勋

李建勋（1884—1976），河南清丰人，教育学家。1908年毕业于北洋大学师范班，后留学日本、美国，1925年获美国哥伦比亚大学哲学博士学位。曾任北平师范大学校长、教育学院院长兼教育系主任，东南大学、清华大学、北京大学教授。1939至1946年任国立西北师范学院教育系主任、教育研究所主任。毕生致力于教育事业，对师范教育的发展做出了贡献。著有《美国民治下的省教育行政》《天津市小学教育行政教材教法研究》，合著有《战时与战后教育》《师范学校教育行政》等。

咏怀（抗战时期）

乌云弥漫神州天，东亚睡狮岂永眠？
但愿同胞登福地，莫让他人着先鞭。

王 璪

王璪（1887—? ），字式儒，河北新城人。毕业于直隶优级师范学堂，国立北京法政专门学校法律本科。1937年6月，任察哈尔高等法院推事兼院长。抗战时期赴陕，任国立西安临时大学、国立西北联合大学和西北师院初建阶段法律学教授。

赠二南①（二首）

其 一

身经百战始归来，当世谁知是异才。
双手犹能参造化，万花纷向指间开。

其 二

英雄胸次异常人，末路犹含万象春。
顷刻只凭三寸舌，顿生海岳与风云。

原注：①黄二南，名辅周，以字行，民国时著名画家，工山水花鸟，又以指画、舌画闻名
于世。本诗刊《北洋画报》第1494期（1936年12月）。

挽张自忠将军^①（三首）

其　一

泰岳钟灵作国桢，将才万口有同声。
驰驱战阵经三载，坚苦戎行历半生。
杀贼睢阳为厉鬼，捐躯道济失长城。
当年冀北孤撑志，揭若中天日月明。

其　二

微服归来又总戎，中原破虏建奇功。
列城保障襄樊固，一线屏藩河洛通。
塞上临民留恩泽，津沽从政是清风。
连年未得重相晤，除却私交也哭公。

其　三

浩气淋漓满九垠，从容儒雅却彬彬。
功垂竹帛名难朽，心在山河志未伸。
操笔元戎亲赐传，杀身尼父许成仁。
馨香俎豆千秋事，忠烈祠中第一人。

一九四〇年五月

原注：①张自忠（1891—1940），字荩臣，后改荩忱，山东临清人，著名抗日将领。在襄
阳与日军会战中牺牲。本诗收入《张上将自忠纪念集》（张上将自忠纪念委员会编，
1948年）。

黎锦熙

黎锦熙（1890—1978），字劭西，湖南湘潭人。语言文字学家、辞书编纂家。1911年湖南优级师范学堂史地部毕业。历任长沙报馆总编辑，北京大学、燕京大学、西北师范学院国文系教授、主任，西北师范学院院长、北京师大文学院院长等职。新中国成立后曾任中国文字改革委员会委员，在汉语语法、汉字改革和辞书编纂方面有突出贡献。其研究成果，代表着一个时期内中国语言科学的研究水平。著有《新著国语文法》《比较文法》《国语运动史纲》《国语新文字论》，主编辞书有《国语词典》等。

从九一八到一·二八沪战（二首）

安内残民众，和戎弃版图。
乃云无抵抗，直是递降书！
北虏吞龙锦，南锋指沪苏。
国联犹束手，烽燧迫中枢。

原注：去年（一九三一）"九一八"沈阳事变至今已将半载，淞沪又陷，不抵抗政策结果如何？国难从此严重矣！

攘外原虚语，孤军委海隅。
仓皇辞寝庙，迤逦赴行都。
幸拒金牌召，终输铁锁图。
坐令万家市，灯火杂号呼。

原注：本年（一九三二）上海"一·二八"事变后三日，南京政府即迁洛阳，称行都。闻

行前尚谒中山陵寝辞行。变起仓猝，十九路孤军陷敌，自动抗日，拒令不撤，全国民众热烈支持。战斗月馀，日人乘其兵力不足，江防未备，终于偷袭浏河登陆。三月三日，十九路军撤退。

一九三二年三月

归湘潭纪念第六个九一八国难日作

国难历五载，寇焰日益张。民众竞请缨，政府犹阋墙。一朝士气伸，决战在朔方。身家不足恤，事业讵可忘？曲突贵徙薪，怀宝戒迷邦。迁校拟南岳，移馆定中湘。中湘本故居，新厦依城厢。劳酬积万金，建设倾私囊。一楼列宿舍，二楼公事房。三楼仅数间，资料堪储藏。中海倘扬波，湘岭足回翔。恢复定有时，中华当富强。语文创新校，斯厦充课堂。

原注：迁校，谓北京师范大学；移馆，谓中海大辞典编纂处。俗称湘潭为中湘（湘乡为上湘，湘阴为下湘）。城北（拱极门外）第二湖头岭，新厦所在。

一九三六年八月

赴汴途中杂感（五首）

卢沟昨夜月笼烟，竟上征途试一鞭。
满地轻纱堪作障，奈何扫荡不从前！

原注：七月七日夜，丰台日兵炮轰卢沟桥，受挫增援，以和平解决为缓兵之计。延至七月廿夜，日兵炮声更烈。已应开封、长沙两处暑期讲习会之约，平汉路断，亟绕津浦线行。

雷车电驶过津沽，便向青徐转汴都。
大好河山纷过眼，可怜故我胜今吾。

原注：今不如昔，谓民族之盛衰也。

旅客云屯妇孺喧，刀光掩映夕阳边。
九州铸错从头算，廿纪开端第一年。

5

原注：津站南下晚车待开，有日兵数人持枪，上刺刀，往来民众中逡巡。一九○一年辛丑和约，黄村、廊坊、杨村、天津、军粮城、塘沽、芦台、唐山、滦、昌黎、秦皇岛、山海关，皆驻外军，见第九条。

见问丰通克复无？那知瓜代及平卢！
回思淞沪收兵夜，爆竹声声赛岁除。

原注：廿夜谣传我军有令限本夕收复丰台并通县，次午抵津，友人咸问过丰台时尚有日兵否？"平卢"指北平及卢沟桥，两地皆二十九军的三十七师防守。徇日方意，北平以百三十二师代，卢沟桥以保安队代，三十七师南移。回忆一九三二年"一·二八"上海十九路军抗日之役，一夕我军撤退，亦讹传大胜，家家鸣放鞭炮。

东线原来无战事，西途行见有车通。
庙谟请向南都问，北上诸师读报庸。

原注：闻换防后，平汉路即可恢复通车。抗日军队北上，但有传闻，报皆不载，独天津有《庸报》载之极详，亦称"我军"，而于日方增兵事却一字不提。

一九三七年七月

经长沙再之南岳收束迁校事务

真成酒绿灯红夜，况是金风玉露天。
极目长空疑断雁，移时阿阁竟栖鸾。
轻雷车走宜通语，远黛眉开未改颜。
终不携筇空读画，总缘云雨黯巫山。

原注：此次两至岳皆未登山，常见云遮，知其有雨，但立桥头作画图看。用所拟"十八龙"新韵，凡"an"收音字皆通押。

一九三七年九月

西京行

杀伐声中闻郑声，战报又失杭州城。济南焚市当清野，三日两都惊溃崩。夜行过洛烽不起，晓听入关角正鸣。左山右河关东道，南华北渭西赴京。西京百闻今一见，所见较胜在割烹。鱼龙鸭凤蔬玳瑁，物希为贵值未腾。玉粳香饭盈小肆，麓馍辣酱食者氓。城东崛起招待所，广厦生暖凌平津。银叉象箸任所择，面包隔宿投之坑。侍者勿拾拾者罚，留饷逃亡兼散兵。通衢疾走避癃丐，汽车飞掠迷黄尘。骡车橡轮堪重载，惜哉马路何时平！珠泉宏规世稀有，况复到处皆华清。潼关幸无丸泥塞，陇内岂恤荆棘生！陕棉百斤值五币，倘抵束脩堆满庭。久传西北正开发，但见扫墓渠一泾。水含盐质利肠胃，土复黏厚宜穴陵。周陵汉寝唐寺曲，游览应俟明春明。南山绿林不易诘，杨妃蜀道安可行？且持镇定抗强敌，辄叙闻见贻诗朋。

原注：十二月廿六日晚由汉口抵郑州，隔河即近前线，而旅馆中声伎甚盛。廿七晚到西安，寓西京招待所。西安向少水产及菜蔬，俗谚"鱼龙鸣凤菜珍珠"。珍珠泉澡堂规模甚大，所见第一。闻陕北大学教授每月脩金五元。

一九三七年十二月

夏兴八首拟杜戏作

来从虎视鹰瞵地，栖止朝欢暮乐城。
休为落花愁落水，可容归客计归程？
莺嗔燕叱当前景，凤只鸾孤此日情。
愿起汉中驰汉口，即飞东海下东京。

原注：自去冬（一九三七）太原陷落后，日寇沿平蒲路南侵，今春（一九三八）已临风陵渡，潼关告警。三月，西北联合大学师生采用行军方式，自西安步逾秦岭，迁校汉中（南郑）东六十里之城固县。县在汉末名乐城。三月十六日，有一载眷属车行至褒城北马道驿被劫，幸未伤人。

巴山晓雾接天开，秦岭浓云匝地来。
沙里淘金良不易，水中捞月剧堪哀。
当街扪虱皆王猛，悬衲惊鸿尽洛妃。
正赏哗啦三道鼓，忽闻霹雳一声雷。

原注：汉江滨居民向多以淘取沙金为业，所获甚微。传陕南有三多：疥多、虱多、女丐多。城固少雷，是年仅闻一声。时暑夜听京剧《珠帘寨》，此剧向以余叔岩"哗啦啦打起三通鼓"为绝唱。

中海荷香临水际，望中琼岛是蓬壶。

蜈蚣桥畔人垂钓，鳌蛛坊前狗盗书。

尚忆庙坛聆唳鹤，每从海塔看飘凫。

同舟仙侣今安在？镜里蛾眉镜底骷。

原注：一九三七年"七七"事变前，主北京中海大辞典工作，常立西岸北望北海琼岛白塔，景最佳。中海东向西华门有木桥名蜈蚣，为清末进士听榜之处，近年多青年男女相约钓鱼。中海北海之间有长石桥，名金鳌玉蝀，桥西为北京图书馆，报志时被剪携而去。太庙（按：今为劳动人民文化宫）柏树林，每岁飞来灰鹤群一次。镜中美人，翻看镜底乃一骷髅，《红楼梦》贾瑞事。

南都一雨换新凉，驰赏歌场窈窕娘。

明月华灯齐炫耀，名山杰构互张皇。

阁凌北极高无极，榻下中央乐未央。

王气黯然收建业，楼船却向益州藏。

原注："七七"事变前曾四过南京。夜间清唱歌场最发达。市招多配以霓虹电灯。紫金山陵园新构度暑别墅不少。北极阁因有军事设备，高不能登矣。南京中央饭店，侈靡如上海。

两度妖氛起海隅，半淞江水料应淤。

欲严铁垒防边患，转矗华楼扩市区。

电影明星犹跳舞，风兜流线定驰驱。

遥闻太极旗中象，近报名流街里狙。

原注：上海一九三二年"一·二八"十九路军抗日之战，江湾当冲，旋乃定为市中心区，新建市府。暑夜士女兜风纳凉，抗战前最尚一九三六年流线型汽车。一九三七年"八一三"战后，上海沦陷，日伪改称为大道市政府，市旗象征以太极图。沪江大学校长刘湛恩遇刺于所居街口。

天骄宛转落长沙，一水平添十万家。
贾傅当年曾赋鹏，巴陵此际又惊蛇。
琳琅充栋成灰烬，创痛弥山费剔爬。
缅想朱张同渡麓，登埤准备有钢叉。

原注：一九三七年冬，南京各机关纷迁长沙。敌机首袭岳阳。旧说巴陵为巴蛇之头所在，
担土成陵，尾在巴县也。岳麓山湖南大学图书馆全被敌机炸毁，是日游山士女最多，
尸不易觅。南门渡湘至岳麓处为朱张渡，朱熹、张栻同游讲学。张主岳麓书院。宋末，
诸生抗元兵，携械登埤守长沙城，皆战死，南轩学派遂绝。

半山最是栖衡地，日夜声闻涧水潨。
且喜骄阳映楼阁，俄惊湿雾透窗栊。
祝融峰上堪高射，方广岩中避重轰。
磨镜无台金作屋，华严有海市成空。

原注：一九三六年夏，曾小住南岳衡山半山亭。每下窥岳庙，金瓦耀日，而山中雾已入室。
祝融峰最高，方广寺最幽险。唐六祖磨镜台，被圈入何键公馆。半山时由赵恒惕倡
议筑堤壅涧水成湖，名华严湖，不久溃决，冲山麓岳市几尽。

帝都自古在秦中，鹿死朱温迹遂东。
拟向华清消永夏，定回紫气作长虹。
攘夷武仗三千虎，建国文凭十八龙。
今日山南劳怅望，江湖满地两渔翁。

原注：去年（一九三七）冬始抵西安，今年春即南迁此间，尚未及往临潼浴华清池也。时
北方各中学多组服务团来西北，闻将选编数千人军训抗日，主张推动爱国的社会教
育。为通俗计，正根据北方曲韵"十三辙"分编国音新韵十八部，改"一东"为"十八
龙"。法国名小说《二渔夫》写爱国不屈之民众，时已选入中学课本。唐制汉中一带
属山南道。

一九三八年四月

9

自渝返城固途中

云是公务车，行箧积如山。顾子同我行，各在山一边。挈眷并携雏，军人腹便便。暮投荣昌宿，浓阴凝市廛。勿复悲秋扇，夏布冬未捐。一疋二丈馀，论价十六元。未谋卒岁褐，且备度暑缣。

···
原注：长途汽车行李高积车中央，对座不能相见，仍号称公务车，行成渝间，不得带行李携眷属者。

内江饶糖产，质美味自醇；简阳作夜游，买之二十斤。纸裹复袋装，防鼠更覆盆。次日开成都，压入行李群。扪之黏且濡，其香亦外闻。亟为购新布，细缕加密针。沿途挂梁间，中室如悬鹑。幸已逃鼠厄，关津免课缗。微物费护持，持以赠友人。

锦城得信宿，言登校书楼。缅怀唐代风，礼不羁女流。自宋重贞操，乃诩阴教修。得失不须论，且为薛涛讴。才华惊艺苑，交际控军谋。

绵阳隔淡烟，停轸又梓潼。幼诵阴骘文，今游文昌宫。帝乡在七曲，下车抚长松。市宫傍孔子，郊庙邻关公。儒道双轨合，圣仙一炉镕。本属星宿名，何来此张翁？读传称汉吏，考之迷所从。曷不托张仲？孝友范经中。

剑阁矗孤塔，寒月笼轻烟。日行虽无几，到此堪流连。夜宴感友朋，晓复送车前。剑门双石壁，险道依涧泉。昭化一瞥过，嘉陵渡双源。广元古利州，辐辏何喧阗！

···
原注：省立剑阁师范学校教员多旧生，招待殷至。

何以界川陕？校场受朝天。川陕何由通？五丁开一关。我行一日程，诸险失眼前。只缘在梦中，但觉簸且颠。开眼已沔县，坦荡看远山。东驰到江湄，万乘皆陕棉。三骡挽一车，蹄铁蹈火环。一蹶不复起，梗塞舟岸间。换舟抵褒站，谷风厉且寒。

原注：过巴山，朝天关北至校场坝最高，过此则五丁关最险。运棉大车，骡蹄铁重触石板路，火星迸出。

出岫非云心，归鸟因倦飞。一旬二千里，蜀道多崔巍。褒姒重巧笑，警报徒纷陁。南郑不入城，骄阳况相催。四轮换单毂，九曲终一逵。路柳有馀青，新橘盈筐筐。乐城似故乡，三载相凭依。皱水不干事，董生仍下帷。

原注：抵褒次日遇防空演习。城固柑橘，陕中有名。时西北大学有拒留校长风潮，在渝解决，我不与闻此事。

一九四〇年十一月

奉和柏荣见寿

大邑三湘共处中[①]，长涟波漾晓霞红[②]。
一舣同证西来意，华夏探源不在东。

原注：①湘，俗称三邑为"三湘"，湘乡为上湘，湘潭为中湘，湘阴为下湘。　②柏荣家邑西西连江阴，余家邑晓峰下。

禊集杜家漕西京图书分馆依少陵《上巳日徐司禄林园宴集》五律一章分韵得风字

春阳回轻暖，芳尘荡和风。上巳三月三，巧历新旧同。岁纪况三十，天机妙无缝。五三聚兹辰，佳节矜游踪。步出小东门，近指酂侯宫。杜家有诗漕，佛殿闶书丛。周子羡蠹钻，襆被处其东。蚤为洁庭除，列座整阵容。唐君携椷来，茶香酒复浓。乐城尚飞觞，无烦流水中。崇山固在望，茂林孰当熊？宁静足致远，胜迹罗心胸。且啖长生果，发笑出诗筒。少陵律虽细，叹老嗟困穷。我辈丁斯时，作风贵启蒙。分韵忝主盟，勿计拙与工。险夷四十韵，阄获凭天公。分拈尽十人，但竟一篑功。谭君乃建议：斯会规未宏，盍参代表制，摊及群豪雄？诗朋暨朔南，传讯飞邮鸿。倘复有遗珠，牵连得复重。或者索和章，原韵任所从。扩大此纪念，五三难再逢。易君便得句，旧事堪憬憧。作健俯沈鸦，此意摩苍穹。亭午各言旋，吟齐约月终。中华创新韵，鸿沟破东冬；庚蒸合口呼，审音亦已融；唇音诸开口，随例得棣通。四声仍旧贯，新体始尽空。所以百六韵，今成十八龙。韵脚乃尔宽，催诗免鼓轰。我诗聊当序，爰示韵所宗。

原注：是年旧历三月三日适为阳历三月三十日。城固县城东北五里许，传是汉酂侯萧何墓。城固俗饮宴皆传壶，盖飞觞之遗。境北秦岭老林产熊。

一九四一年三月

游城南桃林

华岳难归马，桃林小放牛。
背吹闻短笛，心坠入羁愁。
烂缦当前失，繁华一望收。
远香萦汉水，莫遣逐东流！

原注：桃树杂植麦田中，近观实不烂缦成林，远望则繁华亘数里。

一九四二年三月

和慕少堂（寿祺）见赠

道学盛绍熙，字典慕康熙。
锦熙为为者？析疑而赏奇。
专精期后起，博淹仰先知。
风日无边壮，关河有大师。

一九四二年一月

关行纪程

蜀游既前年，关行复今岁。二子惮乘车，临褒忽返旆。其故有可言，所患在无位。纷纷积箱笼，盈盈倚肩背。有如羊豕圈，无从问伦次。烈日炙当头，暑雨不时至。志固存千仞，功惟止一篑。王君好师弟，佳座递相惠。弹簧胜皋比，三人小天地。"黄鱼"频升降，翠鸟时徙倚。深山两日程，夷然渡清渭。

> 原注：城固西北师院同仁赴西安陕省中等教员暑期讲习会之约，谭戒甫及陆咏沂（懋德）两教授拟游华山。长途汽车无定座，各高据行李上。行一程，二子止于褒城。王钧衡（心正）有弟子为南郑站长，为商司机定其旁座，钧衡转让与我，始得成行。司机居左，我居右，中坐一红指甲绿衣女子，每食瓜已，即倚两人肩睡。无票得乘车者，名"黄鱼"，每过一站，多自窗外猱升车顶，到他站先下，司机主其事云。

抗战历五载，乡镇成名都。刮目看双石，阿蒙非复吴。忆昔偕罗君，土炕息编芦。茅廛一行尽，关庙两楹芜。今来闻坠子，所为豫人娱。豫人多石工，兴建定规模。繁盛视交通，行旅出其途。

> 原注：双石铺，一九三八年春自西安迁城固时与罗雨亭（根泽）过此，叹其荒陋，今则歌馆林立。坠子，河南戏曲。

同成河无梁，陇海未更西。无轨曰公路，交点在宝鸡。陇蜀险相望，楼馆矗崔巍。司机成骄子，尊号晋机师。叱咤眉目间，黄金如土挥。骑御本常技，普习效易期。在昔有六艺，御不后书诗。曰吾执御矣，圣者尚尔为。黉校课青年，何不追仲尼？

> 原注：同（大同）成（成都）铁路止于风陵渡，陇海铁路止于宝鸡，通陇蜀只有公路。

不睹火车行，于今五年矣。譬如旧读书，兹复加温理。藤座一偃仰，似将返京里。半环渡渭桥，交辉月与水。蓝钢旧欧制，

今值何能计？淡茗壶三金，薄肴盘五币。未足充饥渴，聊以资点
缀。近闻颁关金，法币倡交易。比价百之五，华洋同本位。以此
准物价，物价何尝贵？

原注：陇海路蓝钢车箱，购自比国者，西段尚存若干辆。关金与美金等值，依此比价标准，
茶三元实值一角五分，菜五元实值二角五分，视战前二角三角者且减价矣，可知非
物价上涨，全由通币贬值耳。

一九四二年七月

骊山三首

昔人赋阿房，有语堪怀疑：一日一宫间，而气候不齐。骊山
匝月居，居然证验之。晨昏易寒燠，咫尺起云雷。急雨破窗纸，
斜风掀被帷。灞上苦晴干，临潼道已泥。何况秦皇宫，三百里逶
迤！气候劣如此，骊山多问题。

原注：此次署讲会设在骊山半山上临潼中学新校，向东下坡即华清池。

周幽虚报警，巧笑博褒妃。神话传龙漦，同音实一词。仰观
烽火台，云烟疑昔时。晋献灭骊戎，贾祸又骊姬。秦徒七十万，
凿此骊山隈。逃亡逼刘季，狐鸣成夥颐。皇陵今牧场，玉匣嗟灰
飞。尚有坑儒谷，反动恣肃治。有史更艳称，温泉在其西。华清
天宝宫，杨妃浴凝脂。当年洗儿地，今榜双人池。鼙鼓动潼关，
芳魂落马嵬。宋明不都秦，清后来委蛇。西幸定国运，鲸鲵起东
夷。华清已欧化，骊山无改移。委座蒙难处，危崖杂丰碑。

原注：幽王烽火台在半山。秦始皇陵在东山，距临潼城十里。坑儒谷在山西南三里。庚子
（一九〇〇年）清后帝西幸，陕抚端方飞檄县令，重修温泉，备行宫迎驾。一九三〇
年陕省府设专处，修砌成新式。

凶地难化吉，老母何无灵！讲会四周毕，风波一度兴。薄海
普供养，宁无香火情？我来值庙会，陡径人喧腾。香炬明雨夜，

狂风飞呗声。女神属阿谁？众说多难凭。娲皇伏羲妹，丽水所自生。古今多异字，山水共一名。炼石可补天，畴能此工程？说部纪神迹，阴符始授经。解厄每见邀，莲步移空青。王母亦幡幡，元君仍妙龄。红颜本虚幻，白发原摩登。自孽那可逭？神心无胸盈。

原注：老母殿在骊山第二峰。中国女神，西王母亦老妪像，馀多妙龄，如泰山之碧霞元君。《尚书》："天作孽，犹可违；自作孽，不可逭。"神降祸福，吉凶术数，今皆知为迷信矣。同缩，"盈胸"为古《九章算术》之一章。

一九四二年八月

长 安

长安居不易，今始证其然。九府张宴会（省府招待处在东九府街），停樽复罢荪。七簋绝珍馐，席且四百圆。房主亦徵实（所居房租月面四袋），歉荒空问天（豫以东皆旱实）。我有诸戚友，不见多岁年。兹来迟往访，为免长周旋。奇赢在行商，关津亦险艰。居积虽有获，动员使入官。劳罚不能任，贪污非所安。崩溃值士夫，何必辞寒酸？

一九四二年八月

兰州同师院师生游五泉山步徐君韵潮（绅）九日雅集韵

九天阊阖岂容专，门户纷纭始宋贤（南宋初忌程门弟子者，号为"专门之学"），欣见皋兰富诗侣，况经骠骑劚山泉（五泉传是霍去病以鞭棰劚山地所开）。军胥端合风云证（半山军部禁游人），警句长如日月悬。铜像巍然一学士（刘果斋[尔炘]也，像立门前，殿亭所悬白话联句，多其手迹），河声岚影自年年。

一九四二年十月

15

兰州慕少堂（寿祺）席间赠诗依韵和答

正月三日滞兰州，孟尝觞我意气投。座中大老大国后，再度相见相绸缪。公为文献之所寄，岂但闳肆文章优！三十年前我善饮，今不能阮况乃刘！桥陵有客新察勘，惜少叙事同左邱。四千馀载尽传说，掘地所得无其俦。史迁本纪列第一，坐令土德垂千秋。我但据此理其注，更为疏证扬其流。承举先德相策励，诵芬旧亦名吾楼。瀛台琼岛夹中海，大典小片今存留。何时收蓟入燕市，陪公万卷同冥搜。

原注：去秋由西安来兰州，新岁候机飞渝（按：城固西北师院自一九四一年起，分期迁设兰州，特来此讲课半年）。慕氏传出慕容氏后。慕老已辑成《甘宁青史》四十卷印行。黄帝葬桥山，名桥陵，在陕西中部县（按：后改名黄陵县）。时议创修《桥陵志》，托我撰本传。

一九四三年一月

朱君安节（人瑞）用杜工部诗"丛菊两开他日泪"句为韵作歌别内寄兰索和于兰前飞航途中率成以答

先首临御戎脞丛，士大荒业叹转蓬。山南一卧又三载，飞航再度川之东。忆从皋兰秋赏菊，唐音共踵嘉州躅。高歌塞外总苍茫，低叹泽畔何拘束？创作终需掂斤两，有如此艇冲霄上。①过量缺权定不胜，迷途即景谁堪赏？朱君诗筒我已开，米盐初不碍吟哦。但得茅檐蔽风雨，宁希古树作烟萝！中原壮□挥戈日，文坛竞艺徒洋溢。夺朱自合箴膏肓，发墨尤应起废疾。丛菊两开他日泪，孤怀双矢凌云志。已挥残笔贬柔情，莫因缱绻辞芳瘁。

一九四三年一月

归　途

道阻无理由，车行有控制。临虚难待机，蹈实亦得计。新路溯涪江，芳草平原地。邂逅遂宁友，重谒梓童帝。三日广元宿，四日襄城次。方出沔州途，惊见前车蹶。"人莫踬于山"，车乃翻于市。云是司机人，坦途致瞌睡。戒慎脱艰危，造次成颠沛。所以域中圣，低徊敬廛肆。买车当有择，论治亦无异。斯理早了知，蜀道固平易。

一九四三年四月

北碚师大校友廿三人宴集签名，云亭属书其后

浩荡三千士，联绵四十年。
欢迎随处是，今日北碚边①。

原注：①原书中无"碚"字。水中积石，堤抵岸曰"碚"，应读ㄅㄟ去声。今通读为ㄆㄟ阳平。

一九四三年三月

题欢送毕业同学壁报

战鼓声中又送行，汉江滚滚拥孤城。
相期无负凌云志，万里中原共月明。

原注：此是西北师院在城固最后一次毕业，前年招生已在兰州矣。

一九四三年六月

再度陇至兰州

浃岁关中居，卧游历四邑。洛川既流眄，役祤亦履及。桥山显轩灵，壶口载禹迹。玉华企唐宫，寒露已相逼。度陇敢迟回？阻雨累朝夕。堡垒穿云端，敌弹徒夜袭。崇垣人塞洞，洞口风如

戟。抱病登长途，随身但毛祖。

....

原注：洛川、同官（古祋祤县，音 duì yǔ，今按：已改铜川市）、黄陵（原名中部，桥山为黄帝陵所在）、宜川（东滨黄河，大禹治水始于壶口，在境内）四县志，核印经岁成书，凡十六册，百零九卷。宝君（隋唐玉华宫所在，杜甫有诗）尚未修。而冬服已于秋初悉运兰州，但留毛绳裃裤而已。时患腹泻，适袁志仁（敦礼）亦携二子过西安，遂同上道。传言曾有美国空中堡垒一架受伤降落在西安附近，日机每夜来袭飞机场，仅一两架，回翔不已。西安城垣高厚，到处穿有防空洞。

腾冲报克捷，八莫塞丸泥。凿空开新道，峭绝复逶迤。以兹困物资，对付逾一期。车行经醴泉，白雨来纷披。电丝断难续，下座共推跻。饥肠损膂力，三牛雇挽之。守望有高台，夜驻无危疑。前后不巴村，㘭㘭望若棋。忽来一老农，云有物相贻。众询是馈否？探囊出电丝。大喜真过望，乾州息乏疲。

....

原注：人云西南国际路线不通（按：我克腾冲、日占八莫，及另辟缅北通滇公路事，约在一年以前），去春公路汽车及所需零件已无办法，今仍未停驶，勉强用旧车对付耳。偶见新车胎，乃自印度越喜马拉雅经南疆来者。七日，车至乾县南三十里许，机中电丝忽断，司机返醴泉，电乾站，适有坏车馀此物，属乡农带至，已晚五时矣。"㘭㘭"，音 xiē sān，田间馀地，渭北方言。

豳风远邠州，香梨不复香。泾川酌泾水，热茗涤中肠。晴干得添程，昏暮投平凉。烙饼软无沙，砂锅果鲜汤。倚装本腹疾，及兹回健康。比价仅得半，谓此堪徜徉。不图语成谶，浓云兴八方。一雨亘三日，旅馆寒灯旁。

....

原注：邠县香梨向有名。沿途饮茶，至泾川始见清水，可见"泾清渭浊"属实。

平凉好城池，雄姿胜长安。柳湖旧如画，暖泉今不澜。礼殿启新规，会讲藉寸闲。北游约崆峒，西征向六盘。砭骨来雪风，冻馒成僵瘫。绨袍感友朋，竟同范叔寒。静宁一日程，深夜抵皋兰。

原注：省立平凉师范学校俗称柳湖师范，有暖泉，自起微澜，雨止临行前与志仁同往参观，校长即集合学生四百人请讲演于其新建大礼堂。六盘山头皆雪，仅着毛绳褂裤，车中感寒而慄，至静宁，病不能兴，志仁为我往县中学求医，校长王君等偕至，并假以皮帽毛毯，包裹身首。未明登车，过华家岭，车无窗板，风极凛冽，幸当夜十时即抵兰州矣。此次度陇来兰，系结束西北师院最末一次迁校工作，不复返城固矣。

一九四四年十月

端午诗人节兰州千龄诗社小集用元袁易重午客中
诗分韵唐君为代拈得诗字

避警得低咏，长途能赋诗。一自抵皋兰，欲捻无吟髭。诗社集千龄，诗人又节期。而我滞郊庠，十里隔闻知。亦曾恣搜索，榜贴和壁泥。计得百卅首，八年存史资。将以贡群公，为我刊削之。邮筒传韵来，宁率未敢迟。奈无湘累意，复乏袁子辞。报章苦重叠，促漏寻端倪。溟涨信无极，超越凭云霓。时代如飚轮，世事难置思。汨罗染夷氛，净扫在今兹。陇上榴花红，还乡不逾期。飞堡瞬息程，鸟瞰屈子祠。明年会重午，置酒湘之湄。欢迎看巫舞，山鬼从文狸。竞渡万龙舟，湘君搴桂旗。弭节祝融顶，东皇颔其颐。息壤博一哂，此情良不痴。

原注：近年诸诗，大都是"避警"入防空洞或"长途"在汽车中，不能工作阅读时即事口占，或回忆随感所成。千龄诗社多老人，如慕寿祺、萨镇冰、高一涵、方旭芝等，总得一千岁，故名。西北师院在兰州市西北十里店。诸生张贴诗人节壁报，因搜集战期中西迁存稿，次为乐城、陇蜀两集。时敌势已颓，友朋闲谈，一旦日皇被俘，安置何所？我谓南岳祝融峰最宜。（《楚辞·九章》有《东皇太一》）

一九四五年六月

回乡即事兼赠别四首

首夏清和候，回乡胜利初。
访俘虚往返，觅佐实踌躇。
缥缈横波目，轻盈叠翠裾。

甚风吹到此？对座问征途。

原注：五月初到汉时，廖西平邀往前日租界俘侨集中营参观，至则见布告已停止。时兰州
　　　西北师院、北京大辞典处皆有经手公事待整备，又与湖南《大公报》约编《国语周
　　　刊》，难觅助手。

五载为师弟，新簧旧石宫。
人间艳桃李，天际展鲲鹏。
十五年相隔，三千里集中。
惊余未老瘦，踊跃道欢衷。

匆遽辞江汉，轻车渡汨罗。
春农幸膏泽，秋士闷讴歌。
雁讯怀红豆，龙舟罢碧波。
姗姗犹未至，豪气岂消磨！

原注：与兰州大学校长辛树帜约商西北师院事，闻已到长沙，亟归。时武长路火车尚缺车
　　　头，以汽车头代，拖无顶车厢二。夜大雨，张伞坐。同车者不满战后措施，无胜利感。
　　　到湘值端午节，传今年将大赛龙舟，庆祝抗日胜利，已而寂然，云是长沙之水陆洲
　　　与湘潭之杨梅洲参加者意见不合，因而作罢。

三日霞峰路，归兴薄暮时。
琼楼人已在，瑶夜月空窥。
辩理留馀蕴，评诗见逸思。
经旬感襄助，饯别又湘湄。

原注：六月回潭下乡扫墓，先母墓在晓霞峰（南岳七十二峰之一）山脉之旺，往返三日。
　　　在湖头领设临时办事处，整理所携院处文件，选定周刊文稿。不到两周，稿件全了，
　　　我亦将东下北上矣。

一九四六年六月

刘 朴

刘朴（1892—1976），字柏荣，湖南湘潭人。1911年以优异成绩被选送清华学堂留美预备班学习，结业后被录取为第一届庚款留美生，赴美国农阿华州立农学院学习。与吴宓同学，经吴宓荐，任东北大学教授，后任武汉大学文学院院长等。1941年至1943年在西北师范学院工作，任国文系教授。1949年以后先后在四川大学、四川文史馆工作。在韩愈研究方面颇有影响。著有《姜畲文集》。毛泽东1959年7月5日对章士钊信的批语曾论及其工作问题。

寿劭西五十晋二（辛巳在西北大学）

缃绮楼移近汉中，寿觥灯映上元红。
天孙慎莫王孙较，霸武弘文共向东。

与劭西游酂侯陵园联句（辛巳）

何处萧何墓？无何即是何。
几何何在外（朴），何草亦何多（锦熙）。

三十年春，同至杜家漕，由小径觅萧何墓，不得。路转忽见。共□酂侯墓并在此。柏荣已得三句，睹崖上杂草繁殖，余遂续成之。锦熙附识。

报果夫（四首辛巳）

万里书传甲帐春，眼前车笠旧痕新。
如何薄伐中兴日，犹是垂纶近渭滨！

菡萏空思馥楚天，下帷犹忆幼安边。
漫惊湖水都成陆，尚在麻姑最少年。

共移清社等灰寒，剩得虚名揖柳韩。
那堪更隐人间世，惟觉雄心空自丹。

囊外馂钱成九鼎，厕中卷簀定山东。
若非天网无遗漏，奏牍三千岂可通！

刘 拓

刘拓，号泛池，湖北黄陂人。美国渥省大学工业农业化学博士。1940年至1942年在西北师范学院工作，为理化系教授，先后任理化系主任、理学院院长。

苏幕遮

国立北平师范大学三十五周年纪念日前三日（即卢沟桥事变发生后一百六十日，亦即南京失陷之翌日），作于西安临时大学。聊以遣怀，并资纪念，词之工拙，非所计也。

夜方阑，风乍烈。鼙鼓东来，震破卢沟月。猛兽横行人迹绝，肠断金陵，梦绕燕山缺。　　吊忠魂，埋暴骨。仰问穹苍，此耻何时雪！浩劫当头宜自决，三户犹存，曷患秦难灭！

张　焘

张焘（1892—1952），字建侯，河南商城人。20世纪40年代为西北师院国文系副教授，教授"各体文习作"等课程。1950年至1952年为甘肃省图书馆特藏室主任。

秋夜感事

　　鸡鸣星河低，残月近东井。梦回起徘徊，夜气正清冷。胡为不安眼？端因心耿耿。国事方蜩螗，人欲互驰骋。我为抱忧念，直如喉有鲠。趺厨霜露下，时自怜孤影。忽闻铃铎声，其音清以冷。直如古寺钟，发人深夜省。人生若大梦，殷忧蘧然醒。哀哉利禄人，胡不清夜醒？

（见李鼎文《梦槐庵丛稿》310页）

高鸿图

高鸿图（1893—？），字献瑞，河北滦县人。1942年到西北师范学院工作，曾任出纳室主任，兼先修班教员。

偶成四律

陇上早春

阡陌纵横接柳塘，韶光明媚日初长。
林花似锦游蜂醉，野草如茵蛱蝶忙。
南浦云低春水绿，东篱香荡菜花黄。
芳郊载酒寻时盛，斗破家倾竟淡忘。

夏日即景

溽暑蒸人未肯降，轻罗小扇自生凉。
蝉声继续鸣疏柳，鱼阵浮沉跃浅塘。
溪畔竹深留墨客，池中荷静送幽香。
遣怀惟有骚人笔，茗罢诗成午梦长。

秋夜有感

秋景凄凉夜月明，天涯作客倍伤情。
瑶台露冷虫声切，银烛光残茗味清。

世路崎岖无日坦，命途坎坷几时平？
蹉跎自叹年华老，建树毫无愧此生。

岁暮偶成

腊鼓声中岁又阑，连年作客倍辛酸。
日中独步山毛老，夜半孤吟月色寒。
雪白梅香犹可爱，酒酣客满强为欢。
河山未复弥天恨，定殄凶残不令还。

何士骥

何士骥（1895—1984），字乐夫，浙江诸暨人。北平清华大学研究生毕业，师从国学大师王国维，专攻文字学和考古学。曾在北平研究院史学研究所从事考古研究工作，并兼任北平师范大学、北平女子师范大学讲师。1939年后任西北师范学院国文系教授、系主任，1948年任甘肃省博物馆馆长，为甘肃省博物馆工作的开创者之一。著有《说文解字研究》等。

登翠华山忆某友用人事有感

春日登临意气扬，骤添两鬓几星霜。
悬知苦口终无补，已分埋忧未有方。
书尽八行存故实，事经瞬息有沧桑。
贞元朝士垂垂尽，留取丹心照夕阳。

汉江桥畔怀浙灾

卅一年，吾浙既遭水旱病疫各灾，复受敌寇兵灾，流离死亡之惨，为向所未有。渝陕同乡，各设赈会以救之，予亦参加其事，愧力有未逮也。

巴山屼屹等龙蟠，汉水粼粼照影寒。
独坐桥边残照里，一片烽火忆江南。

过端午

避难城固，六过端午，有感书此。

一季一节度良辰，照眼榴花簇簇新。
寇乱方深归不得，来缘佳节诚悲辛。

易君左

易君左（1898—1972），名家钺，号三湘词人，湖南汉寿人。北京大学文学学士，日本早稻田大学硕士。1923年任教上海中国公学，兼泰东书局编辑，与郭沫若、成仿吾、郁达夫等共事。先后任湖南《国民日报》社长、国立安徽大学教授及该省《国民日报》社长、江苏省教育厅编审室主任，四川省政府编译室主任等。1948年任兰州《和平日报》社长，兼任西北师范学院教授。1949年底去台湾。早年参加五四运动，加入过少年中国学会、文学研究会等。现代著名散文家、诗人，主要的作品有《闲话扬州》《杜甫今论》《入川吟》《青城集》《大湖的儿女》《火烧赵家楼》《回梦三十年》《君左诗选》《易君左自选集》等。

月牙泉

晴空万里蔚蓝天，美绝人寰月牙泉。银沙四面山环抱，一池清水绿漪涟。游鱼数尾崩明镜，飞鹭一只破轻烟。芦苇萧萧折腰舞，荇藻拂拂抱头眠。此是人间抑天上？太虚幻境庶几焉。沙柳几行掩楼阁，斜阳一抹投鞍鞭。人影紧随山影后，山影偷渡马影前。人影马影兼山影，踏破波光半月圆。天马腾空早飞去，一梦不觉二千年。汉时明月秦时郡，秋风吹冷玉门边。何当化为萧寺一老衲，要使满天仙佛尽读吾诗篇。

（一九四一年秋，作者随从于右任到敦煌视察作此诗）

五色沙

欲觅桃园世外家，汉唐胜迹比繁华。

月牙池畔寻芳草，刮得敦煌五色沙。

（此诗与《月牙泉》同时作）

敦煌石窟

远来西北何所求？第一心愿是古州。石窟千佛震天下，三十年来梦里游。一朝心愿竟实现，钩沉古史穷探幽。溪水潺潺洞累累，白杨萧萧风嗖嗖。飘舞蹁跹化蝴蝶，攀登矫健疑猿猴。洞上有洞洞下洞，洞中复向洞中搜。大洞之中有小洞，小洞大洞骽珠球。其数何止有六百？更上大佛九层楼。两魏隋唐观之遍，宋元西夏无遗留。八宝庄严何代建？大千灿烂此中收。眼花缭乱口难言，魂灵飞越足难周。行云流水随时尽，沧海桑田一笔勾。人言佛法本无边，我言国力罕匹俦。千佛洞如大海潮，一洞即是一浪头；千佛洞如大海浪，一浪搏击一孤舟。世界无如此伟大，人生从此消烦忧。惜哉大者盗而小者偷，真者沉而伪者浮；颓者垣而荒者丘，断者头而抉者眸。艺术宝藏任毁灭，髯翁只眼独千秋。上国旌旗息箫鼓，河西静静复悠悠。我来敦煌横感慨，早视荣华风马牛。疏星明月如相伴，让我一窟甘长休。

（选自易君左《敦煌心影》，作于一九四一年秋）

歌敦煌千佛洞杂咏（十二首选四）

二

万里驰驱未觉劳，白杨瑟瑟马萧萧。
寒鸦数点秋风里，好趁斜阳看六朝。

三

汉唐盛治至今传，八月秋高塞外天。
画尽中华文物美，潺潺流水亦千年。

十

冷云淡月入窗棂，历尽边荒路几程？
流水溪中生小草，白杨树梢挂疏星。

十二

高挂斜晖罩暮烟，敦煌今日为谁妍？
远游西北完心愿，记取鸣沙断洞边。

一九四一年秋

宿酒泉

酒泉一夕梦迢遥，白尽天山尚作宵。
逆旅孤灯收远客，雄关名镇认前朝。
诗人欲共黄沙卷，归意飘从碧落逃。
买得夜光杯在手，时危何日醉葡萄。

如陇吟·黄河落日歌

看黄河，何处好？落日西沉过灵宝。倚窗相对寂无言，绿鬓朱颜均渐老。流沙一片翻惊涛，层云万里，绝飞鸟。上冲下涮风苍凉，左回右抱龙夭矫。从来尤物最神奇，反视微躯真渺小。神禹之功垂竹帛，开疆辟土平洪潦。如何大患数千年，即一李冰亦难找。掘堤灌水毒生灵，呜呼巢穴何由保？可知人祸胜天灾，一笑劳尘太草草。看黄河，何处好？如逢梦里古英雄，酡颜犹觉千杯少。

丁亥暮春，余由沪来兰，喜遇老友谢润甫兄，适值润甫五秩荣庆，杯酒奉邀，即席赋诗敬贺

抛却夭桃看牡丹，花王微带二分寒。
故人风义浓于酒，远客情怀淡若山。

天命渐知吾与子，文光双映北和南。

十余年饶菱湖梦，喜嗟皋兰万里欢。

丁亥东坡先生生日　子健同寿邀饮于兰市

　　跨冰挟雪回兰州，午餐夜宴苦应酬。忽闻子健邀我饮，知此一席非凡俦。东坡生日谁理会？蛇人之心多烦忧。黄尘卷天朔风烈，杯酒能消万古愁。苏公距今千余载，何以影响风长留？愿如幽□□耳花，或似飘逸亦壁舟。文章道义树典型，邈与天地齐其流。逢君乌鲁木齐河，天山一峰耸白头。万里筹边虚国土，萧然归赋玉关秋。髯翁在京小鲁去，我与子健同吟讴。荒原始见大鹏飞，浅水何碍神龙游。不为成都一草堂，即为黄冈一竹楼。人生在世无他乐，继往开来永不休！

临洮李公祠题识

　　民主初开陇上花，李公以身殉国家。三十余年一弹指，天胡久祸我中华！自来边塞多感触，志士仁人头尽秃。死者已矣生何堪，千古丹心失荣辱。临洮新筑李公祠，万姓馨香祷祝之。大风浩荡绞冰雪，读圣贤书果何为？继岳少保当无愧，与史阁部堪比美。浩气长存天地间，羞尽乱臣与贼子！

凉州六朝古钟

双塔剩残砖，钟声上达天。

浮光悬大器，余韵响清泉。

塞北千重雪，河西数点烟。

斜阳颜色好，红了二千年。

登灵钧台

同游海藏寺，独上灵钧台。
城郊森林美，山川图画开。
牛羊渐归牧，燕雀两无猜。
欲向斜阳问：河西几却灰？

甘园望月

万里随轺过，甘园静处藏。
大风摇古柳，新月出边疆。
客梦因秋瘦，人生逐路长。
明朝向西去，微带酒花香。

抵张掖

来访河西第一城，甘州词调旧知名。
无人再说江南好，有客新从塞北行。
秋水蒹葭孤雁县，黎明灯火万鸡声。
风沙莽莽休相扰，梦里祁连雪样清。

红山寺

赤金堡上红山寺，唐塑金身共十尊。
不意风沙尘日恋，天涯到处古风存。

初见瀚海

喜从瀚海见波澜，千里迢迢走雪山。
极目茫茫白一片，思悠悠与路漫漫。

玉门度中秋（四首绝句）

黄尘飞卷白杨洲，喜接旌旗作壮游。
烽火漫天明月夜，玉门关上度中秋。

祁连千里莽苍苍，驰骋西陲古战场。
月白天高风习习，何层意识客边疆？

敦煌此去无多路，明日西行月更明。
回首皋兰山万迭，更堪京口卧衰亲。

平作前人凄苦辞，扬鞭塞上独吟诗。
何当万里清辉满，照出人间绝代姿。

刘国钧

刘国钧（1899—1980），字衡如。生于江苏南京。1920年毕业于金陵大学哲学系，1925年获美国威斯康星大学哲学博士学位，同年回国，任金陵大学教授兼图书馆主任，北平图书馆编纂部主任，西北图书馆馆长等职。1943年至兰州，任西北图书馆筹备主任，1944年任馆长，1949年任顾问，兼西北师范学院教授。1951年到北京，先后任北京大学图书馆学系教授、系主任，并兼任北京大学学术委员会委员、北京图书馆顾问等。1958年起担任北京大学图书馆学系主任。1979年被推选为中国图书馆学会名誉理事。著有《中国图书分类法》《图书馆学要旨》《图书馆目录》《中国书史简编》《刘国钧图书馆学论文选集》等。

洞仙歌·五十自寿和仲韵见示

思量往事，怅轻离白下。几日重看摄山颓。纵搜奇剑阁，览胜兰皋，难忘也，故里风光如画。　　而今漂泊惯，皕宋千唐，更赖有丹铅供挥洒。利名事，等闲云，对酒当歌，且休问中原戎马。待相约，拜千佛敦煌，信五十年华，白驹过隙。

题黎雄才先生画展

阴阳工造化，笔墨夺其力。缣素无纤尘，万翥弄颜色。或动荡心月，或直抒胸臆，中华五千载，画论判南北。一从海舶通，东西互滋惑。畛域分殊宗，谁其窥究极。高翁出岭南，乃见善知□，鞭笞走宋元，内外无扬抑。黎子踵雄风，造物吾足式。南撷鲛人珠，西携天山□。踏歌青海头，摩崖流沙侧，月明松风清，夜雨潇湘黑。绝塞赋归来，画帙富倾国。开缄□□人，琳琅森万亿。置身在其间，口哆意转□。昔闻郎世宁，问关魏阙揖。马中九方皋，宁复献禹域。齐传楚人咻，嚼火阇然熄，于今三百年，又见真笔墨。状物贵得神，写生画有则。人难鬼易工，古今同太息。

冯国瑞

冯国瑞（1901—1963），字仲翔，甘肃天水人。早年就读天水存古学堂，民国十一年（1922）考入东南大学，十五年（1927）夏毕业后又考入北京清华国学研究院，次年夏毕业。1942年至1948年任西北师范学院国文系教授。1946年起兼任兰州大学中文系教授，后任系主任。新中国成立后任甘肃省人民政府文教委员会委员、甘肃省文史研究馆馆员。著有《绛华楼诗集》四卷、《张介侯先生年谱》一卷附录一卷、《秦州记》、《麦积山石窟志》、《天水出土秦器汇考》、《关西方言考》等。辑有《守雅堂稿辑存》。

夏初桃始华戏成

春脚较迟一月程，桃花入夏见山城。
边州即是春归处，回首江南几送迎。

晓峰兄将之敦煌出示明逸民顾景范先生遗诗二首
离合之感不禁怃然因次其韵赋赠

一

南山文豹隐烟扃，话归欣临野史亭。
沧海古田千顷碧，边城新柳万条青。
江山满眼供词笔，迟莫心怀乞策灵。
此意苍茫无可说，几回枯坐待晨星。

二

十载论交省秣陵，季鹰蓴脍思难胜。

流沙万里成孤诣，好雨崇朝信有凭。

此去玉关羌笛静，归来石室异书增。

他时吴越论文地，传是楼高更一层。

自兰州飞长安放歌纪事（九月二十一日）

噫吁嚱，危乎高哉，登天之易易于履平地。坐见万里滚滚无际之波涛，祁连罗列如儿曹，千山万山倏忽一发轻飞等鸿毛。元气合围穷眸子，坤轴磅礴相吞交。黄河如带巧钩缭，万壑栉比纷秋毫。快哉御风行，四周天扫皆容包。淮南颇亦携鸡犬，云龙上下愈与郊①。大云如海轩然至，万态奇谲陈层霄。初见匹练拔山出，引之万缕飞龙蛟。夭娇妍异争向人，过眼良驯手可招。渐幻狞狰翻百技，能以恶兽化鲛绡。万马奔腾相斗蹙，贲育莫敌虎狼骄。俄见万顷尽成棉，堆软积素胜茧缫。始知天公事聚敛，不怪人间艰绨袍。乌龙嘘气喷浓墨，顿令昏黑来深宵。玉宇强支寒顷刻，苍生或喜雨连朝。抟扶摇上三千尺，只手遂欲扪斗杓。举头问日嗤讥之，道而何劳攀黄尧！吾闻天高耳属地，陆沉鱼烂何以塞耳不闻鬼泣更神号？茫茫赤子鱼头生，殛鲧兴禹至今忝尔职司何以失贬褒②？再拜敢告人间世，阊阖跌宕碧天寥。帝若默怜允吾请，不尔宁逐徐志摩③。是时歌哭动九天，乘回风兮骖云轺。总为浮云能蔽地，长安不见魂欲销。帝遣六丁凿云窟，弹冠稍庆切云峤。风薄焉得浮大翼，长歌聊以压尘嚣。

原注：①偕行者周生宜适。　②是秋大水，治河者又易人矣。　③前年徐志摩北飞失御，殒山东境。

读钱辛楣（大昕）洪北江（亮吉）孙渊如（星衍）三家诗
均有题阶州邢伀山（澍）松林读书图诗感而赋此用北江韵

西山读我书，祁寒拥一卷。围炉茶铛鸣，短檠立几案。有怀
乾嘉盛，尚友古弗判。松林绘高吟，激越声未断。謦欬问大师，
冥想识朴愿。何来邢会稽，邂逅如适馆。异方听乡音，古悦迓亲
串。陇学公辟之，渊岳失涯岸。碑录艰爬梳，秦文劳注灌[①]。留
客鉴止亭，种松等僧院[②]。大雅磊落人，十年山水县[③]。万里洪
更生，披图揾泪看。哀时复伤别[④]，故山耕桑劝。卷轴入秦陇，
浩劫鱼柳贯[⑤]。天禄亦零落，片羽今谁算！

....

原注：①公与孙渊如辑《寰宇访碑录》《全秦艺文志》，有北江序。　②伀山官浙时，尝在
长兴县斋建鉴止亭，留客论学以为常。嘉庆七年，聘钱辛楣、钱晦之诸人纂修县志，
皆馆于此亭。钱氏兄弟均有《留宿鉴止亭》诗。　③洪诗有"作宦已十年，读书近
万卷"句。　④北江归自新疆，与伀山放棹西湖，逾年将归陇，北江有《自吴江归
取道宜兴舟次值同年邢大令澍话旧即席赋赠》诗，见《更生斋诗》卷六。　⑤洪诗"我
境苦从忧患缚，吟诗不已复著书"，下自注曰："君前著《全秦艺文志》，近又欲辑《宋
会要》。官斋聚书三万卷，多藏书家所无者。"又曰："君驼万卷归秦阶，可作陇右藏
书家。"按陇上嘉道以后，兵戎相寻，无十年安居者。阶州僻处陇南，频经陷失。尝
叩诸父老，鲜有知公姓字者，其藏书更不可问矣。

次德咸韵哭黄季刚师（二首）

分明怨恨不须论，涕泪天涯剩此身。
酒肉朱门悲冻骨，绣衣骑马更何人？

愧我参鲁才又愚，绛帐经年总不如。
从此山颓我安仰，青灯五夜哭芙渠。

题林文忠公墨迹

侯官林公天下雄，手触逆鳞大臣风。

谪戍穷荒龟兹道，断楮零缣重泥鸿。

逸兴摹此《来禽帖》，肃然开卷肝肠裂。

百年粤海烛危机，起公九原何从说。

一九四二年二月

为尧丞题邢伀山先生画虎

频年苦搜伀山文，辑成《守雅》诩逸闻。不知此老尤能画，尧丞得之有馀欣。边城重聚话离悰，出示奇迹情何殷。泉咽宿莽危石壁，月笼寒烟坐山君。叫绝勤事虫鱼手，忽尔大笔挥斧斤。铁骨崚嶒森虎气，精神点窜当瘵羸。君能珍此令勿失，世间狐鼠正纷纷。坚待时晴归陇亩，两图拟补旧松云。想像羲农真梦呓，或其日月销兵氛。尔时与君展此轴，故山一席许平分。记此默祝如信符，君其嗤乎意何云。

....

原注：伀山先生有《松林读书图》《桓上草堂图》，今皆佚矣。

慈爱园曲有序

园在兰州东门外，饶花木庭榭之盛，邓宝珊将军与其夫人崔锦琴女士所营葺也。抗战军兴，将军督师晋陕。三十年六月二十日敌机轰犯兰州，夫人及子女避警河北岸枣树沟壕洞，俱殉于难。八月五日卜葬园中。阅明年，于公右任西巡至兰州，吊其墓，为题名曰"慈爱园"，有诗殊痛切，词曰："百感茫茫不可宣，金城到后更凄然。亲题慈爱园中额，莫唱兔雏傍母眠。"自注云："宝珊长女倩子最后课录杜诗'糁径杨花铺白毡，点溪荷叶叠青钱。笋根雉子无人见，沙土兔雏傍母眠'七绝一首，翌日与其母及两弟避敌机同罹难，皆葬园中。"盖纪实也。日寇既降，三十五年四周，将军携其女团子于高阳孙氏姨家，莅兰州，始祭扫焉。家国仇雪，忠慰九泉，为此曲以抒哀。

兰州城东花如雪，棠梨树树闻啼鴂。几回掩泪过林园，春风不放丁香结。销魂忍指山头石，埋碧能温池上月。将军昔时开府雄，池馆偶拓地数弓。驻马风流严仆射，草堂乐与宾客同。行厨花下盛游宴，扑枣折枝任奚僮。夫人琬琰自清华，相携群稚嬉日斜。亦培畦町劳树艺，闲涂丹墨就林花。巾帼时深忧患语，强虏未灭不为家。锁钥雄封戍上郡，依依园外牵裾送。剪刀勤自裁征裳，笳鼓频传歌破阵。西犯狂鹰逞凶轰，遽怜并命一时殉。凫雏傍母绝可哀，名园孤冢凄崔嵬。燕子归来寒食后，河山莽莽怯登台。门前争看中郎笔，题榜行吟髯翁来。忍灭仇雠久不归，指日降幡照落晖。招魂宁待三兴土，回戈更解九边围。八年一腔家国泪，迸向军前洒征衣。万里飞还寻旧陌，吞声难禁娇儿泣。何物柔情慈与爱，恋枝啼煞乌头白。不堪遍倚认雕栏，未拟寻常怨锦瑟。樽前花药雨冥冥，屐痕如梦忆曾经。多为主人留景色，十日从游望郊坰。天涯芳草春无际，一角荼蘼倚冬青。

送张舜徽教授南归

世谁尊朴学，子独厌虚声。
九畹滋沅澧，三苍力抗衡。
危言宁岂废，漫夜有孤行。
张翰西风感，临歧话后盟。

槐阴曝书歌为刘馆长衡如作（有序）

国立兰州图书馆，由京分配战后清理图书一百二十六箱，共六万馀册。善本有元刻《列子》、明清精椠及手抄本无虑数百种，膡以日本、高丽本多帙，甚盛事也。溽暑整理，充塞廊宇。得与刘衡如馆长及民勤王宇九、兰州李冠卿、怀来马郁文、山丹吴式斋、歙县吴田锡、江宁刘思琦、华亭尚崇古、李振基诸君涉猎其间，槐阴漾午，欣然忘倦，遂为此歌。三十六年八月二十日也。

中兴载颂复版图，鼓吹四海齐欢呼。网罗旧闻收遗逸，书聚金陵百万轴。集贤开阁理丛残，牙签列比高于山。载籍幸逃咸阳炬，石经又运邺郡还。旧家藏书问馀几？南瞿北杨楼阁圮。江南简册散如烟，柳髯兴叹龙蟠里。宜重公庋胜私藏，秘府缥缃赅四方。神州文物开拓际，兰州建馆森琳琅。衡如博通今刘向，七略能系中外望。书穴勤探唐述窟，龙门独轴名山藏。分置鸿宝盈五车，涉江度陇劳运储。安排顾库虑充栋，解束籯筒观塞衢。夏厔城东学院街，馆人发箧女史偕。横摊一一铺瑶席，酷热炎炎仰翠槐。槐荫消疲日卓午，精钞名刻出渊薮。痴索晒宋悭一廛，纷获盛明饶内府。高丽茧纸腾异馨，倭国乌阑几汗青。当时误重鸡林贾，此日仍尊虎观经。缣帛湿云晾未干，巾箱黏粉蠹欲仙。偶有阙疑翻总目，早因排次作长编。百城据拥轻南面，二酉峥嵘狪委宛。约辟特藏事研订，楣端漫署五千卷。凉生襟袖各雍容，漫卷日晡碧影重。论交宁愧王宏撰，高歌且劳蒋山拥。

观演岳武穆剧有作

唾手燕云事已空，悲歌独唱《满江红》。
传神诏狱愁无奈，座客相看泪满巾。

目指神奸太可嗔，徒然切齿彼何人。
为言偶尔登场事，漫趁·时技绝伦。

断井银瓶事岂无？汤阴族谱绣名姝。
伤魂最是环扉夜，写出人间孝女图。

南北播迁血胤存，《金陀》论定相台尊。
各将馀事传词笔，二圣无儿王有孙。

郊游即兴

城上朱旗夏令初，溪头绿水蘸荷蒲。
花贪结子无馀萼，燕捕飞虫正哺雏。
箫鼓春蚕人尽醉，陂塘移稻客相呼。
长安青盖金勒马，也有农家此乐无？

敦煌莫高窟杂诗五十首（选二十首）

宏我两京炎汉光，涂将胡粉界朱匡。
佛图天竺参中法，寰宇更无此宝藏。

原注：《北堂书钞·设官部》引《汉官仪》：奏事明光殿，省皆胡粉涂，画古贤人烈女。《初
学记·居处部》引蔡质《汉仪》：省中皆以胡粉涂壁，紫朱界之，画古烈士。

窟兴西晋不须猜，史证敦煌释道开。
岩谷穷栖勤服炼，石虎消沉肯再来？

原注：《法苑珠林·冥详记》西晋沙门释道开，敦煌人，出家山居，三十年后，唯吞小石子，
行步如飞。石虎建武二年，自西平迎来。

典午纷更鲜孑遗，靖恭文献萃未衰。
当时画手与边郡，图写宋纤事可稽。

原注：《十七史蒙求》：晋宋纤，字令艾，敦煌人，隐于酒泉南山，不应州郡辟命，太守杨
宣画其像于阁上，出入视之，卒谥亢虚先生。

石匠曾闻雷卑石，塑师难迈杨会之。
琢镌瑞像穷金䐉，到处无名段段奇。

原注：《法苑珠林·感应录》：石匠雷卑石等造释迦像，坐高三尺五寸，连光及座，通高六
尺五寸，尽琢镌之奇，穷金䐉之妙。

敦煌古镜出巴黎，建窟永和赖此题。
纷裂华夷当日事，不忘晋朔玉门西。

原注：巴黎藏 P.2691，敦煌出沙洲城土镜，建窟在晋穆帝永和九年。

残卷咸安纸勒坚，犹存正朔义熙前。

列窟何从分晋魏，真难呵壁问青天。

原注：友人尚存东晋《道行品法句经》，有咸安三年十月二十日沙弥净明题记。

艺风两魏接高齐，栩栩入神望欲迷。

因念画工曹仲达，传摹西瑞更堪题。

原注：《西域传》记隋文帝开教，有沙门明宪从高齐道长法师得画像一本，图写流布，遍于宇内。时有北齐画工曹仲达者，善于丹青，妙画梵迹，传摹西瑞。

乐尊法良迹已陈，传闻建窟始西秦。

难寻索靖仙岩字，想像劈窠笔有神。

原注：《周柱国李君修佛龛碑》有云：莫高窟者，厥初秦建元二年，有沙门乐尊，戒行清虚，执心恬静，尝杖锡林野，行至此山，忽见金光，状有千佛，造窟一龛；次有法良禅师从东届此，又于尊师窟侧更即建。伽蓝之起，滥觞于二僧。六十三窟出唐人题记：晋司空索靖题壁。号仙岩寺。

继踵尊师大代强，瓜州刺史东阳王。

写经普泰存天壤，更证唐碑记载详。

原注：《周柱国李君修佛龛碑》有云：乐僧法良发其宗，建平东阳弘其迹。《魏书·孝庄纪》：建义二年八月丁卯，封瓜州刺史元太荣为东阳王。《周书·申徽传》《令狐整传》俱作东阳王荣，可知刺史东阳王即元荣。石室写本《摩诃衍十八不共法卷》有大代普泰二年东阳王元荣题记。

元魏百馀石窟群，中心柱上雨花纷。

四围隐塑窥经变，亲见应严异耳闻。

伟矣舍身饲虎图，掷还肢体血模糊。

旁观犹羡庞儿俊，顶踵利人墨者徒。

①二五四窟有北魏画饲虎图。

> 藻井纷繁四壁同，翻摹几载展青宫。
> 画人微惜轻文字，书法阙临大统雄。

原注：二八五号西魏窟曾临摹全窟壁画，在北京故宫展出。今见此窟经变说明甚多，且有大统四年等题记，似应与画并重为宜。

> 绕阁腾云舞带开，诸天飞去复飞来。
> 何妨化却身千亿，一个妙姝一善才。

> 挥毫雄健张肌肉，厚粉浓堆变眼皮。
> 铅褪才知非本相，几多供养余丽姿。

原注：魏画多铅褪变色者，于墙角壁端较阴暗处，仍有不变色仍然姣好者。凡粉白高鼻及粉白大眼皮，皆或非本相。

> 当年窟外有巡廊，廊断壁穿损画墙。
> 规复旧观今日事，支持莫再待商量。

原注：二五九号魏窟危崖绝壁，亟待支柱。

> 莫高本义肇于隋，发愿宏文剩墨题。
> 佳句小弁须记取，分明托意在毛诗。

> 沙碛曼蜓势莫高，九层杰阁响云璈。
> 嘉名肇锡原诗义，寄与山泉石室牢。

原注：根据"莫高窟"六种文字之至元残碣，以为自元代始有此名；又有以"莫"当作"漠"解者。此次在四二三号隋窟正面佛像须弥座正中有隋人墨迹发愿文中，有"莫高窟"三字，确知"莫高"解释，实见《诗·小弁》八章："莫高匪山，莫浚匪泉。"其意甚显。

六朝文藻擅风华，镂月铺金赋灿霞。

开皇喜见真题记，独留奇迹在瓜沙。

原注：三〇二隋窟有开皇十六年题记，绘塑风格，得由此断定。隋代窟群，其数逾百。

隋塑精微意奥深，绛唇启齿似闻音。

神威金甲天王怒，不觉斯须毛发森。

原注：二〇六隋窟塑画绝胜，天王神采奕奕，尤为生动。

平生癖嗜耽金石，深刻大书作讨探。

残碣犹能存信史，武周圣历有千龛。

原注：《周柱国李君修佛龛碑》有云："推甲子四百他岁，计窟室一千馀龛，今见置僧徒。"为初唐窟群最盛之证。

满庭芳·安宁堡桃花下作

匝地车声，连天花气，万树盈笑低迷。风回羊角，沙碛晕荒陂。笑语长河北岸，群芳拥，归汉文姬。听芳笛，绯霞十里，还唱夺燕支。　　桥西。凝望处，楼台宛委，门巷依稀。作浪沫猩红，都羡相宜。偏是留春住久，三月暮，休怨开迟。难忘记，年年俊侣，谁不醉如泥？

和涵庐老人感赋六首元韵即呈

黄河赌唱白云悠，煮茧滩前幻万沤。

度陇诗人归一老，逾淮橘颂贵千头。

何来愤恚应名累，各有行藏欲语休。

我羡东坡穷不死，梦回同在木兰舟。

茅苇桐城痛起衰，斯文托命几如丝。

棘心活国宁疏计，蒿目危言恐后时。
马帐横经兴废疾，鸿都改体识丰碑。
陈东慷慨无南北，树蕙犹劳九畹滋。

浮海归来朝市新，精挈键户厌缁尘。
故人虎观馀奇节，活计鸡林仰贾人。
击楫澄清如水誓，抚弦激越对山峋。
散亡史稿求非易，集外时贤孰等身。

津桥挂眼感颓波，愁听鹃啼蜀道多。
风靡几全天汉节，日沉终挽鲁阳戈。
奇才诸将娱坛坫，经窟瓜州领献歌。
会墨莫惩焚谏草，此心岂许久蹉跎。

沧海门人列瘦寒，乌台权作上庠看。
勤培士气文章外，知语末流道义难。
塞草无殊卷葹味，秋骚颇耐落英餐。
园炉扫地沉沉夜，龙脑香温寸寸丹。

鸣盛唐音大国风，邱山回首凿洪濛。
鸡虫得失蕉团里，夷夏浮沉铁网中。
解箨还思当路笋，繁霜待饱晚秋菘。
微吟寂寞吾曹事，立尽斜阳数去鸿。

（《西北日报》副刊《诗圃》第四十七期）

如此江山·登兰州拂云楼

暮寒踏雪风初劲①，登临更约枚叟。杰阁峥嵘，女墙委宛，
下视黄流东走。泛冰泛苗。便吐气成虹，卧龙知否。风景无殊，
梦中黄鹤梅花负。　　往昔英雄某某。抚肃藩废碑，左侯枯柳。
倚遍阑干，愁听花胶，揾泪沧桑却后。山城如斗。待指顾澄清，

策筹攻守。汉帜票姚，祁连勋不朽。

---

①赵校：原刊《和平日报》副刊《黄河乐府》，"寒"字后一字模糊不清，墨迹呈方形，今据文意补为"踏"字。

醉花阴

周酉山招饮，芭蕉两株最盛。酒后客倩翁吹笛，因为此解。

如幕清阴当夜迥①。双秀拟妆靓。贝筴万行斜，一卷初开，却过高楼影。　　精严几案隃糜剩。供素帅俄倾。吹笛最相宜，杯底银河，玉样阶前等。

---

①赵校："夜"字后一字模糊不清，似"过"字繁体。今据文意与韵定为"迥"字。

水龙吟·戊子诗人节

几曾凝望津桥，尺波射眼当重午。惊沙划碧，遥天浮梦，骚心何许？易遣衙官，无烦宋玉，临流投赋。奈灵修浩荡，销魂楚客，汀兰外，迷芳杜。　　见惯游龙曼舞，正狂著、痴儿骏女。追欢到晚，旗亭嬉散，谁家箫鼓？翠湿斜阳，香温曲榭，断肠江树。只而今莫问，浇愁一醉，更酬渔父。

一九四八年

戊子重阳千龄诗社社长杜楚琴邀饮煦园，以王维《九月九日忆山东兄弟》分韵得独字

煦园据南郭，深秀夙称独。主人专丘壑，亭榭阒林屋。经营廿载强，手植森万木。嘉柯无凡卉，箨节珍修竹。前年冻几僵，踉兴还□绿。好客喜文燕，我屡随耆宿。佳时不放手，杖履接巾辐。晞发醉棋亭①，长叹小龛谷②。朱（一民）高（一涵）乘兴来，寻句每蕥烛。旧人有星散，社集客不速。今年作重九，选胜得新局。招邀诸老健，相对念吴蜀③。易（君左）王（新令）来两俊，抗手碧垒肃。一则癯而隽，妙论难阖啄。一则默且腆，快意惟扪

腹。主人顾而笑，佳醅□百壶。新楼初结构，共登一纵目。同龛礼弥勒，慧业遂幽筑。下视千琅玕，翛然鸣苍驹，粉宝出维香，芬馥杂丛菊。范翁（禹勤）年最高，三绝雄高躅④。傥不靳丹青，请图秋褉轴。风雨夕报晴，适意随即足。忧乐劳公等，樗散宜野服。漫言强自宽，此乐吾侪属。

原注：①②皆煦园胜处。　③高现在在南京，朱在重庆。　④范翁寻、书，画，皆有家教，人称三绝。

一九四八年

洁民、立人邀衡如、必祝、新令同饮金山寺观
邹忠介公应龙石刻诗画，深夜始归

万山束横流，一舸脱疾箭。雉堞落深谷，梵宇穿飞栈。石角铲东向，霞尼愁西咽。拾级最上层，俯睇发微眩。形势俨金鱼，仿佛南徐岸。夕阳诚可惜，皓魂坐待换。薄雾抹陵开，不旋踵而散。一道陡通明，洒金制澄练。波卷光生棱，空喧气扑霰。了了数点烟，天矫倏忽见。放言无所拘，惊鸿怀明艳。美人秋水阳，爱才皆左袒。呼灯指幽窟，明贤迹初辩。句足铃山敌，秀蕴老遽健。异彩照山河，风节天下先。怂惠同来人，幸不愧直谏。寺门受月多，立久有馀恋。

减字木兰花

木樨开罢，初凉天气虫声乍。帘幕星文，斜挂蟾光瘦几分。
石经初校，倦里丛残无定课。笑我中郎，梦里鸿都说讲堂。

江城子·与杭州吴揆同游小西湖

杏花村馆柳条青。夕阳明，照边城。尘起沙飞，堤上共闲行。笑指钱塘江口路，天莽莽，大河横。　　卢根蝌蚪几时生。蛙初成，为谁鸣？两岸风光，欠个小舟停。难得西泠桥畔客，来此际，过清明。

王汝弼

王汝弼（1908—1982），河北蓟县人。1942年至1947年在西北师范学院国文系任教授。此后一直为北京师范大学教授，著有《乐府散论》等。

自　遣

已强书剑并无成，犹盗不虞作影声。
记识畴能基覆局，谟猷那解带危城。
世儒今日豕争发，边患当年疮未平。
三乐启期男一贯，流光俯仰愧天生。

赠卢季韶

风流藉甚古来有，臭味论交今或存。
顾我无家分弟妹，逢公随地作春温。
三年始得窥其奥，一日何能少此君！
政恐苍天靡定所，明朝飞去楚江云。

慰杨慧修[①]

六州铸错作儒生，进是牢笼黜是坑。
岂料当今倩内舍，还同东汉借边兵。

人情只会迎阳桥，此事何堪慕大鲸。

我自狷狂犹着急，知公一笑气全平。

原注：①杨慧修，名晦，1943年任教于陕西城固西北大学中文系，是进步教授，因坏人告密，国民党当地驻军通过校方对杨提出警告，杨被迫离职。诗中"内舍"借用宋代大学"三舍"之一，指当时的西北联大。"迎阳桥"语本《说苑·政理》，借喻西北联大当局逢迎取荣之辈。

李嘉言

李嘉言（1911—1971），字慎予，泽民，笔名高芒、景卯、家雁、贾彦、李常山、李慎予，河南武陟人。古典文学研究家。1930年入清华大学国文系学习，1935年回校任助教。"七七"事变后，任西南联大讲师，其间与闻一多共同效力于考古研究，并专攻唐诗和楚辞。20世纪40年代任国立西北师范学院副教授、教授。后任教于开封师院（今河南大学）。新中国成立后曾作《光明日报》文学遗产专栏编委。主要著作有《贾岛年谱》《岑参诗系年》《古诗初探》等。

咏　怀

何为栖栖与？羲和御口行。
物皆随之转，我亦得吾生。
鄙事今仍习，贤心老更成。
穷通知有命，不为寸苗惊。

一九四二年秋

顾学颉

顾学颉（1913—1999），字肇仓，号卡坎，别署坎斋，湖北随州人。1938年毕业于国立北平师范大学国文系。抗战时随黎锦熙到西北联合大学，1945至1947年受聘为国立西北师范学院副教授、教授。中华人民共和国成立后，曾任人民文学出版社古典文学编辑室编译。主要研究中国古典文学。主要著作有《元人杂剧选》《元曲释词》《白居易诗选》《白居易世系谱》《介存斋论词杂著等三种》《顾学颉文学论集》等。

兰陵王·师大卅九周年暨西北师院兰州分院始业纪念

哉生魄，已照天南塞北。长河道，万壑千岩，黉舍崔巍映雄阔。登临情愤切，佳节，烽烟明灭。幽燕地，马厩辟雍，应有铜驼卧阶泣！新欢乍陈迹，记凤阁流丹，鸳瓦凝碧。春风化里穷坟籍。　　恨卢沟月破，长安风紧，秦山陇水常作客。望京华凄恻！热泪，心如铁。有笔扫千人，聋开寸舌。百年教育回天力。看河清似练，瓯圆如月。四秩宴开，厂甸里，说今日。

一九四一年十二月

闻第三次长沙大捷

我闻常胜将军薛，决策如神军如铁。一挫再挫倭奴军，撼山不动三次捷。巨弹雨下飞机轰，长天欲倾地欲裂。十万铜甲三路进，直抵汩罗长沙缺。将军静伏如处女，层层设诱层层截。四昼四夜九鏖战，山堆积尸水流血。将士奋发不知身，杀敌如麻十荡决。杀声哭声洞庭翻，故鬼新鬼湘江咽。倭寇十万齐授首，从今不敢蹈覆辙。众叹将军真如神，逊谓元戎有长策。

一九四二年一月

高阳台

布暖熏风①，轻阴天气，飘零几度花魂。带雨凝姿，嫣红透尽啼痕。江南怕对神伤处，况而今②，无处伤神。更凭谁，解语含愁，着意香温。　　黄沙吹雾真如梦，对秦时培垒，陇坻烟云③。冉冉斜阳，天涯望断芳尘。绿杨犹应飞香，是何人，伴与黄昏。最难禁，明月天山，寂寞孤村。

----

①赵校："风"字前一字不清，以意补"薰"字以便阅读。　②赵校："而"字前一字不清，据上下文语气补"况"字。　③赵校："烟云"前二字不清，据其中上一字之笔画轮廓拟定为"陇坻"，待以后找到新材料再作考订。

高阳台·重阳登高归赋

万里乡思，十年春梦，枫红又染重阳。含谤尽孤门，沉吟对酒花黄。秋风浪冷平沙雁，问天涯，书信微茫。数茱萸，遍插东皋，地老天荒。　　珥戈剩有埋秽地，题诗江叶，流趁潇湘。菰渚莓苔，飘零路断横塘。冷然吹彻胡笳曲，截幽思，听谱流亡。罢登临，莽莽山河，有泪盈眶。

丁 易

丁易（1913—1954），原名叶鼎彝、叶丁易，笔名孙怡、访竹、童易堂，安徽桐城人。文学史家、现代作家。1938年北平师范大学国文系上学期间，参加过"一二·九"运动。1941至1943年任教于兰州西北师范学院。1944年加入中华全国文艺界抗敌协会成都分会，后为常务理事。1951至1952年再次执教西北师范学院中文系，历任北平师范大学中文系教授、中苏友好协会总理事等职。1953年到莫斯科大学讲学，1954年病逝于莫斯科。主要著作有《明代特务政治》《中国文学与中国社会》《中国现代文学史略》等。

平凉柳湖

万柳双堤绕女墙，一湾流水带斜阳。
秋光如此诗情好，不见风流宋荔裳。

一九四一年

长沙第三次大捷步顾肇仓兄原韵

名将由来艳称薛，阵如磐石心如铁。电书一夜达中枢，黎明又报长沙捷。遮湘蔽岳倭奴兵，铁马甲车声欲裂。将军指挥若有神，登冈不教金瓯缺。四门如山屹不动，东西南北迎头截。炮烟争共白云飞，刀锋红透仇雠血。老师那堪长相转，铁铸一心胜负决。追奔风撼洞庭涛，陷阵山崩湘水咽。愁云黯黯天地昏，鼠窜无门困鲋辙。元戎含笑海外惊，群知早定平戎策。

一九四二年一月

安宁堡看桃花

蛰伏真如井底蛙，朝朝尘土蔽春华。
停骖皆是城中客，携手共看十里花。
岸远不来渔父棹，霞深空忆美人家。
自惭落拓非年少，也把花枝插帽斜。

一九四二年

离兰赴蜀

南北东西笑孔丘，枣花香里买归舟。
牌楼今已看三易，蜗角何期竟两秋。
狂态自知难偶俗，豪情犹复哂封侯。
书成廿卷千毫秃，纵使名山也白头。

一九四三年

汪岳云

汪岳云（1891—1967），字炳林，号钟奇，江西万载人。1920年北京大学中文系肄业，1949年以后先后任八一革命大学研究员、人民教育出版社编辑、西北大学副教授、兰州艺术学院教授。1929年上海新华艺术大学肄业，1962至1968年任西北师范大学美术系副教授，政协甘肃省委员会第三届委员，中国美术家协会会员。曾为甘肃省第四届省人大代表。代表作品有《昂首向天末》《万水千山》《独立西风》等。

千秋岁·题毛泽东画像

超群拔类，功业侔天地。君莫问，谁相似。英雄安足论，圣者难堪比，应知是，翻云覆雨斯人耳。　　今古常如此，谬说当真理。甘压迫，尊权贵。穷困归宿命，剥削为惯例。要无您，工农何时翻身起。

蝶恋花·题战士冲锋图

血染山河千万里，弹雨枪林，号角连声起。健步冲锋如疾矢，英雄不畏沙场死。　　剑影刀光侵眼底，浴露餐风，衰草斜阳里。试问功勋何所似，凌烟阁上人休比。

题炮阵图

炮影重重压敌营，雄威一发无坚城。
连声霹雳山河动，万道光芒神鬼惊。

庆春泽·题春光图

绿草如茵，红花满树，鸟鸣蜂乱粉蝶狂。瑞霭卿云，锦绫罗绮飘扬。天南地北都依样，望江山一片辉煌。笑颜开，这也繁华，那也芬芳。　　晨曦隐约纱窗晓，正西沉残月，东起朝阳。白发垂青，向谁去商量。留春未识春居处，道怀抱空有心肠。且端详，返老无方，康健为强。

戏题荷锄女郎

活泼天真一女郎，不长不短身康强。
匀妆毋庸施朱白，多力善能种稻粱。
昂首锄挥鬓发乱，曲身汗滴土泥香。
此时若有英雄会，应取芳名付表扬。

题飞鸽图

冲烟破雾上征程，试问何因有远行？
料是人间消息好，如今到处爱和平。

题飞鹰图

飞遍天涯复海滨，长风万里显精神。
扬身日月光华重，举目山河气象新。

题鸽子海棠花二首

海棠花放叶初肥，旭日东升露未晞。
大好春光新气象，和平鸽子满天飞。

胭脂浓淡染春花，水墨参差禽影斜。
此是和平家鸽子，不同纷乱野乌鸦。

题飞禽红梅图贺友人结婚

满树梅香入画楼，春风吹绽绛云浮。
枝间来去同欢鸟，比翼双双到白头。

题红叶乌鸦

瑟瑟西风百感伤，乌鸦总是乌鸦装。
霜林红叶纵称艳，不着春光半点香。

题晨曦莺柳

晨星已渐稀，旭日送晴晖。
碧柳因风舞，黄鹂掠雾飞。

题乌桕群雀图

吹葭六琯动飞灰，十月严霜蓦地来。
乌桕一林红似火，寒禽错认早春回。

戏题母子鸡啄稻谷

诈欺巧夺各争尤，闻道人间闹不休。
五德存亡谁管得，教儿且作稻粱谋。

题桃花白头鸟

昨夜东风上翠楼，落花满地惹新愁。
韶光自是摧人老，底事闲禽也白头！

为暹京华侨某校画桃花黄莺

漫说高冈立凤凰，迁莺兀自好风光。
江南春事今犹寂，海外桃花已满墙。

忆江南·为某生纪念册画兰石

多少事，今古几时休。塞外寒烟空怅望，岩前芳草正清幽，
泥爪画图留。

题云山曲径图

枫林一片秋，流水去悠悠。
曲径依山转，闲云带雨浮。

题山涧飞瀑图

崖壑卷青烟，奇峰势插天。
小桥通涧底，飞瀑下松巅。

题古刹奇峰图

林木自挟疏，孤峰一屏如。
山僧何处去？古刹白云居。

题巨瀑图

倒挂白银河，蛟龙玉涧过。
在山常裂地，入海自成波。

题泼墨山水图

兴来作画少从容，泼墨挥毫疾似风。
竖抹横涂看不厌，何曾不似正南宗！

题米氏云山图

人生能得几时闲，闹市何妨且闭关。
午梦觉来无底事，挥毫画出米家山。

题白云红树图

峰峰自出头，落叶满山沟。
樵路闲云隐，渔舟浅水浮。

题杏花村图

野屋间间旁钓矶，春光兀自上柴扉。
白云散后青峰出，红杏开时紫燕归。

题溪桥策杖图

一溪流水响松风，桥上过来黄石公。
疑是子房受书后，云山渺渺雨蒙蒙。

题四季山水屏

柳条新发杏初花，两岸云山绿草遮。
何处渔郎江上望，茅亭临水日方斜。

森森夏木已成荫，入户熏风索解襟。
招得邻翁相对语，漫道羲皇说古今。

万里长空净无尘，秋江一曲落痕新。
枫林叶变梧桐老，肠断天涯逆旅人。

一望银装照眼明，小村寥落寂无声。
冻流覆板溪桥上，惟有诗人驴背行。

题墨竹

昨夜曾经梦潇湘，潇湘最是产箟筜。枝多叶茂干身长，高出园周百尺墙。映日浓阴盖四旁，临风摇曳声铿锵。晨与独自喜洋洋，展纸挥毫手若狂。写出几竿新竹装，新装差比旧装强。无人同梦无商量，大半醒来记不详。梦里写竹若有方，可能比竹更精良。

徐褐夫

徐褐夫（1903—1978），江西修水人。原名徐作圣，早年为中国共产党做地下工作时更名王立才、胡良材，笔名徐行，在苏联学习工作期间取名徐褐夫。1923年加入中国共产主义青年团。1931年至1937年任上海外语编辑社翻译、上海新中公学教授。1937年至1946年任西北联合大学教授，1947年至1951年任兰州大学教授，从1951年起直到逝世，历任西北师范学院、甘肃师范大学教授、副院长兼中文系主任。主要著作有《苏联史》《中国文学史》《实验主义是帝国主义的反动哲学》等，主要译著有《东方的战祸》（1937）、《日德意集团》（1937）、《考古学》（1954）。

七十自寿

趣晓频年惯祖行，长随算火作雷鸣。
棘丛尚有殷红血，留与钳奴纪历程。

一九七三年

黄席群

黄席群（1909—2009），字济生，笔名雪禽、西琼、君羊，江西九江人。南京金陵大学历史系毕业，北平燕京大学研究院史学部进修中国史一年。西北师范大学外语系教授，甘肃省翻译工作者协会、甘肃省外国文学研究会及甘肃省大学英语教学研究会顾问、《英语世界》顾问，甘肃省诗词学会会员、学术顾问。江州诗社会员、学术顾问，江西诗词会名誉会员。译校的著作有《美国的历程》《英国现代史》及《全球大分裂——第三世界的历史进程》等。所作诗词散见于《飞天》《江西诗词》《匡庐诗词》《陇上吟》《当代八百家诗词选》《当代中国诗词精选》《当代中华诗词选》等书刊。

中秋寄台湾诸友好二首

潘郎文采信风流①，隔海相思卅五秋。
消息盈虚君记取，归来须趁月当头。

笔底龙蛇忆闵三②，少年豪气冠江南。
奚囊应贮诗千首，何日匡庐竟夕谈？

原注：①潘郎，潘焕昆，广东兴宁人。曾任中央政治学校副教授等职。著有《生产·消费·市场》《日本人与日本人》等。 ②闵三，名孝吉，字肖佽，工文辞，擅书画，现任台北东吴大学中国古典文学教授，所写诗曰《劳歌集》。

一九八四年

水调歌头·一九八五年国庆节献词（用辛稼轩韵）

游子归来也，已是缺牙翁。阅遍海南山北，消息在其中。得失穷通休计，理乱兴亡独重，揽镜惜头童。百废重新起，鹏翼正垂空。　　国中兴，家纵破，我犹雄。待把山河共整，心事逐飞鸿。三十六年回首，亿万兆人戮力，如日甫升东。时势趋何许，齐盼九州同。

清平乐六首

应邀出席先严远生公学术讨论会感赋用李传梓韵①

清流独画，欲葆黄金价。任汝渠魁空叱咤，怎肯低眉胯下？笔锋横扫时坛，群魔逐个讥弹。端的心怀亿兆，炯然目极千山。

原注：①黄远生，民国初年著名新闻记者及政论家。1915年12月25日在旧金山因被国民党人误认为袁世凯之"谋士"而惨遭暗杀。1985年为其100周年诞辰及遇害70周年，是年9月1日至5日国内新闻、出版、教育及历史学界80余人在九江庐山北麓竹泉山庄举行黄远生学术讨论会。

重访母校金陵大学（今南京大学）

南雍再画，古屋添新价。俊髦三千观叱咤，久已驰名白下。硕儒论难骚坛①，杂家竞艺纷弹。雅爱焚香煮酒，老来著述藏山。

原注：①20世纪20及30年代，一时著名学者如黄季刚、黄晦闻、胡小石、陈钟凡、胡翔冬诸先生均先后在中国文学系任教或兼课。

喜见方志敏烈士塑像一九八五年九月在九江第二中学落成①

须眉载画，挺立摩天价。长夜漫漫听叱咤，求索八方上下。
频年角逐兵坛，百般迎拒挑弹。哪怕威加利饵，岿然我自如山。

原注：①第二中学前身为教会所办之同文中学，20世纪20年代方志敏、饶漱石均曾在此就读。

恭谒廖仲恺何香凝邓演达诸烈士墓

风光胜画，身后真评价。骂贼声声闻叱咤，不作楚囚阶下。
丰碑矗立香坛，游人热泪频弹。异代缅怀业绩，流芳永傍中山。

重访母校九江同文中学

畹畦如画，艳说园丁价。耀眼红嫣兼紫姹，胜我昔年窗下。
更闻绕砌花坛，盈盈款款歌弹。五载浪游重到，哑然不识庐山。

乙丑中秋参加江州诗词学社茶话会

月明如画，秋色浑无价。举国腾飞看叱咤，诚信交孚上下。
清才竞爽吟坛，宫商角徵齐弹。且约重阳再醉，扶筇踏遍庐山。

和邬惕吾兄六十自寿五首步原韵

错节盘根六十年，兴衰理乱记心田。
堂堂事业思同轨①，澹澹襟怀耻梦钱。
绪缵詹茅超后乘②，风追白陆奋先鞭。
何时一卷闲情赋，相约经营傍叠泉③。

原注：①惕吾，毕业于北方交通大学，从事铁路工作数十年。 ②詹、茅，指我国铁路工程与教育界前辈詹天佑及茅以升。 ③指庐山三叠泉。

寿世文章说等身，如椽巨笔敌千军。
游筇到处留佳什，谈麈挥时唾彩云。
桃李株株成画栋，芝兰朵朵沁诗魂。
万山红遍人弥健，犹自酡颜颂夕曛。

独支乡学庇荒寒，容膝蜗居亦易安。
梓里至今歌惠泽，金城从此播芳澜。
佳儿比风能开拓，老子犹龙岂抱残？
最羡齐眉双福慧，秋光陶醉酒肠宽。

愧我江湖落拓身，与君辨伪复求真。
遮颜十载观奇变，拨乱崇朝乐畅吟。
煮酒再邀文会友，登山不让少年情。
敦颐莲外渊明菊，更著先生一素馨。

徙倚皋兰近卅秋，无名风雨荡金瓯。
劫波岂只腾三折，前席谁堪借一筹。
纵目海天云幻兽，藏胸机契壑兼丘。
浪游恕我归来晚，未借琼筵介寿麻。

一九八五年

贺西北师范学院更名西北师范大学兼以书怀五首

艰难鸠庀溯源头，城固风光几度秋。
一事今朝宜记取，门庭虽易慧根留。

讲肆储材五十年，鹰扬北国誉空前。
循名督实翻新样，驰骋神州以外天。

67

变革雄风亦快哉！艰危须仗出群材。
兰滋九畹园丁颂，是处芳菲着意栽。

高阁临风对夕阳，检书差喜借馀光。
行藏纵有无穷感，欲诉苍穹已淡忘。

漫讶朱颜付劫波，春蚕丝向暮年多。
沉吟明月清风句，别有闲情羡老坡。

一九八八年参加西北师院民主党派及侨联台属迎春联欢会喜赋

此际群贤正满堂，引吭挥笔颂重光。
治安献策堪疗疾，止战求同必有方。
伫看飞龙腾广宇，齐呼鸣凤在高冈。
大河浩荡春如许，亿兆生民盼一匡。

齐天乐二首

八十初度惕吾兄祝以《齐天乐》倚声奉和

韶华莫遣吟边了，为祝充闾独早。幻狗云波，连鸡叔世，深愧虚存肤表。升沉迹杳。问栗里双峰，匡庐五老。何处归舟，贪看碧透南湖藻。　　喧然稚娃载道，踏歌声阵阵，朱旗翠葆。一代强音，千秋韵事，晶莹冰样怀抱。霜天月晓。有西北高楼，茶香饼好。爱此华灯，伴鱼虫细考。

再用惕吾兄原韵聊以抒怀

平生已误儒冠了，真悔学书偏早。八载驰驱，廿年谴谪，点点血凝里表。精魂俱杳。敢细绎左骚，赜探庄老。是是非非，雌黄百事空文藻。　　孔跖竞夸有道，何尝存妙谛，清芬独葆？瓦釜轰鸣，洪钟响閟，梁父长吟孤抱。衷肠孰晓？叩莽莽天阍，怎生是好？一片苍茫，剩尘根漫考。

一九八九年

中华人民共和国成立四十周年志庆

崛起中华四十年，沉潜消息究人天。
革故奇猷惊万变，鼎新伟业仗群贤。

八十书怀

八十春秋驹隙过，文章德业悔蹉跎，
寒灯一焰浑忘睡，补读奇书未觉多。

寿李约瑟博士九秩大庆①

巍巍北斗重斯人，学术文章萃一身。
综览百家推巨擘，冥探全史见精诚②。
宏编传布关天运，举世钦迟说道真。
私谊平生半师友，康强逢吉祝双星③。

原注：①李约瑟博士诞生于1900年12月9日。此诗系代西北师大已故教授张官廉之夫人王贤琳女士所作。　②博士有《中国科技史》巨著行世。　③其夫人李大斐女士为生物学史专家，已于1988年12月23日逝世。李博士1989年9月15日与鲁桂珍博士结婚。李、鲁合作共事达五十年之久，鲁现任李约瑟研究所副所长。张官廉夫妇与李约瑟、李大斐及鲁桂珍相识于抗日战争期间，至今仍有函札往来。

辛亥革命八十周年缅怀孙中山先生遥寄台湾诸亲友七律六首

革命先行一巨龙，震天撼地觉群萌。
香山挺秀千锤学，浊水澄清百战功。
首揭大同悬鹄的，晚联俄共率工农。
虔心下拜师前哲，德业仪型乐景从。

越海奔驰路万千，广邀俊侣不辞艰。
筹金筹械心同绾，忧国忧民志益坚。
英伦几死妖魔窟，黎庶偕登衽席天。
鞑虏甫除亏一篑，顽凶遗恨未全歼。

项城窃鼎假殷勤，礼重元勋馆上京。
宛似虚怀商国是，曾无片语及苍生。
公真儒雅闿闿度，他自奸雄憭憭心。
重任独肩营铁道，风高揖让迈前人。

帜举南疆服八荒，巍然护法靖萧墙。
劳形案牍昏连晓，苦口传扬略与方。
建军整党崇根本，东讨西征正纪纲。
北上宣言谋合力，忽惊二竖袭肝肠。

蒋山青翠妥遗骸，泪洒灵旗亿兆哀。
构想精魂恢国运，忍看群小斗疑猜。
五权三策空垂训，万马千军有自来。
四十二年风景易，蔽天乔木满城栽。

浓雾迷蒙接地阴，海天凝望几离人。

丹枫摇落吟魂苦，碧草绵芊惹梦频。

无端久塞三通径，何日齐歌一统春？

八二衰翁重借问：炎黄谁说不同根？

兰州绿化赞歌

我本柴桑人，家居匡庐侧。旦暮望南山，盈眸皆翠色。母校傍甘棠，湖堤垂柳拂。满园草披离。崇楼翳桧柏。四十二年前，饥驱走西北。友朋阻我行，愕然吐其舌：纷传古金城，荒凉不可说。开门但见山，举目无青物。未晡即昏黄，风尘慑魂魄。十口挈提偕，监歧心恻恻。初至小西湖，聊以安家宅。人言不尽真，八九殆仿佛。四周林木稀，一雨泥涂塞。霜秋起狂飙，飞沙压城黑。绿化倡连年，十株九难活。贵在锲不舍，耕耘终有获。群力涓滴果胜天，童山渐喜青一发。新旧公园近十所，濒河花树接广陌。五泉西固仁寿山，雁滩西湖与白塔。君不见每逢春秋佳日休沐时，裙屐联骈何止数千百。十年树木语不欺，皋兰之巅尤挺拔。蔽亏松槐嫩叶繁，骚人攀跻浩歌发：一歌兮列屏林带拒风沙，再歌兮长空澄澈没污瑕；三歌兮北山北山勿越趄，伫看怒放并蒂花。老来腰脚愧慵疏，怕登三台品枣茶。唯祈树人比树木，岂甘袖手徒兴嗟？快引祁连冰雪水，浣净欧亚丝绸纱。善育楩楠作梁栋，昂昂揹捂我中华。眼前突兀换人间，遍栽桃李到天涯。绿色革命成功日，凌霄乔梓映流霞。

抗日战争胜利五十周年感赋兼勖青年学子七绝五首

摩挲史册添华发，五十年来百感并。

血浴全民殊死战，土焦广野未休兵。

惨杀无辜三十万，金陵血证太分明。
只应悔祸休玩火，诡辩难违举世评。

天外召来原子弹，长崎广岛顿成灰。
狂人黩武平民哭，公法申诛七罪魁。

受降甫庆歼顽寇，接席倾谈盼大同。
忍看金瓯仍半缺？愿闻宝岛早三通。

菁莪千万喜成材，秀木参天众手培。
知耻图强营大厦，创新除腐见崔嵬。

一九九五年八月

香港回归颂七绝二首

年年七一寿筵张，七一今朝赛往常。
百万龙孙归汉宇，千杯畅饮诉衷肠。

米旗降下换红旗，日不落兮竟落之！
六百万人齐雀跃，从今岛政我操持。

中共十一届三中全会二十周年喜赋七律（五首选二）

拨乱纠偏新格局，须从实践验真如。
全歼四害毋遗毒，欣托三中有万夫。
等是廿年先后异，国行两制古今无。
老翁饭罢遄飞梦，一统吾华景色殊。

中枢新选领群伦，施政宣言字字真。
约法三章首廉洁，宏观百业在维新。
江公泽衍先贤泽，朱总心连后裔心。
待看复兴如指日，亚东重现巨龙鳞。

一九九七年

戊寅年夏南北数省洪涝成灾损失綦重举国上下奋力抢救感赋

江南北国俱滂沱，四野灾鸿困一魔。
滥伐猛围忘远虑，严防死守导先河。
惩前毖后千般策，继往开来百姓歌。
此日安澜仗群力，他年进岂待盈科①。

- -

原注：①用朱熹《闻善决江河》诗句。

喜迎澳门归

芙蕖破浪挟飞虹，冉冉旌旗在眼中。
喜挈真名归故国，欢呼弃土振雄风。
两制已然行港岛，万方犹企复台东。
歌成禹甸团栾日，奋我颓龄罄百盅。

一九九九年

九十三岁感怀

再过七年呼百岁，文章德业悔蹉跎。
灯光彻夜浑忘睡，补读新书未觉多。

73

追忆李之钦校长

猥以樗材邀眷顾，甘倾心血哺新苗。
君今往矣名垂世，教化文风后进标。

西北师范大学建校百年志庆

十年树木百年人，九畹滋兰善美真。
振翼抟风无限量，朋侪齐颂八千椿。

郑　文

郑文（1910—2006），四川资中人。1942年毕业于重庆中央大学师范学院国文学系。1951年1月到西北师范学院工作，任副教授、教授。著有《王充哲学初探》《汉诗选笺》《杜诗檠话》《楚辞我见》《汉诗研究》《建安诗论》《李杜论集》《论衡析诂》《扬雄文集笺注》《金城丛稿》《魏晋南北朝文选注译》（与合著）及《〈六一诗话〉〈白石诗说〉校点》《〈温飞卿诗集笺注〉补》等。

兰州杂咏九首（选五）

其　四

东去黄河分二流，欲采胜迹过桥头。
眉开眼笑洋洋喜，人寿年丰花满楼。

其　五

白塔之峰久耳闻，遥看白塔气氛氲。
登临纵目连天望，万里蓝空无片去。

其　七

今日新桥旧握桥，风光明媚景难描。
更看熙攘人来往，喜气洋洋宛似潮。

其 八

偕友驱车访古城，烟囱高耸塔纵横。
令人最是神怡处，东去黄河倒底清。

其 九

安宁堡外好桃花，极媚争妍炫早霞。
最是南边临水处，妖娆倒影令人夸。

一九六〇年

安宁堡桃花二首

安宁堡外有桃村，独秀南枝与断魂。
故地重游欣更艳，春风浩荡笑无言。

春日迟迟照秀桃，红色新吐韵偏高。
岂同凡艳临风笑，有意无言自出桃。

一九六二年

忆柏溪

嘉陵江上柏疏疏，流水弓桥有旧居。
芳草含情人去远，娇花无主我离初。
长江万里楼船酒，北国方春月夜车。
一住兰州二十载，东君尚肯识相如？

一九七一年

偶 成

苍茫野外拟销忧，世事仍居心上头。
堪叹人情薄似纸，更嗤史笔曲于钩。
将过六四嗟知少，正值三千涌浪遒。

毕竟乾坤循至道，不令河水向西流。

一九七四年

自 励

转瞬年华六八翁，也曾不断励吾躬。
学须有用斯为贵，人到无私品自崇。
闭户著书多岁月，开帘迎日见心胸。
晨昏继往观河路，信步归来趁好风。

一九七八年

夏至即事

居此清凉地，忻忻自在身。
窗中盈绿意，架上多儒珍。
初日临照久，好风往来频。
良朋时一过，纵说古今情。

即 兴

双鹊同时降，翩跹喜自中。
神驰八表外，直上九层空。

春从天上来·读十一届五中全会公报

公报宏宣，自电讯波传，举国腾欢。顾瞻寰宇，忖度危安，决策睿智空前。既涤瑕荡秽，更邦内、亿兆齐肩。听中央、一声号令下，争著先鞭。　凝眸岱华河汉，宛星炳晴空，竞耀穹天。蜀岫云开，之江潮涨，仿佛虎跃龙骞。况近洋内陆，油海阔，漫涌无边！贺新年，喜中华儿女，趋进翩翩。

一九八〇年二月

77

春日感赋

春回大地布阳和，无限生机入眼罗。
南北丰登欣额手，东西饱满喜笙歌。
龙腾虎跃英雄众，心旷神怡智慧多。
盛世今逢帆正旺，暄风过处换山河。

一九八二年

敬贺唐代文学学会成立

大唐诗赋辉华夏，万紫千红扑鼻香。
李杜白韩相照映，诗歌笔词共腾骧。
铄凌往古开新域，恢廓国华超我疆。
盛会为倡鸣盛世，中心致贺愿舒张。

一九八二年

罅隙蜀葵

罅隙遗葵子，平生意志坚。
开花明且丽，卓尔立人间。

怀顾颉刚师

初识我师在渝州，沙坪讲舍松林陬。得聆层累造成论，顿开茅塞得所求。嘉陵江岸有柏溪，炎天月夜竹影迷，上下千年文与史，纵谈不觉闻晓鸡。复员金陵睹时非，忧心悄悄所愿违。堪钦怀抱名山业，于艰难时奋笔挥。开国欣幸得手书，喜言归队在首都。引领东望额手庆，从兹史域任驰驱。自愧蟫居廿馀年，多负夙期耻驰笺。紫色蛙声终电扫，须将衰朽步前贤。噩耗初来疑匪真，既真使我更伤神。援笔写心情叵达，举首依依仰北辰。

喜贺江油李白纪念馆开馆（四首选二）

龙城飞将出秦安，威镇幽燕敌胆寒。
陇右世家传汉代，河西基业肇皇端。
谪居非罪条支远，易姓更名宇宙宽。
命世诗人成绝响，长庚入梦喜乘鸾。

供奉诗歌光焰长，流传万古益芬芳。
青山秀丽埋仙骨，词客飘零学楚狂。
采石秋高魂魄在，蜀江春暖昼宵忙。
一千二百年华往，喜贺今开纪念堂。

一九八二年

第二届唐代文学学会在兰州召开诗以迎宾二首

千年期会在兰州，今日群贤果入谋。
白塔雄山呈笑脸，五泉幽韵响晴秋。
高岑蓄意吟边塞，王李抒情赋别愁①。
于今四海真一统，应有篇章颂鸿猷。

原注：王李，指王昌龄、李益。

引领东望陇坂长，如云俊彦自东方。
开颜硕果称新解，入目鸿裁迈旧章。
李杜诗篇光万丈，柳韩文苑炳千霜。
伫看华国增鲜彩，更铸宏辞散异香。

一九八四年

丝路纪行（十首选二）

西安自古帝王州，气象万千来入眸。
周鼎秦陵饶古色，唐宗汉主富鸿猷。
东瞻华岳莲峰峻，西眺咸京渭水修。
自此依循丝路去，风光无限在前头。

联袂驱车到宝鸡，宝鸡祠址尚堪稽。
云横北岭随峰远，波涌渭河逐浪低。
千里秦川称沃壤，九田陇坂似高梯。
春风澹荡丝绸路，鸟语花香芳草萋。

八十书怀三首

八十年来转瞬过，酸甜苦辣满心窝。
常将荣乐思穷日，每值阽危冀凯歌。
人欲有成先胜己，天生无上自求多。
惟强不息思前进，四体安康营卫和。

世事经过八十年，兴亡成败岂由天？
阋墙致寇前车覆，御侮图存举域贤。
虎视狼眈终灭顶，民胞物望永垂篇。
是非功过明若火，摇唇鼓舌徒惘然。

曾学为文与咏诗，堪嗟效《选》理稍知。
三曹七子非同轨，陆海潘江有异持。
敢以馨香呈李杜，愿将拙笔论安危。
骥骐虽老犹思奋，欲向长途万里驰。

一九九〇年

怀乔大壮师三首

初识吾师壬午年，渝州节令正秋鲜。
沙坪毓秀临巴水，簧舍填词叹逝川。
气振酒酣天下事，兴高书罢意中联。
尺波电谢山河改，相貌声音犹宛然。

金陵何幸作邻俦？有谒常承青眼留。
兄弟阋墙情共愤，江山易主誓同仇。
过城不入繁华市^①，酌酒偏思鼓角楼。
最是仓皇遭解聘，热忱介绍事南游^②。

原注：①师曾语人曰："我之在世，犹过城而不入市也。"意谓虽历任国民政府多部参秘，
未尝预政。　②1947年余被中央大学解聘，师曾拟介往南洋。

师去台湾我去徐，一年相见喜与与。
云山阻隔三千里，鸿雁传来一纸书。
暮雨苏州兴噩耗^①，惊雷华国震寒墟。
回忆娓娓金陵别，朗月弯弯入夜初。

原注：①1948年师愤于国事，自沉于苏州，引起当时震惊。

怀孙鹰若师

别离孤鸟险遭凶^①，万里闲关莅辟雍。
从侍黄门学业久^②，主持章院道情浓^③。
声音训诂高超手，道德文章浩荡胸。
渝水巴山一入梦，依稀出现旧时容。

原注：①师1940年自沪取道宁波赴渝，海上值倭军搜查，将临时，被工人突推入旧麻袋堆中，

因而获免。　②师随黄侃先生南下任教，侍从多年，人戏呼为黄门侍郎。　③师任太炎文学院教务长，主持院务。

步卓昭《怀重华学长》原韵

嘉陵江畔绿成窝，回首当年怀念多。
流水小桥乐斗酒，高谈阔论涌词波。
兴亡已历非虚幻，辛苦备尝可吟哦。
共饮三人期再聚，同登寿域喜嶓嶓。

赠逵夫同志

屈赋光芒百丈舒，居然姓氏竟云无！
探幽古籍成新解，抉隐伯庸得正呼。
正则灵均名益显，离骚天问美加都。
楚辞我亦钻研者，羡君允能辟坦途①。

----

①赵校：此诗为1992年手书相赠，木句原作"喜羡君能辟坦途"。今据《金城丛稿》（齐鲁书社2000年版，第621页）。

一九九二年

酬欧阳百衡

东西南北本同天，毕竟分襟四十年。
几度蓉城瞻故里，无由巴县浴温泉。
沙坪回首随征雁，陇坻得书喜赠篇。
八十行年欣健步，临风遥祝福绵绵。

赛风筝

午后出门自在行，邻儿分组赛风筝。
邀余参与无从拒，听我指挥有可赢。

凤舞龙飞操胜算，行云流水出奇兵。
为何八五身犹健？尚炽童心为得情。

偶　成

昔年曾创《陪都赋》，渝水巴山胜画图。
斯日齐梁方得味，彼时魏晋略知途。
风花雪月天然美，声色神情人也殊。
倘使文章皆载道，世间作者尽为儒。

登高三首

去年重九上楼顶，今岁独登水塔山。
荒径无人人去久，秋花有意意不闲。
阳春白雪和应寡，流淼高峰觅自顽。
逝者如斯朝夕继，可堪世事叹多颜。

重阳水塔登高望，近水远山入目中。
近水楼台虽改变，远山松柏仍青葱。
炎凉世态今过昔，淡泊心情表由衷。
满袖清风来往步，浮云纵好总成空。

浮云纵好总成空，万卷读来味不穷。
刘汉国家前莫并，李唐天下后难踪。
诗洋词海称心美，绘貌传神乐语工。
水塔穿霄笑与共，群山隐约在雾中。

回归颂二首

清廷无奈弃珠崖，白下迫盟肇祸阶。
逐逐狼心期饱腹，眈眈虎视喜开怀。

瓜分豆剖虽徒画，蚕食鲸吞讵有涯？
赤帜井冈山上举，龙飞凤翥扫积霾。

龙飞凤翥欲近天，金瓯欣得庆形全。
百年尘垢今昭雪，奕世繁荣后倍添。
两制一邦同焕彩，千秋万代永生鲜。
鹏抟更向九霄去，试看寰球谁最先。

赞抗洪抢险

滚滚滔天自蜀来，气吞云梦更东摧。
军民抢险闻风动，上下防洪乘势开。
夺秒争分亡昼夜，入生出死战坛洄。
英雄伟业传千古，陇坻南望钦救灾。

缅怀李之钦校长

教育投身六十年，人才造就万千千。
陇原桃李华枝艳，近水精神果实鲜。
著作篇篇垂久远，诗歌首首誉连绵。
芳邻长接钦宏绩，援笔书怀奠九泉。

一九九七年

澳门回归

试从北地望南天，一水盈盈宛目前。
岛上荷花香馥馥，海滨妈祖貌田田。
朱明无意失疆土，华夏按期复国权。
巩固金瓯超万世，鹏抟鸾翥耀后先。

酬光带学长锡诗志庆

渝州往昔聚多才，俊杰喜从各地来。
茅草屋中齐奋进，嘉陵江外各分开。
龙腾虎跃山河改，败寇成王时代裁。
何幸九旬身尚健，欣然纵饮故人杯。

言　志

不久将过八九秋，寒门家世自营求。
承师指导识门径，凭己钻研入室周。
廿载光阴曾枉掷，一心学术仍度修。
无如双目疲劳甚，所志未终尚待酬。

九旬自述

不意年华达九旬，韶光虚度在吾身。
固缘命蹇时乖致，尤自人危罪误臻。
万卷读来惭破少，一心写去喜追新。
立言四百有馀万，庶异素餐作古人。

二○○○年

晨　望

浅浅端杨淡淡风，晨曦初照万山红。
遥看健翮出云表，直上青霄一往东。

偶　成

正值初寒来到天，几杯冷酒乐陶然。

此身未与年俱老，犹与儿童竞后先。

观《开罗会议纪录》有感

再三征询"要琉球"，何事推言"共管优"①？
翘首东南无限意，水天相接绿悠悠。

原注：①开罗会议时，罗斯福曾一再向蒋介石提问：中国要琉球吗？蒋答：中国愿中美两
国共同占领琉球群岛，最好在一个国际组织托管下由两国共管。

改革二首

刻舟求剑古传愚，竟有今人仰楷模！
徒读旧书思不变，五经烂熟欲为儒？

形势已移意识新，仍操旧理理仍真？
千秋万代英雄业，时圣方堪百世珍。

西北师大校庆

陇原敷教九十年，桃李花开过万千。
硕果累累人赞美，秋田处处绩称先。
莫言地上已无地，须识无边更有天。
努力同心继奋进，风光靡眼在途前。

一九九九年

针 灸

针灸运用治膏肓，在昔曾存多验方。
为免轻微胅理痛，如何竟罪献医郎！

喜 成

已分名花不再放，居然临夜牡丹开。
内心喜悦精神振，饮罢一杯又一杯。

月中行①

昔人艳说水晶宫，我室亦玲珑：虫鱼鸟兽极形容，各欲显神工。平添石炭通炉火，力不任、凛冽寒空。太阳一出满堂红，众相入虚中。

原注：①巨室凛冽，因境因感，非应景也。

永遇乐·旅行青海三首

暑月河西，气清天爽，旅行伊始。才离兰州，西宁告至，更觉山川美。黄云铺浪，青芊含颖，别有一番风采。两山间、丛楼峻耸，星罗网布云峙。　繁华景象，豪情矜奋，顾盼欣欣遥指。闲话当年，马家世界，残暴吞肌髓。昔今生活，壤天差别，时刻铭心里。发鸿愿，坚持革命，进行到底。

云淡风暄，小南川上，梵宇丛起。金瓦辉煌，神宫赫奕，处处张淫侈。凶颜嗔面，眉开眼笑，都是敛财方技。想当年，人心蛊惑，畴识个人幽诡？　三心清静①，四相泯灭②，果得如来真髓。纵令如斯，总归空寂，何况谁臻此？木雕泥塑，衣冠楚楚，徒见佛门贪鄙。只应作，千秋话柄，证明旧史。

原注：①三心：过去心、现在心、未来心。　②四相：人相、我相、众生相、寿者相。此"相"字处应用平声，以不肯舍意而犯。

旧史重温，当年青海，流血成水。五星红旗，飘扬大地，汉藏皆欢喜。镜湖澄澈，碧波澹荡，鸟岛徘徊凝视。更乘车，欢声笑语，互嘲爆炸原子①。 牛羊山满，矜兢腯肥，俯仰高低延迤。肃队迎将，热情洋溢，揽把如同体。昔愁今乐，尽心倾吐，彼此怀深苏李。齐颂歌，无边党德，缉熙敬止。

原注：①鸟岛上天鹅遗孵甚多，皆孵而未出者。时久内腐，在空中日光照射，则易爆炸，炸则臭气扑鼻，几至不能忍受。

满庭芳

柳树含烟，梨花吐艳，风光四月兰州。曾偕鸳侣，聊学少年游。旧日黄河浊浪，今成了绿水悠悠。朝霞映，层波澹荡，倒影媚清流。 凝眸，常望见，汽车过往，工厂田畴。又皋兰山峻，白塔山幽。林木五泉独盛，泉韵里，尘念都休。齐心愿，天梯绝顶，更有一层楼。

满庭芳

芳树笼烟，群花绣地，东风二月渝州。神驰旧域，恣意肆遨游。潋滟两江六岸，万千亩翠黛悠悠。黄昏近，山城倒影，星涌大江流。 留眸，随处是，帆樯傍岸，豆麦盈畴，更浮屠关险，歌乐山幽。南北温泉并胜，隆冬日，寒意都休。私心契，缙云深处，果有重重楼。

匡 扶

匡扶（1911—1996），字昨非。曾用名：匡庐、不可登庐、容与、佃奴、禾穗等。祖籍东海，后经胶县转徒辽南盖县。中国共产党党员。长期从事民间文学和古典诗词的教学、研究与写作工作，历为甘肃省教育学院副教授、西北师范大学教授、甘肃省文史研究馆馆员，并兼任中华诗词学会顾问、甘肃诗词学会副会长。著有《民间文学概论》《匡庐随笔》《两宋诗词选》《唐宋诗论文集》《匡扶诗存》等。

奉寄刘滋培教授

慷慨论交二十年，星晨月夕费追攀。
相期风义平师友，未了诗书耐苦甘。
紫竹林晴常浴日，昆湖水潋总依山。
何时得告从君去，话烛西窗两雪颠。

原注：滋培学兄生前曾与作者在甘肃教育学院、西北师范大学共事。北京寓所邻近紫竹林、昆明湖二地，故诗中及之。

一九七七年

七五级同学将赴张掖实习，赋赠三绝，聊用互勉（三首选一）

甘州风物今尤胜，遍地英雄下夕烟。
截取黑河西去水，年年两岸谷成山。

一九七七年

七五级同学结业赠之以诗

听风坐雨二年强，赋别金城菊正黄。
放眼神州云物美，冲天薄海浪花扬。
七旬闻道差非晚，三折全肱求尽良。
百尺竿头应再进，辛勤莫叹未归羊。

一九七七年

到西安

戊午秋，在西安参加四十五院校古典文学学术讨论会和教材审定会议，安排访汉唐陵墓，因事未赴，华钟彦、刘持生二先生皆有诗，赋此奉和，兼呈与会诸君子。

长安再到人徒老，韦杜游踪竟若何？
白发惊秋逢旧雨，金葵向日饱新柯。
高楼论古来豪隽，秃笔酬诗入外魔。
放眼关山风物美，趁时努力莫蹉跎。

原注：华钟彦，河南师范大学教授；刘持生，西北大学教授。

一九七八年

酬辽东王沂暖教授

慷慨论交三十载，颇闻士苑重诗翁。
图书跌宕成何事？览镜独怜白发生。

附王沂暖教授原作《赠辽东匡扶教授》：
论文深透似严羽，诗笔清新类放翁。
同是辽东一宾客，对床风雨话平生。

一九七九年

酬高平诗家

己未春节，高平同志见过，并贻以七律，对拙著《风雷颂》多所致
意，词情俱茂，感而酬此。

羡君健笔正当年，笑我疲牛已老残。
鸿爪雪泥差可记，景云风静耐同看。
逢辰酒渴能三盏，压案椒香恰一盘。
遐思幽情谁检取？零章断句未堪编！

一九七九年

奉寄赠钟敬文先生

敬老以近著旅滇杂诗见赐，回环雒诵，感佩交深，率成七律一章，
写乞教正。

跌宕文场六十年，知名每忆未冠前。
诗称国手人争识，寿比山松老更妍。
为报明时多著作，好标亮节谢林泉。
对公颇愧才情薄，欲和佳章本色难。

一九八一年

次韵奉和华钟彦教授《论诗》六绝（选五）

浩瀚诗魂金石摧，浓云密雾一时开。
前贤指点须眉在，李杜韩苏次第来。

再振中华亦赖诗，万千气象咏歌之。
古今文白原同例，驴背桥头思未迟。

困厄多端岂坐诗？闲抄苏集界乌丝。
平生毁誉任人惯，深浅从心聊自持。

且荐民间一瓣香，风骚衣钵不寻常。
说诗我更宗家法，坠绪何须叹杳茫。

池塘春草见精神，历历才人百态新。
花月何干吾辈事，好倾心力答斯民。

一九八二年

都门初晤老诗人臧克家

点染风云五十年，清词丽句信堪传。
解颐我自惭家法，为惜燕山夜话缘。
乡音入耳今犹重，梦里胶西夙愿悭。
坐映青灯双白发，回黄转绿几春残。

一九八二年

再呈钟敬文教授（二首选一）

历历名园桃李笑，先生杖履满春风。
九衢日夜繁车马，良会何须恨晚逢。

一九八二年

题罗永麟教授玉辉秋色图

旧约黄山吾未到，按图今日眼增明。
匀将粉墨间浓淡，忽觉云烟笔下生。

一九八二年

分悲怀

近于《诗刊》上读沈祖棻女史《涉江诗稿》，并程千帆先生所自注，
俱文约而情深，感我多矣！谨寄奉七律一章，聊分悲怀。

早惊噩耗落江干，今抚遗诗亦泫然。
沧海月圆更月缺，高楼花放又花残。
久闻朋辈推佳侣，渐觉幽明隔后缘。
重到六朝咏觞地，为谁开眼对湖山。

原注：程千帆先生为当代著名古代文学专家、诗人，南京大学教授。夫人沈祖棻，亦当代
著名古典诗词理论家、词人，不幸于一九七七年在武昌因车祸逝世。

一九八二年

赠霍松林教授

又作长安十日留，通衢谁问曲江头？
遭时元白心终会，入眼关山气自遒。
出手微篇惭皂隶，充堂清议重骅骝。
明朝归去休凄怆，绕耳嘤声信可求。

一九八三年

参加全国唐代文学学术会议感赋（三首选二）

长安回望景云多，梦里华清一瞬过。
杜牧三生余白发，风怀莫奈少年何。

盛世从来重李唐，杜诗韩笔费平章。
只今炳论归先觉，济济英才况一堂。

一九八三年

祝杜甫研究学会次届年会召开

随身杜集手曾丹，漂泊江湖心未澜。
冻骨不堪销浊世，秋风何意转欢颜。
句佳律细存忠爱，砧急舟孤送老残。
高会又闻来隽彦，草堂春色自年年。

一九八三年

祝李白纪念馆开馆

斯人憔悴以诗传，月近峨眉不可攀。
知己并时存工部，驱鲸绝海下谪仙。
高堂梦觉烟霞失，白日樽开胸胆宽，
画里须髯忽似戟，今来大道出青天。

一九八三年

赠王达津教授

右丞才调老绝伦，客里相逢意气深。
竟日清谈起顽懦，终南花雨况披纷。

一九八三年

寒假一首赠同学

堂堂日月去何堪，灯火鸡鸣凛岁寒。
瑞雪迎春占气象，苍松泼翠报平安。
知津久愧才情薄，入室当思术业难。
带砺河山风物好，凭随绝骥起衰残。

一九八三年

94

祝李白研究学会在江油成立

平生襟抱郁崔嵬，跅弢飞扬不世才。
诗笔真堪追鲍谢，功名竟自落蒿莱。
枫林月朗魂应返，关寒云轻路正开。
更爱吾家山色好，白头探古亦归来。

原注：杜甫《不见》诗："匡山读书处，头白好归来。"匡山，在江油。

一九八三年

西北师范大学校庆志喜

陇原风云近如何？万户千门旭日多。
喜驻弦歌垂半纪，广栽桃李育中和。
卅年远客惭书剑，一代新风被里阿。
信有来贤堪继武，薪传终古傲长河。

一九八四年

祝西北师范大学校报复刊（二首选一）

夭桃秾李绽春阳，充耳弦歌日正长。
科技高峰堪仰止，攻关倘许共登场。

一九八四年

祝唐代文学学会次届年会在兰州召开

良会缘奇乇及秋，联吟丝路接风流。
匡衡齿豁诗能说，牵挽终成十日留。

白也陇西一布衣，帝乡未许吐虹霓。

行吟楚汉伤流落，天网恢恢岂可期。

杜老游踪在也无？秦州风物古今殊。
遗编手抚情何限，为绘掣鲸碧海图。

高岑足迹漫重寻，白草黄沙带远人。
已报春风苏大漠，共携佳思越关门。

一九八四年

苏轼研究学会三次年会在惠州召开，诗以为祝

岭南风物近如何？云散月明海少波。
每啖荔枝怜赤子，难苏病骨对春婆。
中原一发青山在，黎母千秋旭日多。
幸得诸公念衰朽，瓣香许共荐东坡。

一九八四年

题赠李清照纪念馆

雍容风韵渺难追，玉骨冰肌殉劫灰。
落日暮云佳思减，冷香残酒素心违。
愁多宁使舟能载，梦断方知事已非。
词客有灵应笑语，明湖似镜破双眉。

一九八四年

黄鹤楼重建奉题

鹤去千年尚有楼，梅香笛韵总悠悠。
江城何幸传终古，诗句不妨补上头。
野富桑麻开盛世，老荒书史愧前修。
登临莫漫论崔李，人物今朝数胜流。

一九八五年

祝蒲松龄学术讨论会在淄博召开

说鬼谈狐亦世间，豆棚瓜架忆童年。
衣冠当道憎豺虎，笔墨无情状宄奸。
且共妄言儿女事，可堪重续楚骚篇。
遗容再拜思何限，喜见朝阳漫淄川。

一九八五年

山谷先生纪念馆开馆，敬题

诗到苏黄意更真，夺胎换骨见精神。
分唐界宋何多事，来作江西社里人。

一九八五年

赠冯其庸教授

抚几高谈四座惊，文龙诗虎早知名。
匡衡老去心犹在，丝路逢君无限情。

原注：冯其庸，著名红学专家、中国人民大学教授，应邀来兰州主持研究生毕业答辩。

一九八五年

入党抒怀（六首选二）

竟成老木又逢春，久沐阳和愧识津。
细检平生修共短，浮华洗尽见清真。

谁省崎岖噩梦重，清平尚得献余生。
逢人但说桑榆好，彩笔今犹绘晚晴。

一九八六年

97

喜迎第二届教师节

神州风物近如何？旷代江山景气多。
几见才人推世运，颇闻闾巷起弦歌。
薪传敢负平生志，烛照终迎旭日和。
垂老匡衡犹健饭，相期共奋鲁阳戈。

一九八六年

祝中华诗词学会成立

中华亘古领风骚，《子夜》《竹枝》韵未消。
更掣长鲸浮碧海，清词丽句信堪豪。

再到长安鬓已霜，前程有幸履周行。
说诗敢自矜家法，彩笔随君驻夕阳。

原注：远祖汉匡衡，以善说诗著称，时人语云："莫说诗，匡鼎来；匡说诗，解人颐。""鼎"
乃衡之小字。

诗界年来浴好风，旧瓶新酒漫纷争。
兴观差可兼群怨，重断昆仑蔚大成。

高堂济济集群英，出手诗篇见正声。
回首风雷我曾颂，浩歌寿世老尤胜。

原注：一九七八年，予曾结集解放后部分诗作付刊，命曰《风雷颂》。

一九八七年

奉题辛弃疾纪念馆

江山千古见英雄，醉里新词泛酒红。
南渡君巨谁在者，瓣香今共荐辛公。

一九八七年

元旦试笔（四首选二）

长河鼓浪作春声，诗笔欣开思纵横。
竹节松枝占暖意，皋兰晓日况瞳瞳。

银花万树拟芳丛，薄醉无端上酒红。
望里关山景云起，晚晴心事许从容。

一九八八年

学院更名西北师范大学喜赋

循名求实两昭然，广驻弦歌历岁年。
济济人才真辈出，堂堂硕果每超前。
欣看改革舒长策，力挽余晖忘老残。
国步党恩何所限，古今正道在青蓝。

一九八八年

西北师范大学校庆感赋

锦瑟频调五十弦，门墙风雪历华年。
火薪有幸熔才智，桃李成蹊遍陇原。
路指周行循正道，言推至理见真诠。
逢时未许轻衰朽，烛照光微愧昔贤。

一九八九年

祝《西北师大学报》刊行百期

说论雄文进百期，开今推古各争奇。
诸公蓄志添薪火，筑得千秋万代基。

每抚佳篇刻意求，老荒书史愧同俦。
欣闻学府增家数，好立新风接胜流。

一九九一年

题罗永麟教授玉屏秋色图

旧约黄山吾未到，披图今日眼增明。
匀将粉墨兼浓淡，忽觉云烟笔下生。

知止斋主人嘱题画

意趣还须画外寻，宋元格调久沉沦。
先生馀事成真赏，挂壁能消万古尘。

参加《满族文学史》学术讨论会感赋

二陵回望景云过，未改乡音老奈何。
历历康乾推盛世，武功文治两俱多。

一代江山入画图，英雄造事应天枢。
弯弓谁许金瓯缺，直北烽烟靖得无？

古希天子耽词翰，品画论书世所珍。
漫向人间说功过，唐宗宋祖奈输文。

春明侧帽擅风流，年少词人据上游。
一样生存华屋处，独留高义重千秋。

酒酣一枕梦红楼，兴废都关儿女愁。
顽石未消千古恨，心香我亦荐曹侯。

一九八三年

祝江南诗词学会在南京成立

千古江山助壮猷，风云造意起神州。
新亭移世来豪隽，丝路联吟接胜流。
彩笔缤纷添气象，襟期磊落见声求。
金焦未到吾能说，飞梦时回陇水头。

一九八四年

马竞先

马竞先（1911—1999），笔名雪祁，别署洗砚斋主，河北霸县人。曾任甘肃省教育学院、西北师范学院副院长，中国书法家协会会员，中华诗词学会会员。

甘肃境内长城遗址

塞外初秋草木凋，长城脚下怒风号。
征夫万里闺中泪，白骨至今怨未消。

一九六一年

访泾川瑶池圣母宫

信步登山日未斜，桃林深处有人家。
东风偏扫游人兴，吹落瑶池满苑花。

一九六三年

金城访友

金城访友逸兴饶，宴罢归来酒未消。
路转峰回天欲暮，黄河桥上雨潇潇。

一九六五年

为甘肃日报百花复刊题词

天开三径艳，日暖百花香。
艺苑春光好，长吟乐未央。

一九七四年

登麦积山

麦积闻中外，游人任往还。
危崖萦曲道，绝壑响流泉。
雨过烟笼树，春深翠接天。
千尊石窟佛，笑脸看桑田。

一九七六年

纪念毛主席八十五诞辰二首

百年黑暗遭涂炭，创业艰难煞费心。
岁月更新经百战，山河再造历千辛。
龙韬虎略追先哲，伟绩丰功启后昆。
纪念堂前花满树，苍松翠柏永精神。

岁月峥嵘腊鼓催，梅花香里雪霏霏。
门争曲折分真伪，建设艰难辨是非。
几度沧桑增阅历，频经风雨忘安危。
不辞白发承遗志，一片丹心永不灰。

一九七八年十二月二十五日

题友人画博古花卉图

松竹梅花三友贤，相交默契已多年。
邀来仙子迎春雪，共品清茶话岁寒。

一九七八年

赠晁涌光同志

十年动乱惹人愁，好友东西各自谋。
正是蟹肥菊色好，相逢一醉月当头。

一九八一年中秋

赠高亨教授

讲学山东著作宏，先生海内久知名。
归来犹恐黄昏近，检点丹铅注六经。

一九八一年十一月

寄黄宗江甥婿

宗江早年自称"卖艺人家"，近写《风雨千秋》京剧本弘扬秋瑾烈
士精神，上演后喜而以诗遗之。

卖艺人家岂自娱？当年奋笔写农奴。
江淹不负平生愿，风雨千秋颂鉴湖。

一九八一年

寄晁涌光同志

身寄京华念旧游，壮心犹在雪盈头。
一腔热血千杯酒，洒向晴空化海鸥。

一九八二年三月

赠长岛弘三教授

日本筑波大学教授长岛弘三先生以人工合成红宝石著称于世界，
一九八二年五月十六日为长岛研究室成立十六周年，诗以祝贺。

先生敢是神仙侣，瑶圃摘来红宝珠。
阆苑樱花浑似锦，阳春烟景满蓬壶。

一九八二年五月

北戴河游泳

茫茫大海碧连天，潮去潮来亿万年。
今日有缘临胜地，迎风击浪乐陶然。

一九八二年夏

登山海关

雄关飞峙镇东天，渤海奔流去不还。
雉堞巍峨秦壁垒，烟云缭绕汉河山。
频经战乱多忧患，幸息干戈乐管弦。
四海一家风物好，欣随游侣强登攀。

一九八二年夏

登孟姜女庙

望夫石上望夫还，雾鬓风鬟眼欲穿。
杞梁不归祖龙死，白云愁色满边关。

一九八二年夏

游燕塞湖

湖平如镜碧生烟，一片孤云自往还。
鹦鹉峰前听故事，游轮划破水中天。

一九八二年夏

一九八二年七月十四日中国书协在人大礼堂举行茶话会书法表演即兴书诗一首

波腾墨海气吞鲸，旧雨新知逸兴浓。
曲水流觞今已矣，书家当不让兰亭。

访香山

四十年前到此游，荒榛野棘满山陬。
而今再到旧游地，白云红叶两悠悠。

一九八二年秋

赠日本书道教育代表团

日本书道教育代表团访华，中国书协在北京国际俱乐部举行书法交流笔会，即席挥毫。

蓬岛多佳士，飘然渡海来。

挥毫惊四座，卓尔不群才。

一九八三年夏

遣怀二首

性耽书法不知疲，离职归来白发欺。

且喜馀年无世累，恣情挥洒兴淋漓。

诗书万卷酒千盅，甘作匏瓜学老彭。

醉卧东篱君莫笑，乌纱摘掉一身轻。

一九八三年

寄陈迩冬先生

高山流水识音迟，敲韵挥毫鬓有丝。

《闲话三分》添雅兴，岁寒梅雪见清姿。

一九八四年

读《中国老年》杂志

《中国老年》手一编，怡情悦性乐天年。

不辞漫写黄昏颂，留得馀光照大千。

一九八四年

赠路易·艾黎

白发丹心志未赊，育才为乐助吾华。

引来桃李三千树，栽入寻常百姓家。

一九八五年

再返兰州

桃花三月到兰州，旧雨重逢意气稠。
多少离情抒不尽，一弯新月挂西楼。

一九八五年

赠陈石诚君

石诚君，台湾人，从西德归国，将赴西北师范大学任教，以诗赠之。

芳草连天碧，毅然海外归。
故乡明月好，相伴舞清辉。

一九八五年夏

登白塔山

金城白塔枕清流，亭阁萦回树木稠。
东望崤函通古塞，西行瀚海入沙州。
敦煌高窟丹青著，嘉峪雄关气象遒。
更喜丝绸千里路，驼铃阵阵动边秋。

一九八六年

读元散曲家阿德威遗著有感

《蟾宫》《折桂》久知名，散曲惊人媲汉卿。
怀古抒情思屈子，感时寄调咏湘灵。
向传典册经亲译，曾抑豪强鸣不平。
千载衣冠无觅处，泱泱云水仰高踪。

一九八六年

纪念人民教育家俞庆棠先生

先生秉慧质，佼佼出常人。奋斗争民主，长怀救国心。留美习教育，归国迪群伦。协商襄大业，建设竭丹忱。巾帼称英俊，社教献终身。年华如可驻，陪观四化新。

一九八六年七月

忆海峡友人

海上生明月，天涯忆故人。
何时重话旧，同醉玉壶春。

一九八六年秋

游芦荻岩七星岩

芦荻七星姊妹峰，琼浆滴沥结崆峒。
神工鬼斧精雕塑，群岛嵯岈挂太空。

一九八七年四月

登蓬莱阁

水城春暖浮光动，玉宇风清彩鹬来。
今日登临思猛士，澄波万兆净无埃。

一九八七年夏

为北京精美印刷厂题词

名家书画足藏珍，印制精良色调新。
意匠经营入三昧，更从妙处得传神。

一九八七年冬

金秋节香山笔会题诗

秋高气爽出西城，访胜香山逸兴浓。
拂去征尘抒望眼，无边霜叶夕阳红。

一九八九年

辛安老逝世周年

白发丹心学可风，育才为乐乐无穷。
陇原桃李三千树，都在春风化雨中。

一九八九年十二月

除　夕

未闻腊鼓已新年，白发三千只自怜。
陋室萧条声寂寂，孤灯明灭影翩翩。
诗书徒作传家宝，笔墨难筹买屋钱。
闲逗小孙寻乐趣，缤纷花火照窗前。

一九九〇年

赠台湾黄善德博士二首

物换星移四十年，盈盈一水隔南天。
武园唱和何风雅，得结诗缘亦夙缘。

跃马弯弓兴尚酣，更从海峡筑诗坛。
豪情壮志酬知己，大吕黄钟响彻天。

一九九〇年春

答庆阳求书者诗

望岳诗篇未熟吟，今朝落笔便失真。
匆匆过客实惭愧，辜负知音一片心。

一九九〇年五月

贺甘肃画院成立

黄河之水自天来，普润群芳次第开。
安得画家新意匠，挥毫泼墨展奇才。

一九九〇年五月

赵天梵

赵天梵（1912—1979），江苏阜宁人。早年就学于上海震旦大学预科，后转入江苏无锡国学专科学校学习直至毕业。1947年起即在西北师院工作，曾任中文系讲师、校办秘书组主任、文书科科长、教材科科长等职。

旅食兰州春日忆江浙旧游处

芳菲时节又花朝，南国云山入梦遥。
几许相思忘不得，九龙山色浙江潮。

兰州春雪

孤负清明好时节，弥天风雪压边城。
离人今夕愁难遣，卧听空阶滴沥声。

兴隆山记游诗

初夏畅和风，旭日方升东。结伴兴隆游，群情何融融！轻车出城关，晨风送远钟。行行登重山，天光一线通。砥道殊坦荡，盘纡达层峰。缅思开凿艰，几疑同鬼工。出山复入山，遥见兴隆耸。长幼咸欢呼，游兴为之浓。未几及山麓，高标思华嵩。列嶂分东西，屹立争豪雄。苍翠浑欲滴，万木撑晴空。小溪叠乱石，泉声日淙淙。临流涤烦襟，濯足何从容！长桥覆以屋，木构如卧弓。凭栏俯流水，恍若听丝桐。童稚争跨越，我亦披蒙茸。小径

羊肠曲，山花杂黄红。涛声起足底，拔地多长松。巨干大十围，
苍鳞如老龙。前登太白宫，楼观瞻玲珑。敬展大汗灵，雄风吊元
戎。忆昔挥天戈，伟业开大同。馀威震欧陆，亿世仰丰功。登楼
眺西山，奇峭接苍穹。连甍饰金碧，指点说离宫。鼓勇再攀跻，
足健不携筇。名泉堪盥漱，十碗涤心胸。连山盛草木，弥望尽林
丛。凭高一长啸，馀响起天风。俄而雨蒙蒙，归心咸忡忡。车中
念身世，太息似飘蓬。所愿结茅屋，长住兹山中。

一九四八年

初冬即事

霜压边城塞草寒，西风谁念客衣单。
十年浪迹因人惯，万里乡书作答难。
战垒纵横民力尽，豪门歌舞曲将阑。
眼前多少忧时泪，洒向黄流起怒澜。

一九四八年

岁暮感怀（四首）

向晚人声寂，惟闻戍角哀。
又逢残腊尽，共待好春回。
诗思浓于酒，名心冷似灰。
遥怜梅万树，犹傍战尘开。

蜡鼓声声急，冰霜逼岁阑。
殊方多感慨，大地遍饥寒。
路阻乡音断，宵深烛渐残。
拥衾愁不寐，风雪正漫漫。

绿水桥边宅，金焦旧主人。
十年流浪久，一味性情真。
梦寐江南路，羁栖塞北尘。

低徊增感喟，愁见岁华新。

金线年年压，劳生感日长。
烟云惊变幻，世态亟苍黄。
禹甸嗟龙劫，神州逐鹿场。
桃源无觅处，搔首益彷徨。

一九四八年

孤　愤

孤愤凭谁说，愁心赖酒浇。
年华如水逝，山色入春骄。
宿雨催花发，东风拂柳条。
乡思殊未已，归梦落金焦。

赠胡仲澜用西泠赠先生诗韵

先生我师友，博学能斗酒。智圆行则方，淳朴古风厚。绛帐三十年，高才储八斗。数世多悲辛，烽烟遍九有。小坐话沧桑，公亦慨然久。汪公喜同调，清谈欣有偶。赌胜决棋枰，朋侪推国手。扶杖夜深还，抚儿犹慈母。殷殷向饥寒，绕室踉跄走。吁嗟世事变，贾竖尽昂首。惟公守青毡，耻与争先后。羊裘杂缁尘，简朴类村叟。

南京解放书感

相公开府孝陵旁，金碧楼台七宝装。
花落春归人寂寂，园林亦有小沧桑。

春尽日游安宁堡赏桃花（四首）

十里夭桃次第开，轻车队队逐尘来。
嬉春纵有人如织，谁似兰亭作序才！

浅碧轻红入望宜，繁花开遍北南枝。
烽烟满目君休怅，且醉花前酒一卮。

几家村店酒帘低，风堕残红衬马蹄。
万树桃花春似海，麦苗弥望绿初齐。

游人归去夕阳西，寂寂园林鸟自啼。
惆怅一年春又老，边城重见落花时。

一九四九年

余参加天水及西安二地旅行在天水勾留约五日写过一些旧体诗存稿久失就追忆所及录存之（二首）

秦州风物似江南，曲水溪桥最耐看。
绕郭绿杨三万树，教人错认是家山。

残碣犹镌同谷县，唐家遗物卧苍苔。
低徊天宝当年事，杜老曾为避乱来。

一九五六年

秋日即兴（二首）

西风落叶晚秋天，残梦初回欲晓前。
喔喔鸡声闻远近，矍然一觉等游仙。

车走雷声晓未停，居临衢路梦魂惊。
边城十月秋寒重，剩有黄花伴晚晴。

鹧鸪天·秋意

宿雨萧萧晓未收，几多寒意到衾裯。苍山负雪云垂地，黄叶飘风乱入楼。　　思入梦，转多愁，一年容易又经秋。天涯何处无风雨，莫惜飞花逐水流。

一九六四年

115

题虚舟山水画轴

一九六四年秋，余为甘肃师大艺术系国画组同学教古近体诗，期终考试以虚舟山水画为题试诸生，余亦作五七言律绝各一首。原稿丢失，仅忆及五律一首，遂录存之。

水墨淋漓处，图成小米山。
峰高横翠黛，树老自苍寒。
雨过云初敛，亭空客未还。
落帆舟一叶，寂寞系前滩。

满城汉墓出土有作

穹隆岩穴万夫功，玉匣深藏此閟宫。
四海久非刘社稷，关河犹认汉提封。
灯镌阳信留秦篆，铭勒中山纪考工。
堪笑穷奇年剩骨，任他残绣逐秋风。

昌儿再赴江南道出镇江游金焦二山返兰后
为述江山雄胜与苏杭名园不侔雨中跋涉而别饶有兴趣
余别故乡四十年矣为写五律二章志之

道出金陵地，初游铁瓮城。
风生帆鼓腹，山好寺无僧。
春雨湿征袂，繁花清绝尘。
所嗟成过客，难觅故乡人。

胜游逢上巳，烟水莽苍间。
北府无兵垒，南徐有好山。

云深松露滴，风定白鸥闲。
向晚人争渡，江天起薄寒。

一九七五年

咏　史

　　昔人论刘禅，辄云难齿数。吾谓未尽然，亦有可取处。永安承遗命，事亮如事父。言听计则从，垂拱作幼主。祭则由寡人，政柄操相府。任贤而不疑，屈指只三五。亮也如不死，匡复或可睹。仲达具雄略，军将亦劲旅。皆非亮匹俦，畏蜀久如虎。惜哉五丈原，宗臣竟作古。人亡政未熄，姜费能踵武。遗泽在黎元，私祭留衢路。汉祀得再延，卅年方纳土。少陵论诸葛，萧曹与伊吕。似尚可研议，未造尤艰苦。孟德真雄才，仲谋承父祖。备也起田园，寄食等卒伍。治军与治民，端赖此良辅。煌煌将相业，今古几俦侣！承祚良史才，学与识俱富。传亮有微词，读者谅心膂。呜呼才实难，古人骨早腐。宵深读两表，使我泪如雨。

一九七五年

赛诗台

赛诗台上赛诗篇，万紫千红许共妍。
老将新兵齐出阵，缤纷花雨散诸天。

一九七五年

学诗偶成

中邦诗律重三唐，两宋词坛各擅长。
自有汉家高格调，何劳远学十三行。

一九七五年

李秉德

李秉德（1912—2005），河南洛阳人。著名教育家。1934年毕业于河南大学教育系，1947年考取教育部公费留学，先后在瑞士洛桑大学、日内瓦大学及法国巴黎大学进修，1949年回国。1950年由中央教育部分派到兰州西北师范学院，历任副教务长、教育科学研究所所长、西北师范学院院长等职。1981年创建了西北师大教学论博士点，为西北师大第一个博士学位授予点。二十多年中培养了大批人才，遍布全国各地，很多成了本单位学科带头人和学术骨干，有的成为国内著名学者，为我国教育学的发展作出了突出的贡献。出版有《李秉德文集》。

陇上吟

塞水兰山三万里^①，暖来寒去四十春。
涛惊浪骇事成古，柳暗花明景变新。
洛下牡丹真耀眼^②，陇垣弦柱更牵神。
华林坪上风光好^③，不羡邙山黄土深^④。

原注：①塞水，法国巴黎塞纳河。作者于1949年离巴黎回国，次年来兰州。 ②洛下，作者原籍河南洛阳。 ③华林坪，兰州公墓所在地。 ④邙山，在洛阳城北。

一九九〇年

古 风

违城方一载，市容大易颜。豪车鲫过江，华夏塔冲天。清明厅堂里，吟友聚高谈。无人说下海，有意共登山。文化史悠久，诗魂系其间。继往复开来，风骚各尽妍。云龙凌空飞，文心波澜翻。欣然排闼望，越肆见五泉。

举家迁兰五十年

前日重庵谈及举家迁兰五十年。回顾往事，浮想联翩，爰作韵语十
组以记之。

淮海捷报巴黎传，辞别铁塔买客船。
乘风破浪一月余，旧地新都十二年。

华大革大学马列，如同拨云见晴天。
跟着党走为人民，治学做人方向端。

组长忽传上级命，工作分配你提前。
放下麻札整行装，即上征途赴西安。

部长江公再传话，西北教育任务坚。
烦君明日再西进，颠簸七日到皋兰。

西北师院声誉好，献身教育素所愿。
事业既已有基地，举家继来再团圆。

三世同堂天伦乐，"陇西世家"新户添。
四代人多羡杏坛，"教师世家"薪火传。

时光流水弹指间，坎坷崎岖五十年。
身守方圆十里地，目击世事千万变。

建国兴省人振奋，上下齐力作奉献。
何期风云从天降，廿年冤案十年乱。

狂风暴雨成往事，改革开放谱新篇。
国耻已雪国威振，五星红旗更鲜艳。

怜见儿女生白发，欣闻孙辈能竞先。
老夫耄耋何所求？喜看夕阳照青山。

二〇〇〇年

米寿自咏

小米小时将我养，大难大任促人强。
甘愿白霜衰黑发，青山喜看映红阳。

二〇〇〇年

居京有感

三度负笈十年会，长街胡同熟路走。
今日旧颜换新貌，出门不敢离"导游"。

二〇〇〇年

赠田家炳先生

兴业本于德诚信，致富原来为世人。
田星光耀大西北，为勉科教再创新。

二〇〇一年八月

老马逢马年

壬午转入新世纪，中华万马奔腾急。
伏枥老马心虽壮，言志何敢逞千里？
管仲师马情犹在，山道公路有同异。
世人今日犹养马，未必全为备奔骑。

二〇〇二年

庆五二五家宴

三代老幼廿四口，共聚水木清华园。只为亲人共盛会，何顾四方行路难？婿侄携孙相引来，惊喜耳熟眼初见。小豆易波隔洋问，闻音清脆声也甜。三洲亲属心相印，只因同根枝也连。举杯同庆家国兴，亲情乡思一线牵。

二〇〇二年

马年五月兄弟京都喜聚惜别

耄耋不顾关山远，只缘同胞情相牵。儿时日日形影随，于今一别十二年。家国喜忧多少事，几日几夜能说完？ 既尝酱菜烤鸭鲜，复饱油茶与浆面。 最是喜人廿四口，庆节贺寿迎春园。五世其昌分三洲，四世同堂足堪羡。天下筵席有聚散，争分夺秒恨日短。 苏子最知我心事，但愿万里共婵娟！

二〇〇二年五月二十五日于清华园

清华归来

清华喜聚复惜散，归来朱庄情适闲。卧读报刊日觉短，坐对映屏夜不寒。楼阶细数六十八，游园丈步三百三。柳荫深远闻鸟语，绿荫近边看花艳。情不自禁西南望，归去来兮思兰园！

二〇〇二年

下楼小坐

今日无人伴余走，门边小坐亦悠悠。
昨日门前三岁儿，离妈跑来握余手。

二〇〇二年

121

京郊师生欢聚

桃李芬芳仁寿山，弦歌响彻黄河岸。
安宁到处兰瓜香，今日依然交口赞。

二〇〇二年六月十九日于北京北郊朱辛庄

观纸鸢

只凭一线上空间，俯视群丘何傲然。
忽地疾风骤雨起，纸湿线断落泥间。

二〇〇二年

带给孟芳

2002年夏，兄弟儿女共聚兰州。今日同往东郊为孟芳扫墓。我因不良于行，托带此信。

昨日盛会卿缺席，今朝探视我负你。
先来后到寻常事，清风明月共安息。

医院归来喜与诸生晤聚讲课

曾恨往日分两地，最喜今日共一席。腿软须靠轮椅推，脑健犹然壮思飞。九十老人何所愿？薪火更旺超前辈。

二〇〇二年

仲夏大院漫游

暂别书报下楼间，轮椅慢推游大院。天高云淡轻风吹，神清气爽乐陶然。尤喜小坐槐荫下，阳光闪烁叶隙间。远看蜂蝶花间舞，近听小鸟枝头喧。最是幼儿来握手，转身又把拐杖攀。迎面遇人会心笑，疑是置身在桃源。

二〇〇四年六月二十二日于广渠门京寓

学诗自嘲

老来忽发诗家兴，顺口溜来便觉行。

欲以示人羞出手，字斟句酌哼又哼。

稿成意得且自诵，一声长啸始轻松。

古人诗题有"偶成"，自愧人能我不能。

二〇〇四年七月十一日

念孟芳归去来

读苏轼《江城子》词，感触有所不同，因做此诗，仍依其韵。

生死廿载两茫茫，不断朝思且梦想。

梦中无异平日事，共难同行话家常。

也曾两次带信去，儿女孙辈不负望。

奥运看罢归去来，明月清风芳草香①。

原注：①重庵二次扫墓归来，谓墓草已青青盛长。

二〇〇四年九月十三日于北京

重返燕京母校游览有感

一九三七五月间，燕大教育参观团。预计旅程逾万里，"壮哉此行"见报端。邹平济宁有二梁①，南京陶公办师范。上海黄老职教社，兴教议政着先鞭。

原想教育能救国，日寇卢沟启战端。中华儿女齐奋起，有校不归为抗战。孰料又经半世纪，始得国泰与民安。最是六十七年后，九十老人返校园。

123

进入北大校区内，高楼林立入云端。遥见水塔露灰顶，惊喜欲狂心怦然。伫立石舫四下看，湖光塔影美如前。移车"六楼"北屋外②，手扶窗棂再流连。

昔日同窗成古人，周老③潦倒朗润园。怀念当年旧师友，各有千秋在人间。他日异域当相告，"燕园已做文物馆"。既留当年人画景，又添今日宏伟颜。

原注：①二梁指梁漱溟与梁仲华。　②"六楼"北屋是作者当年离校时所住的学生宿舍房间。车指轮椅。　③周老指时为燕大教育系主任的周学章。

二〇〇四年十月十七日于北京

二〇〇五进入鸡年有感

神猴笑去金鸡唤，心潮也随时浪翻。百年浪潮何汹涌，风流人物坐浪尖。我本不是弄潮儿，也随支派奔向前。浪上也有风和雨，美不胜收看两岸。世间人物新换旧，尚有老拙在人寰。九三老人心犹壮，仍愿置身波涛间。宁坐轮椅随浪措，不坐岸边壁上观。

二〇〇四年十二月三十日于北京

室居杂咏

五九已到气未升，室内拄杖看花红。茶味细品清且香，诗意画境隽而咏。旧出新报细粗读，世事民生总关情。倦来平卧心舒畅，双目所视唯上空。似见屏幕高处悬，悲喜闹剧齐上映。是非功过谁评说，唯愿普世享太平。

二〇〇五年一月二十九日于京寓

彭 铎

彭铎（1913—1985），字晟乾，湖南湘潭人。1934年考入南京国立中央大学中国
文学系，受到黄侃、王瀣、吴梅、汪东、汪辟疆诸先生教诲。1938年毕业，任重庆中
央大学中文系助教，湖南蓝田国立师范学院国文系讲师、副教授。新中国成立后，任
西北师范学院中文系副教授、教授、系副主任、主任、古籍整理研究所所长，并为中
国语言学会理事、甘肃省语言学会会长、中国历史文献研究会副会长、中国训诂学研
究会常务理事兼学术委员会委员。著有《潜夫论笺校正》《唐诗三百首词典》《彭铎文
选》等。

读《汉书·樊郦滕灌传》四首

舞阳侯樊哙

排闼鸿门得彘肩，屠城屠狗自年年。
忠刘党吕为身累，功狗何由策万全！

曲周侯郦商

酒徒终古属高阳，弟爵兄烹事汉王。
成就北军诛禄产，教儿卖友独何伤。

滕公夏侯婴

拥树当年性命轻，重围持满故徐行。
如何代邸论功后，只就三朝太仆名！

原注：拥树，《史记》作"雍树"。《集解》苏林曰："南阳人谓抱小儿为雍树。"

颍阴侯灌婴

东城夷项竟全功，五卒同封一日中。
自是贩缯多倍息，鼓刀织薄尚输公。

原注：鼓刀，谓樊哙。织薄，谓周勃。

张　掖

形胜河西第一州，看花喜共豁双眸。
祁连岳峙千崖迥，臂掖城开万户秋。
稼熟黄金方被垄，渠横白练正经丘。
游人解道江南好，为问江南得似不？

一九六一年

酒　泉

古郡雄边溯汉唐，星分鹑首控雍凉。
东临弱水川原壮，西俯重关驿路长。
地有亭台知市近，道随塍埒觉泉香。
人民事业今无比，新建名都号酒钢。

一九六一年

毛主席诗词十一首发表日集杜

造化锤神秀，词场继国风。
恩波延揭厉，逝水自朝宗。
排荡秋旻霁，光辉仗钺雄。
惟南将献寿，此日意无穷。

原注：《望岳》《奉寄韦丈人》《八哀李邕》《又上后园山脚》《八哀》《遣闷呈严公》《假山》
《九日登梓州城》。

北极捧星辰，东方领缙绅。
二天开宠饯，一气转洪钧。
沙汰江河浊，长令宇宙新。
雷霆走精锐，沧海阔无津。

原注：《奉送严公入朝》《上韦左相》《江亭饯萧遂州》《上韦相》、同上、《有感五首》《送樊侍御赴汉中判官》《上韦左相》。

学贯天人际，恩倾雨露辰。
氛埃期必扫，风俗尽还淳。
雄剑鸣开匣，余波德照邻。
声华当健笔，词翰两如神。

原注：《八哀》《奉赠鲜于京兆》《入衡州》《上韦相》《秋日夔府咏怀》《上韦左相》《八哀》《奉贺阳城郡王太夫人恩命加邓国太夫人》。

牵牛去几许？驻马望千门。
羁旅推贤圣，心肝奉至尊。
紫收岷岭芋，红见海东云。
万方频送喜，佳气日氤氲。

原注：《秦州杂诗》《至德二载归凤翔》《寄彭州高使君》《观安西兵过》《夔府咏怀》《晴二首》《收京》《假山》。

文传天下口，律中鬼神惊。
王者今无战，先锋孰敢争！
风骚共推激，燕雀半生成。
精理通谈笑，终身荷圣情。

原注：《八哀》《敬赠郑谏议》《故武卫将军挽歌》《赠郑谏议》《夜听许十诵诗》《屏迹》《赠特进汝阳王》《端午日赐衣》。

赠平凉杜君

老来忧患未能忘，丹棘劳君远寄将。
色借黄花疑栗里，香随绿使发平凉。
宵吟欲把金针度，晚食还同玉粒尝。
堪笑横居无寸土，移根那得进萱堂。

原注：丹棘是萱草别《诗》："焉得谖草，言树之背。"时先慈尚在，故结句及之。（诗见彭先生于20世纪70年代致穆长春信中，见《穆长春文集》附）

青海观鱼

正有如棠兴，方舟泛海嵎。龙宫连浦暗，鸟岛际天孤。鸥影时高下，山光乍有无。涛峰浮员嶨，雨韵叶笙竽。鼓怒冯夷泣，涵容水伯趋。声疑旋地轴，人似蹴金枢。摆落盘涡沸，掀腾激浪输。惊魂方胁息，凉意急浸肤。网截千寻碧，鲛倾百斛珠。喧呼收锦缆，泼剌出鳟鱼。戢戢看头动，鳃鳃叹目拘。冲风翻石燕，趁食集樯乌。舵手机徐搜，篙师楫并驱。渔歌迷别溆，暮色上归途。不复夸羊酪，兼教鲙腹腴。成诗须火速，奇景后难摹。

题路志霄《学步集》

高辛有才子①，雅志在红专。
党性归诚定，秦风出语圆②。
鲲鹏霄得路，珠玉灿成编。
老眼能胜此，西来信宿缘。

原注：①路氏出高辛氏。　②集有"要学民歌出语圆"之句，因用之。

一九六二年十二月

五泉山观泉

窥潭如沉墨，穿岩涌出雪。
无烦买春蚁，自然春霁色。

偕吴组缃游五泉山

金城佳处五泉清，楚客初来省旧盟。
露湿茗瓯风满袖，香生花径眼增明。
攀跻且喜矜腰脚，谈笑无劳按酒兵。
试摄丹崖揽寥廓，萤流千里苍云平。

同刘持生霍松林谒杜祠

坡陀一径领於菟①，来憩空阶日未晡。
尘暗诗龛馀蠹简，藓侵碑字隐龟趺。
天旋几见星辰近，树老从知岁月徂。
试觅牛头瞻象设，颓檐依旧傍庭隅。

原注：①松林幼子有兔行恒在前。

一九六四年夏

同刘持生访霍松林西安讲舍

鸡黍成前约①，吟朋得近招。
依然曲江路，高树自亭苕。
坐胜公荣饮，谈深主客嘲。
诗坛今选将，应拜汉嫖姚。

原注：①元遗山句。

一九六四年夏

还乡过株洲

楚岸收新雨①，江潭眺旧乡。
车轮交粤桂，舟楫带衡湘。
略彴千家杵，零丁百尺樯。
韶山红日近，行色倍辉光。

原注：①杜工部句。

一九六八年

长沙车中对雪集唐①

北雪犯长沙，呈祥势可嘉。
随风且开叶，着树不成花。
客鬓行如此，乡园去渐赊。
湖南清绝地，日晚逐行车。

原注：①杜甫、李商隐、杜甫、韩愈、李商隐、许浑、杜甫、孙逖句。

韶　山

引风亭边勘上宫，依然鸡犬识新丰。
壮图在昔无全楚，灵岳经时起大风。
咫尺苍梧云影里，参差斑竹泪痕中。
年年箫鼓田神社，长有村童拜震公。

美国赠麝香牛

戴角标奇质，披香赠美洲。氤氲初捣麝，茧栗旧呼牛。气满黄钟脮，神清白脉眸。龙涎腥莫并，鸡口郁全收。王会殊睬赂，都人洽献酬。只今无外守，千载仰鸿猷。

游天水麦积山石窟

古栈依云势，丹崖阻石梁。
绿芜一览秀，苍山四合茫。
梵响馀空寂，林风制炎凉。
独鸟窥片石，机语应更长。

一九七三年七月

摘苹果

红颗丹林熟早霜，色胜梨颊沁寒香。
苹婆九译来天竺，青李三行配地黄①。
笾实好同榛栗荐，驿尘新带荔枝尝。
年年剥枣犹邠俗，只并凡蔬入窖藏。

原注：①青李、地黄：《青李来禽帖》《地黄汤帖》。

收　葱

玉白刍青一望平，霜天采掘任筐倾。
春寒滴汗开荒种，腊后除根共肉烹。
寸断不须烦陆母，口吹真欲当苏笙。
从来艺植欣初获，况有金柑伴水精①。

原注：①周益公对宋孝宗云："抚州产金柑玉版笋，银杏水精葱。"

题赠平凉报复刊

天开文运振吾华，喜到平凉万姓家。

131

邦国恰逢隆庆日，沧溟真见上仙槎。
风传万纸争先睹，价重兼金众口夸。
我向六盘窥陇月，新诗题罢玉钩斜。

读唐书狄梁公、张文贞、则天、二张诸传，
次外舅石禅翁除四凶诗元韵

居然武媚亦窥唐，狼藉奸赃宠二张。
移檄扬州徐敬业，至今人诵骆宾王。

五郎控鹤擅新腔，人面莲花从六郎。
难怪山阴争面首，春宫行乐未渠央。

金轮窃号太癫狂，樗博淫祠特地忙。
不是梁公荐张老，何人能举法三章？

周总理小祥哀词

谟猷诸葛大名垂，功烈阿衡百世师。
卿月已随天日远，贞松唯与岁寒期。
徒劳贝锦成萋斐，不碍文昌焕赫戏。
今拜练冠除首服，一哀终恨一年迟！

一九七七年二月

犍为郭舍人尔雅台

尔雅贵多识，青江有旧台。
榱题依古木，栋宇掩苍苔。
注不经秦火，名何晦蜀才？
游人挥手过，谁欲问初哉！

题王巨洲百蝶图

柳绽桃绯万象苏，东君星驾返青芜。
罗裙腻粉深深见，并入王生百尺图。

蘧然庄梦一时回，尽态穷妍出妙裁。
肯向芳尘迷旧影，穿花常伴好风来。

小院回廊雨散初，傍檐低砌尚怜渠，
妆成岂共秋容老，谁识嘉名号凤车？

展寿寄天麻钢刀二物因短述

鲁宝不生锈，灵根可驻颜。
来从木犀地，飞近玉门关。
只是无鲜割，空知有鬓斑。
迢迢思弟妹，行坐泪痕潸。

游榆中兴隆山

云龙依倚两峰齐，松桧招邀一径迷。
星势欲浮青海上，霞标应掩赤城低。
泉分涧户倾灵液，桥直禅关卧彩霓。
策杖同游穷胜景，归鞍不觉夕阳西。

一九八二年

壬戌元宵节怀念台湾同胞

盛会当元夜，诗词共讨论。
怀人方隔水，落叶念归根。
海暗桄榔雨，春回薜荔村。

此时瞻火树，直欲倒芳樽！

西北师院院刊复刊献词

园地之辟，广种百花。
中路夭折，雨横风斜。
绝而复续，振兴中华。
天留老眼，玩此新葩。

一九八四年

题师云折枝牡丹

化工墨妙两当家，开到人间富贵花。
不向洛阳寻画本，姚黄魏紫一时夸。

一九八四年八月

题师云瓜叶菊

一枝瓜叶自离披，不是东篱把酒时。
过了玄冬到新岁，并将红艳报春期。

一九八四年八月

中华人民共和国国庆三十五周年

六合无泥滓，群星拱北辰。
当年三十五，今是古稀人。
沧海先迎日，云霄未乞身。
不才何所用，只有祝千春。

临江仙·塑料黄瓜盆供

弱蔓柔须钩带好，何人巧夺天工？枝间吐蕊叶间茸。缀珠清滴露，垂实细摇风。　　记得儿时亲手种，短篱欹架玲珑。客窗相对且从容。待他春日暖，添个采花蜂。

洪毅然

洪毅然（1913—1989），原名征厚，笔名毅然，四川达县人。1937年毕业于国立杭州艺专，后在西南美专、省立艺专等校任教。1950年到西北师范学院美术系工作，为副教授、教授。曾任中华全国美学学会及美育研究会顾问、甘肃省美学研究会会长等职。著有《美学论辩》《大众美学》《新美学纲要》等专著和数十篇美学论文。

酬李冰如先生四首

浊酒多年储未饮，君来夜话始飞觞。
漫道诗画有真乐，且喜儿女已成行。

通川桥畔月正明，金华滩上水流金。
别时夜深情何限，诗家画人感同心。

美酒佳肴邀共饮，喜读锦笺诗万行。
欲传诗人淑世态，画笔芜拙遗憾长。

彭家嘴上小屋新，雨窗漫话句如金。
实情实感兼实境，此谛亦画亦诗心。

一九四六年

答冰如先生赠诗兼陈近事二首

莹庐半隐田舍幽，画读自遣不知愁。

况有诗人常过我，苦茶淡酒日悠悠。

秋山雨洗云天淡，碧水澄明阡陌连。
小园昨夜惊木落，晨起推窗意自闲。

一九四六年

中秋无月忆旧游五首

四时佳兴惟此日，良宵无月惹愁思。
可笑诗人痴情甚，捻须低首漫吟诗。

此日何处乐无涯？锦里美俗最堪夸。
香风飘拂人意爽，家家户户买桂花①。

丹桂香满新都湖②，残荷疏柳伴篱菊。
十五年前旧游地，而今不知又何如？

难忘最是满觉陇③，年年杭州人蜂拥。
漫山遍野开桂花，欹树闲吟赏奇种。

品茗啖栗复买醉，酒酣一梦卧山隈。
醒来湖上灯明灭，风乎舞雩咏而归。

原注：①成都习俗：中秋，花贩担桂花，沿街兜售。　②新都城里有桂湖，中秋游人最甚。
③满觉陇在西湖九溪十八涧过梅家坞山下，中秋游人云集。其地特产桂花栗美。有
桂花味，甚甘美。

一九四六年

春日麦积山晨兴

宿雨乍晴晓烟轻，层峦远岫碧无垠。
野卉怒开山径窄，松风低和鸟齐鸣。

重游九溪十八涧

访胜十八涧，浅涧漱清流。
谷深山径窄，树密鸟声幽。
濯足惊鱼戏，翘首见云浮。
木樨香馥馥，独醉九溪秋。

一九六四年

忆旧作有感兼及近事自步原韵赠凡子

春到百花园，满园尽春晖。
园中有双燕，低昂比翼飞。
呢喃相呼唤，饮泉胜衔杯。
为爱东风暖，新巢筑未归。

一九七七年

爱 花

种花不惜花，并非爱花人。
拾花不摘花，始见爱花心。

访月牙泉还口占自嘲

　　1985年7月某日，偕妻吴芸、友人郭因，步出敦煌城郊，往访鸣沙山下月牙泉。沙坡难行，怅然而罢。适有兴尽而返者曰："不到月牙泉，终身遗憾；到了月牙泉，空前后悔。"归记以自嘲。

跋涉欲访月牙泉，力不从心半途还。
可叹长留终身憾，却喜无须悔空前。

一九七八年

郭晋稀

郭晋稀（1916—1998），字君重，湖南株洲人。1936年毕业于湖南省立第一师范，工作两年后考入国立师范学院国文系，得钱基博等先生的器重，后因故转入湖南大学，受到杨树达、曾运乾、马宗霍等先生的器重。1942年毕业，先后任教于湖南师范学院、桂林师范学院。1951年任教于西北师范学院。历任副教授、教授。先后任古代文学教研室主任、古籍整理研究所所长，兼中国诗经学会顾问、中国《文心雕龙》学会理事。著有《文心雕龙注译》《诗辨新探》《诗经蠡测》《声类疏证》《剪韭轩述学》《白话二十四诗品》等。其《文心雕龙译注十八篇》在20世纪60年代已被香港两家出版社翻印，流传于海内外。

赠遇夫先生[①]

长沙夫子积微翁，一生终老百城中。
说字真能匡浇长，万流钻仰竞朝宗。
……
吾家本是景纯后，先辈差能识科斗。
顽铁终惭百炼金，陶镕幸遇干将手。
含情脉脉告同门，效颦莫讶东家丑。

原注：①杨树达《积微翁回忆录》（上海古籍出版社1986年）一九四一年八月廿六日记："日前郭生晋稀赋诗见赠云：长沙夫子（略）。结云：吾家本是（略）。余答一绝云：识奇我愧汉杨雄，妙解君真嗣景纯。绝代方言劳作注，两家术业本无分。"

一九四一年

夜雨有感

眼花错落雨溟濛，隐几长时忆两翁^①。
书尽祢衡怀北海，屐迎王粲想南丰。
千茎白发书林里^②，三寸棺藏道路中^③。
鉴此凄情无限事，废然心沮欲求东。

原注：① "两翁"指杨遇夫、曾星笠二先生。　②指杨氏盈颠发白。　③指曾氏遗榇未归。

丙辰九月九日哭毛泽东同志逝世

红日出扶桑，光芒照四方。
指挥安率土，遗训示周行。
事业昭千古，忧劳减数长。
上苍应亦泣，风雨送重阳。

一九七六年九月

代古典文学教研室拟挽马琳洁老师诗

卓尔富才华，师友多声誉。积学有专长，讲席无疑豫。
才从北地来，又归辽海去。世事岂可量，天道诚难语。
肝病损韶华，红颜不少驻。今日同哭君，清泪如流澍。

一九七八年十月

校庆抒怀

当时筚路启山林，血沃中原草木深。
旧事腥风随逝水，新春花雨起遥岑。
青衿尽是屠龙手，白发犹存搏虎心。
四十周年齐作颂，满园行处听长吟。

一九七九年

贺母校湖南省立第一师范八十周年校庆

北接洞庭阔，南连衡岳高。
湖山钟秀气，黉宇育英髦。
日月人伦表，星躔德望豪。
周年逢八十，祝颂敢辞劳！

一九八三年

唐边塞诗讨论会相集赋诗口占四章（选三）

尽萃东南美，来临西北城。
文坛多祭酒，佳客主诗盟。
妙识阴何律，齐驱李杜兵。
秋初宜盛会，瓜果解馀醒。

开元天宝事，齐到眼前来。
飞鸟辕门闭，孤云杀气开。
烽烟传瀚海，冰雪阻轮台。
多少春闺梦，龙堆白骨哀。

不待平戎策，何须上将才！
中华今一统，边雾已齐开。
路有甘棠颂，人无杕杜哀。
赋诗惭谢傅，难以答琼瑰。

一九八四年八月

登敦煌石窟感怀二首

流沙多坠简，石窟富藏经。
岁久迷禅径，年深闭佛扃。

穴垣惊海盗，揭箧劫山灵。
遂使中华宝，飘零若散星。

壮岁书生梦，牛刀刃发硎。
攀山探虎穴，蹈海扫龙庭。
白发今全秃，黄粱顷亦醒。
登临一长叹，哀怨贯苍冥。

一九八四年八月

国庆三十五周年喜赋二章

周年逢卅五，节序属三秋。
云汉阴霾退，山河喜气浮。
舟车通异域，瓜芋熟西畴。
户作甘棠颂，人皆号莫愁。

四化真长策，功书第一筹。
声威腾百国，恩泽遍神州。
焰火明龙阙，华灯满凤楼。
长安今夜里，欢乐不胜收。

一九八四年

挽湘潭大学颜克述教授三首

闻道颜生谢，汍澜泪似潮。
韶华朋辈尽，魂梦死生遥。
碧落高难问，巫咸下与招。
斯文竟凋丧，五内实中烧。

坐卧书千卷，行藏酒一瓢。
踟蹰搔白首，梦寐想风标。

塞外长为客，濠梁曾见召。
竟孤携手约，人事实难料。

挂剑知吾许，途长莫汲深。
敢凭无鬼论，真负托孤心。
当乞归骸骨，行当返故林。
孤坟如尚在，相对泣荒岑。

一九八四年

南旋故里参加中国韵文学会作故乡行三首

涟源游衍每忘归，溆浦僵回送落晖。
往事已如鸿北逝，乡心常逐雁南飞。
眼青尚喜人情厚，头白漫伤故旧稀。
指点当年携手处，每将清泪湿征衣。

诸家万卷拥书城，来筑诗坛按酒兵。
李杜文章皆切响，阴何音律少浮声。
未遑将母伤前日，无以为家叹此生。
纵有他年豪气在，也难谈笑倒金觥。

三闾文字永光辉，太傅祠堂久式微。
帝子不来湘瑟杳，青峰犹是昔人非。
魂迷楚泽情何限，日薄西山鸟倦飞。
虽到故乡还作客，此身真与愿相违。

一九八四年

七一有感

国势如今未可哀，上方明令已先裁。
浮夸风气还须戒，贪墨权门不许开。
整党祇今真大事，擎天从古待中台。

农夫去草终宜尽，莫使留根作祸胎。

一九八五年七月一日

吊金少英同志

藏山事业本荒唐，秃笔成功纸几张。
今日哭公还自哭，料无丹灶续黄粱。

阴阳为炭物为铜，出处荣枯一笑空。
今日吊公还自吊，寻章摘句老雕虫。

一九八五年二月

以诗代柬寄户田浩晓先生

为问君还念我么？我心犹自委天和。
几杯浊酒关怀甚，一醉青山入梦多。
异国情亲常缱绻，故人书卷每摩挲。
明年如有东风便，尚望来鸿慰我呵。

一九八五年

抗战胜利四十周年感怀三首

一觉醒来四十春，卢沟桥上事犹新。
扶伤沫血为家国，振臂高呼泣鬼神。
不畏强梁真壮烈，敢将寸土委沉沦。
英雄姓字当千古，饮水毋忘掘井人。

龙盘虎踞古雄城，历代豪华旧帝京。
画栋飞甍遭劫火，歌台舞榭长榛荆。
千家庭院横骸骨，百万生灵委甲兵。
江水尚留遗恨在，至今犹作不平鸣。

灯火高楼彻夜明，繁华犹忆蜀山城。
只贪筵上常歌舞，谁惜军前半死生！
商女岂知亡国恨，公卿都以卖身荣。
旋乾自是忠良力，功罪宁凭口舌争！

一九八五年八月

纪念林则徐诞辰二百周年

二万馀箱毁虎门，焰冲霄汉月黄昏。
只缘丑虏威风尽，坐使中华气象尊。
遣戍西陲非罪责，授官南服每推恩。
先生德业千秋在，不待人间细讨论。

一九八五年

赠中国社会科学院研究员江枫同志二首

江郎才正茂，郭笔不生花。
倾盖真如旧，交情岂有涯。
卅诚虽沥胆，信手却涂鸦。
他日京华梦，还宜到我家。

乡音犹未改，老眼早生花。
同是人千里，相逢天一涯。
晨兴惊喜鹊，夜卜妒栖鸦。
未遂菟裘愿，伤心强说家。

一九八五年

寄怀日本冈村繁教授

万里鱼龙寂，长天日月和。
物华惊岁改，故旧喜情多。

著作君宜富，飘萧我鬓蟠。
他年如有便，携手共讴歌。

一九八五年春

参加严羽讨论会

武夷形胜地，严羽笔生花。
妙悟魁天下，评诗独一家。

一九八五年十月

登沧浪新修阁

不傍人篱壁，轩然起大波。
评诗真独创，爱国古无多。
旧构虽灰尽，新修岂劫磨。
他年寻胜梦，和月堕烟萝。

一九八五年十月

贺六朝史研究会成立

朱雀野花香，乌衣向夕阳。
诗人悲逝水，燕子说兴亡。
往事须为戒，前车未可忘。
遐龄虽健笔，疵颣待参商。

江上今高会，诸公有令望。
范陈应命驾，迁固必相将。
闽越归来晚，干吴去路长。
芜辞遥烦祝，凡事幸包荒。

一九八五年

前读苔痕寄诗作此奉答

同学当年数十人，自鸣都是不凡身。
凄凉竟作书中蠹，奕赫谁为席上珍？
颜子箪瓢今已渺，李生杯榼早成尘。
难忘剪烛西窗下，怕读君诗倍怆神。

一九八五年十一月

游空灵岸杜甫次舟处

霞石空灵岸，诗人此驻舟。
风霜双鬓白，江汉一身浮。
自昔才难用，如公志岂酬！
登临莫长啸，牵动古今愁。

一九八八年四月

文心雕龙国际研讨会题日本友人安东谅教授纪念册

安东吾好友，跨海驭长风。
既已心相契，何妨语不通！
飘萧予鬓白，温润汝颜红。
后会知何地？人生类转蓬。

一九八八年

建国四十周年咏怀（庚青韵合用）

弱岁遭倭寇，中原草木腥。烟尘迷北国，风雨暗南京。画栋灰飞灭，长街尸骨横。波心流碧血，花底泣黄莺。壮士扶伤起，书生竞请缨。始将亡国恨，换作受降盟。天步艰方尽，萧墙祸又生。挥戈争复土，背约显威灵。剿共徒云亟，操刀只自刭。元戎逃海岛，上将服天刑。四塞金汤固，关河铁锁形。人间贫富等，天上泰阶平。工厂凌霄立，农田带雨耕。千秋传盛业，万载有馀馨。垦构殊非易，承家在用宏。多谋皆善策，四化建高瓴。奔奏当年少，中枢贵老成。依栏望北斗，祝寿倒巵觥。国以民为本，民需食以宁。如何培国本，拭目待阿衡。

一九八九年

游江油李白故居

吾爱青莲子，高风不染尘。
谁云系缧绁，臣是谪仙人。
道德难论命，文章实误身。
平生多涕泪，到此益沾巾。

一九八九年十月十日

贺韩城市司马迁自修大学成立诗二首

史学千秋风范，文章百代宗师。
曰庠曰序兴学，行行景仰于兹。

河水洋洋源远，龙门史学流长。
春雨书声夜月，秋风槐叶宫墙。

一九八九年九月

辛未南归端午至汨罗吊屈原

南游端为吊灵均，同是天涯沦落人。
江上孤魂应识我，国家多难每思君。
满腔幽愤宁辞死，一派清流遂托身。
怕到柳荫槐影里，偶听渔唱亦伤神。

一九九一年六月十七日

《西北师大学报》（社会科学版）刊行一百期感赋

文章避寇遂西迁，梨枣相禅已百镌。
种德自然能寿世，传薪犹复待华编。
自惭秃笔无长策，叵耐颓龄早白颠。
埋故青山吾往矣，后贤应着祖生鞭。

一九九一年十二月

咏张骞通西域二首

汉武使张骞等赍币帛往西域，于是丝绸之路通，而当年之求天马虽战乱之源，亦东西往来之媒介矣。感而有作，成五言律句两章。

瀚海风帆阻，龙堆驿骑开。
匈奴虽负国，宛马自边来。
持节张骞勇，诛渠赵弟才。
东西通孔道，汉月照轮台。

今日蒲陶熟，秋成酪宴开。
啼眉宁复锁，画角不生哀。
蹀躞题犹白，蹁跹鼓急催。
丝绸真吉物，天马是龙媒。

《文学遗产》创刊四十周年，浮想联翩，口占为韵

创业兼垂统，于今四十年。文章开奥窔，道路十迍邅。海舶宜新市，人情厌旧篇。刊成长搁置，编辑枉熬煎。案上萤枯死，床头榻累穿。壮怀宁可屈，浩气每无前。沧海珠留种，中天月应圆。斯文如未绝，大道不容捐。盛世多豪举，鸾胶续断弦。薪传当万代，顿首颂芜笺。

一九九四年

反法西斯胜利五十周年

歼此鲸鲵后朝食，当时众志已成城。
词人都撰清河颂，上国同刑白马盟。
五十春秋如反掌，万千哀怨岂忘情！
元戎若种菩提树，天下苍生乐太平。

一九九五年八月

咏梁统

有人冤屈公庭泣，未若苔藓满讼厅。
无恶犯科宜重典，愚民触网贵轻刑。
岂能一体遵成律，何苦千流汇浊泾。
皂盖朱幡今往矣，敢将诗笔污丹青。

咏李恂

布被羊皮真本色，黄金杏蒻岂容收。
奉公不下权门拜，坐免无妨山泽游。
两袖清风能自得，一身正气复何求。
世间若少贪赃吏，妇孺讴歌到白头。

一九九六年

中国汉唐诗书画研究院成立敬贺

心死寒灰朽木身，了无奢望作诗人。
今当盛会难为祝，愿拜群贤托后尘。

汉唐文物千秋盛，陇右从来作者多。
杜甫诗宗来陇上，论诗犹复说阴何。

149

书生忧道亦忧贫，得食阶前鸟雀驯。

文章大业看公等，笑我于今甑生尘。

一九九六年七月

赠潘力生先生

　　读潘力生先生楹联集并成应求女士配诗，珠联璧合，交相辉映，诚盛举也。予亦湘人，卒业湖南大学，虽交臂相失，而景仰实深，勉赋五言律诗两章，藉伸敬正。草率不文，尚乞裁正。

楹联贯珠玉，字字旧山河。

异国移居久，故园归梦多。

文辞双比翼，枝叶两交柯。

歆羡河阳笔，千章没臼科。

湖湘予故国，云麓旧巢窠。

贾庙寻踪遍，江潭吊屈多。

只缘交臂失，未得共研磨。

他日乘风至，高轩应我过。

一九九二年

赠马竞先同志三首

从来马氏擅才华，书出钟王别一家。

到老不知心力倦，忙时犹自逞龙蛇。

痴顽我自丑难遮，缩颈深藏室一蜗。

治学不能开牖户，私心犹喜作蜂衙。

眼中故旧青犹在，鬓上光阴白又加。

多谢温淳无限意，每依北斗望京华。

一九九二年

李之钦校长九十诞辰书怀

边区初拨管弦声[①]，李氏从来有令名。
桃李芬芳半天下，文章闳肆见高明[②]。
仆以间关来塞北[③]，遂缘公务接平生。
伤心耄耋知音去[④]，宿草尊前泪雨倾。

原注：①先生为边区教育界前辈。　②公有遗著数种。　③仆之西北之行，非所愿也。
④公以八十九岁逝世。

一九九七年二月

李鼎文

李鼎文（1919—），甘肃武威人。1933年考入武威师范，1942年考入西北师范学院国文科，从学于黎锦熙、李嘉言、叶鼎彝等先生，1945年毕业。1949年又考入西北师院国文系四年级插班生，次年毕业。曾任甘肃师专中文科讲师，甘肃师大、西北师大中文系讲师、副教授、教授。为甘肃省文史馆馆员。主要著作有《甘肃文史丛稿》《梦槐庵丛稿》，整理出版的甘肃学者的著作有《续敦煌实录》《李于锴遗稿辑存》《陇右方言》《陇右方言发微》等。

感　事

漠漠春阴酿雨丝，出门悯悯欲何之？
黄昏已近柴关掩，独向幽窗写楚辞。

一九四三年

岁暮家居忆管家骅兄

辽东避地诵清芬，冰雪聪明鸾鹤群。
别后相思谁解得？荒村踏月赏奇文。

一九四三年

教师节感赋七绝二首

尊师自古有明文，十载嗟欷万绪纷。
突起逢蒙弯劲弩，反戈一击是元勋。

今朝丽日照晴空，白李绯桃浴惠风。
未觉园丁人已老，天边尚有晚霞红。

端午节游五泉山兼怀台湾

又逢重午节，禹域土风同。
角黍堆盘白，菖蒲映酒红。
泉声喧笑语，山色入帘栊。
忽忆归云晚，凭栏望碧空。

一九八二年

祝贺红柳杂志创刊十周年（二首）

姑臧史册有辉光，盛事人人说汉唐。
一自凉王宫殿尽，黄沙白草路荒荒。

琵琶一曲换新声，赤日高高照古城。
绿树如云花似海，园丁十载竭丹诚。

前秦梁舒墓表出土有感（四首）并序

近年武威西郊出土前秦梁舒墓表，文曰："凉故中郎、中督护、故
国中尉、晋昌太守、安定郡乌氏县梁舒，字叔仁。夫人故三府录事、掌
军中侯京兆宋延女，名华，字成子。以建元十二年十一月卅日，葬城西
十七里杨墓东百步，深五丈。"此墓为梁舒、宋华夫妇合葬墓，墓表史
料价值甚高。今作七绝四首，以纪其事。

凉国残碑出土新，梁舒太守及夫人。
一千六百年前事，雪地冰天葬二亲。

秦兵十万过洪池，血战连宵力不支。
碑上建元年号字，正当梁国灭亡时。

原注：前秦苻坚建元十二年（公元376年）八月，秦军大败凉军于洪池岭，张天锡出降，前
凉遂亡。梁舒夫妇葬时，前凉亡已三月，故碑上用"建元"年号。

沙州刺史说杨宣，西域扬威万口传。
高冢巍然何处是？空馀绿野草芊芊。

原注：碑中所谓"杨墓"，盖即前凉张骏时任西胡校尉、沙州刺史杨宣之墓。

姑藏宫阙渺难寻，紫玉箫声早绝音。
剩有碑文称里数，孤灯坐对且微吟。

原注：碑中称"葬城西十七里杨墓东百步"，据此可推知当时姑藏城之位置。

省文史馆成立四十周年感赋

建馆逢佳节，悠悠四十年。
崇文关大计，敬老谱新篇。
陇右山河壮，敦煌学术全。
白头犹奋笔，皎月向人圆。

题杨际春先生藏敦煌残卷（三首）

文物纷随渡海船，敦煌卷子散如烟。
中华学术伤心史，留待今人理断编。

昔年曾到古沙州，石室丹青照两眸。
怅望西凉佳丽地，三危山上月如钩。

杨公嗜古擅词章，手迹唐人善宝藏。
老去自夸饶眼福，银钩铁画墨凝香。

咏张奂（二首）

炎汉三明迹已深，渊泉异代有知音。
还金返马诸羌服，玉洁冰清廉吏心。

党锢遭逢事可悲，研经闭户忘安危。
尚书记难成新帙，一代儒将竹帛垂。

咏金銮（二首）

清词丽句冠时流，世态人情笔底收。
萧爽斋中明月夜，高歌一曲秣陵秋。

江淮浪迹鬓毛霜，淡饭黄齑一破床。
应有归心归不得，夕阳红处是家乡。

思　乡

故园西望意茫然，花木图书散似烟。
也识人生如寄耳，最难斩断是尘缘。

长征胜利六十周年有感

六十年前事，红军战斗欢。
千山无峻岭，万水失惊湍。
改革民心奋，大同眼界宽。
伟人遗训在：不怕远征难。

一九九六年

忆雷台（二首）

雷台南对卧龙城，风送钟声道院情。
一自行空天马出，五湖四海尽知名。

梨花似雪柳如烟，碧草清泉映日鲜。
曾是儿时游息地，白头西望忆华年。

马骁程

马骁程（1920—2009），字北空，甘肃民勤人。国立中央大学文学院中文系毕业。历任国史馆协修，甘肃省教育学院、西北师范大学中文系副教授、教授。著有《中国诗人小传》《蚕丛鸿爪》《艺文丛话》《北空吟草》等。被《五四以来诗词选》《二十世纪名家诗词钞》《当代中国诗词精选》等二十多种书刊选载诗词二百多首。

元日兴怀

少小游吴蜀，丁年返故乡。
一家同命运，五口各风霜。
稚子常垂泪，老妻屡断肠。
岁时摧发白，搔首感沧桑。

一九七五年

答程千帆见怀二首

南雁北来报好音，经冬衰柳又垂青。
程门应是花如雪，引得春风入画屏。

蹉跎一世叹韶华，师友忘形有几家。
瑶草岂因积后白，寒梅犹着雪中花。
弹寇赤县山容改，垂青台城柳影斜。
桑榆风光无限好，相期奋翼冲云霞。

一九八〇年

春节应孙其芳邀

作客南山下，陟冈又上楼。
数盆花木秀，四壁画图幽。
残雪覆阴岭，斜辉恋故丘。
笑谈天下事，松柏自千秋。

一九八一年

陇秀争妍

师大名西北，弦歌海内闻。
春来桃李发，陇上溢清芬。

一九八二年

端午寄刘起釪

沙枣隔帘送暗香，赖知令节已端阳。
嘉陵曾竞龙舟渡，钟阜犹悲虎窟藏。
岂有豪情投黍角，更无胜友醉雄黄。
晚晴破涕挥枯笔，聊赋嘤鸣寄草堂。

一九八二年

酬霍松林于西安

春花秋月两相催，联璧金陵事已颓。
信美山河非昔比，争妍桃李尽新栽。
垂青犹记方湖柳①，颁白难忘慈爱梅②。
且喜重逢修禊饮，莫辞劫后幸存杯。

原注：①方湖，在彭泽汪辟疆师故居一侧。 ②慈爱，是兰州邓宝珊公花园之名。

一九八二年

壬戌初夏重游南京酬程千帆、唐圭璋、汪超伯、金启华

一别金陵卅二秋，重来万事异前游。
迎人夹道青青树，昂首凌云处处楼。
小筑沧桑依北极①，大桥昼夜笑东流。
相逢旧友多华发，把酒南雍有唱酬。

· ·

原注：①汪辟疆师小筑已移北极阁。

一九八二年

与张淑民田惠民诸学兄游五泉山

故人重聚首，同上五泉山。
古寺空庭静，深林野鸟闲。
睽违垂白眼，邂逅醉朱颜。
谈笑兴难尽，夕阳送我还。

一九八二年

兰州春望二首

一

滨河大道劈城开，流水车轮滚滚来。
三月兰州春色好，万家花木上阳台。

二

无限时光有限身，浮身几见柳条新。
滨河十里莺花笑，胜似江南又暮春。

一九八四年

喜迁新居

劫后蜗居二十秋，时来运转上新楼。

全家五口天伦乐，三室一厅花木幽。

画饼昔曾垂泪水，书空只为谪荒丘。

于今盛世无饥溺，临老儒生何所忧。

甲子生辰感赋示子女

远祖竟陵黄土坡①，世世农桑又操戈。一自良御封将军②，号称骠骑镇黄河。祁连山下烽火起，衔命西上急如梭。红崖白亭先后定，移家镇番永成窝③。代代育雏不计年，羽丰争应童子科。虽无大儒名海内，总为一方相观摩。大父挥毫龙蛇走，先君诗赋感慨多。中原逐鹿血涂草，河西地震政仍苛④。万民嗷嗷尸遍野，幸存邻里泪滂沱。吾家连丧三四人，断壁残垣披女萝。可怜妙龄失皇考，枵腹犹从乡人傩。祸福不关鬼神事，谋生还须铁砚磨。先妣谆谆申庭训，责我芸窗伴灯蛾。春花秋月不曾了，岂任韶光空蹉跎。负笈游学凉兰渝，正值全民御东倭。历尽艰险攻书城，烽烟万里闻弦歌。多年抗战终凯旋，争穿三峡吊汨罗。继武兰台客白下，荡舟玄武采新荷。忽传淮海桴鼓声，倏尔钟山泪铜驼。欣逢盛世返故里，回首客路足坎坷。于今始登康庄道，夕阳虽好奈暮何！汝曹英姿正雄发，力攀科技碧嵯峨。祖国大厦添一瓦，四化洪流扬其波。乃翁行年逾耳顺，荣辱寒暖屡经过。书剑无成有愧色，兹辰权作醉颜酡。

原注：①竟陵，今湖北省天门县。　②良御，远祖马良御，为明末骠骑将军。　③镇番，一九二七年改为民勤县。　④河西地震，一九二七年五月二十三日之大地震，震源在庄浪县，为8.6级，河西中部死伤惨重。

哀悼彭铎学长三首

柏溪初见雨霏霏，纵目巴山冷翠微。
通籍南雍曾恨晚，只缘黄鹄已先飞。

邂逅金城景物移，接舆身世不胜悲。
杜门自许千秋业，异代潜夫更有谁？

一自大名为世尊，辈行平视气难吞。
斯人斯疾原无据，风兮萧萧哭寝门。

一九八五年

国庆即兴

建国固难治更难，屡经霜雪百花残。
不图天下有今日，颇喜城乡非昔观。
雨化边疆兴草木，风吹海域起龙蟠。
乾坤已转春无限，老马征途眼界宽。

一九八五年

纪念抗日战争胜利四十周年

卢桥烽火照神州，举国齐心御寇仇。
风雨鸡鸣旋北上，沧桑鹤唳逐东流。
多年抗战扫秋叶，一片降旗惊海鸥。
际此庆功歌舞日，奈何两岸不同舟？

访李守经先生于兰州徐家山

重阳走访启蒙翁，青石之西白塔东。
一曲黄河惊落雁，半山红叶战秋风。
隔溪茅屋门罗雀，绕宅疏篱凤集桐。
师弟于今皆皓首，耆年相见喜犹童。

甘肃唐代文学会成立志庆

见说西雍喜气临，群贤探索大唐音。
陇山万里丝绸路，边塞千秋翰墨林。
桃李盈门春汲汲，桑榆当户月沉沉。
力衰齿豁堪裨世，伏枥犹能一苦吟。

欢度中秋节

八月金城夜，已凉尚未寒。
婵娟千里共，乌鹊一枝安。
稚子频呈酒，老妻屡劝餐。
举家忘我汝，谈笑满堂欢。

寄霍松林

兰州盛会著奇勋，大唱唐音远近闻。
卷地风沙吹瀚海，冲天豪气遏行云。
南雍桃李独称秀，陇右骅骝自出群。
挥手阳关曾惜别，何时把酒再论文？

师大校园即兴（二首选一）

冬至阳兴日渐长，校园徐步气轩昂。
经霜松柏依然绿，压雪梅花晚更香。

春游安宁堡

见说安宁堡，游人似蝶飞。
力穷犹奋往，兴尽每忘归。
献赤桃千树，垂青柳十围。
老夫情未了，脉脉恋斜晖。

甘肃诗词学会成立祝词

更名易帜气轩昂，部曲闻之喜欲狂。
惟冀春来花万树，不争市价自芬芳。

先师汪辟疆百周年诞辰感怀

见说汪村丰竹林，方湖挥笔豁胸襟。
诗坛点将名中外，书目置邮贯古今。
双井千秋犹合唱，散原三径每相寻。
少时门下闻弦诵，垂老难忘雅颂音。

春节即事

爆竹通宵报岁终，潜龙今日又凌空。
万家欢叙天伦乐，举国狂呼瑞气融。
猛忆劲松惊野火，凤期衰柳沐春风。
良辰无奈脊劳损，莫怪愚夫不曲躬。

一九八八年

春日怀程千帆

不见程公久，经冬去雁沉。
尊颜频入梦，老病屡牵心。
日暮江天远，山高陇水深。
调竽聊寄意，权作伯牙琴。

哀悼刘锐学长

师事方湖数十年，江西诗道总堪传。
巴山夜雨同挥笔，黄浦春风独拂弦。
细注鱼虫宏盛世，广栽桃李着先鞭。
乍闻鹤驾飘然去，浮想联翩眼似泉。

酬张玉如见寄

早闻令誉识荆迟，细味华章可疗饥。
大句鹤鸣歌盛世，微言蜂语解人颐。
陇头自古多樗散，猿臂临终叹数奇。
曾是兰台年少客，聊酬夏日咏怀诗。

西北师大校庆志喜

谁谓西陲僻，桃林满上庠。
弦歌闻海外，雨露润边疆。
病叶屡凋谢，残花犹放香。
岁寒知节劲，春日更芬芳。

赵逵夫见告仇池胜景即兴

仇池名胜地，贤俊每争游。
盘道难于蜀，清波可泛舟。
麦田千顷碧，松壑万泉流。
垂老徒神往，无缘纵两眸。

哀悼辛安亭先生

噩耗传西北，陇山雪满头。
寝门容我哭，衣钵为谁留？
著述宏三史，育才遍九州。
平生伤别泪，拭罢更争流。

退休感赋

年近古稀休便休，微躯温饱复何求。
玉溪恩怨迷蝴蝶，尼父行藏任列侯。
老树春来花又发，大河东去浪难留。
无才奉献承平世，市义冯谖志亦酬。

红崖山水库晚眺

一堤横断十洋河，环库绿杨百鸟歌。
红黑两山相对处，夕阳云影恋秋波。

原注：十洋河，又叫石羊河，古名谷河。

苏武山怀古

休屠归汉一扬眉，瀚海浮山人自奇。
传说子卿牧羊处，游人指点至今疑。

民勤览胜

游子归来喜气临，民勤旧貌已难寻。
红崖水库翻天地，白塔风铃变古今。
颇怪苏山鱼跃簏，更惊沙井树成林。
放怀四野真高兴，壮丽家乡最可吟。

重游武威

开放声中到武威，五凉文物未全非。
风吹海藏木鱼响，马踏雷台燕子飞。
罗什浮屠金铎振，大云古寺绿荫围。
盛唐气象今犹在，异代岑参尽醉归。

席群学长出示步青先生近作应酬

盛誉久闻未识荆，华章近诵寸心倾。
诗坛耆宿苏黄在，聊赋嘤鸣寄友情。

参加南京大学三老纪念会

三老大名中外传，诗文著述冠时贤。
感心面命言犹在，白发门生续韦编。

原注：三老，汪辟疆、胡小石与陈中凡。

记中央大学旧址

英年通籍老南辟，怅别杏坛五十冬。
游子归来人不识，垂青唯有六朝松。

登紫金山

夕阳西下大江东，伫立钟山万念空。
曾作江南年少客，重来已是白头翁。

重游西湖

冒暑到杭州，策筇信步游。
孤山寻旧梦，花港上新楼。
曲院风荷动，白堤云影浮。
置身图画里，欲返又淹留。

闻陈守礼卧病经年感赋

同门陈守礼，宦海亦曾游。
不羡当鹰犬，甘心作马牛。
壮怀兴陇铎，老病卧床头。
相念难相见，遥期早日瘳。

原注：《陇铎》，为甘肃旅渝同学会刊物，守礼兄创办，任主编，我继任主编。

夏日与友人游兰山公园

冒暑出游望八荒，共登山顶气轩昂。
并肩留影三台阁，对坐品茶一字廊。

如带黄河穿闹市，成林绿树沭骄阳。

此来不易徘徊久，谈笑生风学楚狂。

酒后兴怀

美酒陇南春，馨香席上珍。

中秋明月醉，九日菊花亲。

舞剑全无敌，吟诗觉有神。

结缘朝夕会，长使性情真。

与白庆祥、袁第锐、杨允文同游九寨沟

九寨崎岖路，轻车载我行。

山高松柏茂，水秀玉珠明。

游客惊仙界，熊猫乐竹荣。

此来缘荐引，深感故人情。

游阶州万象洞

入洞方知万象新，琳琅满目怡人神。

临深履薄惊回首，默默浮云绕北辰。

谪仙诗社成立志喜

见说秦安树大旗，弘扬千载谪仙诗。

老夫翘首频南望，渭北青莲又满池。

远怀成都潘晴航

分奔五十年，白发已盈颠。

世路多危殆，此身幸苟全。

索居常思旧，逢竹不忘贤。

遥想锦江水，策笻叹逝川。

奉济生诗翁明信片即兴

佳节序冬至，塞垣雪满天。
束装游户外，信使立阶前。
明片不须拆，深情顿引牵。
嘉言标健笔，南望每拳拳。

寄师竹老友

师竹诗兄近若何？料知佳兴步东坡。
曾论题壁抒高见，并世骚人亦不多。

题毕业生纪念册二首

诸子鹏飞我退居，行藏适性乐何如？
陇山渴望栽桃李，莫学长卿赋子虚。

声律式微信手书，累年吟咏竟何如？
杏坛屡解无邪意，唯有卜商能起予。

罗定五

罗定五，陕西汉中人。1946年毕业于西北师范学院中文系，分配在西北师院附中教语文教学法。1958年天水师专成立时选调至天水师专中文系任教。师专撤并后到甘肃师大（今西北师大）中文系教语文教学法课程。20世纪80年代初去世，享年六十二岁。

悼兰芳夫妇

兰泽久蒙涸，芳草色暗苍；适被风云会，植居旁新塘。根株液甘露，郁郁麝兰香。繁华初将茂，讵尔遭冰霜；本根诚难保，芳春竟枯亡。嗟嗟思天道，愦愦理何常！孔雀东南感，巢凤夜咽凉。念比燕婉情，徒留塞帷裳。凛凛悲长夜，明月惨无光。泫然灰发母，人世最堪伤！

孤　灯

灯前问坐苦新愁，菱花镜里裹春秋；对影无语默相视，我自怜人人更忧。隔窗寒枝北风冷，落叶飒飒飞不休；朔风透纸窗棂响，声声刺人穿髑髅。憔悴自叹何处是？寂寞孤灯空帐惆。但愿青光常伴我，誓结良缘两相投。

咏雪二首

暮霭穹苍低，朔风扫燕泥。

皑皑轻戏蝶，剪剪乱蜂迷。
玉砌才新铸，冰阶又印蹄[①]。
寒鸦怜洁白，塞马向风嘶。

---

①赵校："印"字后一字模糊不清，据其轮廓，似为"蹏"（"蹄"异体）。"蹄"与"泥""迷""嘶"皆属齐韵，今作"啼"。

梅花轻趁步，如絮任风飘，
易染青山貌，难敷泽水潮。
银装光世界，玉服耀琼瑶，
野岸愁飞雀，空山泣饿鸮[①]。

---

①赵校：末句后一字的左边模糊不清，据文意和轮廓作"鸮"。以上各句同韵。

春游拟古二首

出门间作眺，徐步复彳亍。环顾四野景，春草萋更绿。时序从变化，人生一何促？男儿早立志，旧身一纵目。

原野多桃树，春来花满枝。娇艳怀馨香，随遇得迁移。攀条争折荣，持以遗所思。春尽惜芳菲，花落人不知！

看话剧《钗头凤》有感

丁亥春，兰市天山剧团公演话剧《钗头凤》。余与友人往观，入夜，踏月返校。途中觉山静河喧，神怵情悚。复感剧中礲括耆旧续闻，慷放翁本事而演饰之。然情绪绵绵，一怀愁绪。惋叹之余，聊宣数语，以纾志怃志云，时清明前夜。

暗云衔月随西度，急步行趋半夜风。
岭壑深愁眉欲琐，河湾悬镜恨凌空。
佳人寄慨钗头凤，异代同情最玉红。

"命"迫鸳鸯双折翼，黄昏秋雨断幽衷。

小桃红

青阳今也化兰皋，塞上春光好，（看）点点殷红锦样罩。万棵桃，马龙车水相竞耀，桃园世外，（且）把春愁了，管什么煎熬。

李少萱

李少萱（1923—），河南温县人。1951年毕业于西北师范学院，留校任教。1953年又于中国人民大学中国革命史研究生班毕业。现为西北师范大学政法学院教授（退休）。主编和参编的著作有《中国革命史》《中国共产党英烈小传》《中共党史自学辅导》《毛泽东著作成语典故注释》等。

孤雁儿·谒黄帝陵有感

黄帝陵前绿成荫，轩辕柏，挂甲树①。五千年多少轶事，古柏犹记汉武。东征西伐，开疆辟地，扩华夏国土。　　今朝阅遍廿五史，论兴衰，皆有故。自轩辕黄帝迄今，始兴终亡难度。得民者昌，失民者亡，此律贯千古。

原注：①轩辕柏相传为黄帝所植，根深叶茂，干极粗，有"九搂八拃半，疙疙瘩瘩还不算"之说。其前还有一株千馀年之古柏，相传为汉武帝之挂甲树。

一九七二年七月

西江月·庆香港回归祖国

静安古寺议和，长江呜咽扬波。康华丽舰签耻约，华夏宝珠被夺。　　多少英雄捐躯，几经风雨拼搏。今日欢唱大风歌，香港回归祖国。

一九九九年七月

牛得权

牛得权（1923—1998），甘肃皋兰人。1949年毕业于国立西北师院国文系。为西北师院历史系副教授。曾与人合作校辑《方志学两种》中的《方志今议》，点校《甘肃人物志》等。

壬戌端阳怀台湾同胞

诗人兴会聚林泉，念旧吟诗路八千。
离别卅年应有意，归帆跨海必当先。

一九八二年

路志霄

路志霄（1923—），字云峰，甘肃通渭人。1953年西北师范学院中国语文专修科毕业。1980年调西北师范学院工作，曾任历史系中国历史文选教研室主任、古籍整理研究所副所长，副教授。所作诗篇曾被选入《中国当代诗选》《甘肃十三教授诗词选》《江河集》《陇上吟》等选集。著有诗集《学步集》，选编《陇右近代诗钞》（与王干一合作），主编《三国志选译》，校点王权《笠云山房诗文集》（与吴绍烈、海呈瑞合作），参加《史记注译》等前四史中部分注译工作，以及《中国史学家传》中的部分编写工作。

中华健儿歌

倭据东北复平津，蚕食鲸吞何时已？七七烽火照芦沟，幽并健儿齐奋起。麟阁登禹战南苑，喋血阵地殉国矣[①]。腊月兽兵入金陵，竞赛杀人多无比。矶谷猛扑台儿庄[②]，尸骸肝肠作壁垒。三军泪花带血飞，杀贼枪林弹雨里。鸿毛泰山迥不同，丈夫岂惜为国死！千秋万代供馨香，碧血灿烂照青史。燕云北望心茫然，未成报国空仰止。

原注：①民国二十六年（1937年）七月廿八日，日军猛攻北平南苑，守军第二十九军副军长佟麟阁、南苑战区指挥官一三二师师长赵登禹先后殉国。　②民国二十七年（1938年）三月廿四日，敌矶谷师团四万馀人猛扑台儿庄，西北军第二集团军总司令孙连仲率部死守，经三昼夜血战，日军败退。

一九四二年十月

读韩定山老师长春楼诗草后作

初读定翁诗，管中似窥豹。万点金钱身，无计窥全貌。朗吟千万遍，始觉蕴微妙。再读定翁诗，琅琅尽古调。云烟态万变，写物无不肖。流水与高山，深情通百窍。盘盘置蜂房，万类皆诗料。簇簇聚龙蛇，笔底极峭峭。苏子登赤壁，划然竟长啸。袁枚居随园，粲然开口笑。问彼胡为然？幽境无人到。深喜两幽途，吾师恰独造。

一九五〇年九月

闻张纫诗女史赴万隆开牡丹诗画展作并序

纫诗，名宜，粤之南海人，擅诗词，工书画。近去东南亚作牡丹诗画展，印尼侨胞黄亦梅等以诗迎之，赋此志盛。

放眼东南喜气赊，重洋万里泛仙槎。
共珍国色无双品，来看天香第一花。
大块文章开锦绣，中原风物灿云霞。
此行盛事增多少，赢得芳名播海涯。

一九五九年四月

颐和园纪游

凌晨晴亦雨，湖山更媚妩。曲廊穿幽径，名园欣快睹。水底见游鱼，水面花初吐。鱼也乐何如？花下逐浪舞。出园寻后湖，绿浓路欲无。后湖渐疏淡，山水展画图。亭午人如流，肩摩画中游。我畏骄阳炙，小楼息借秋。俯视西堤水，士女泛轻舟。长廊重彩绘，昆明一望收。清气入吟襟，澄波映碧瓦。湖山多佳趣，到眼取难舍。风物最宜人，欲赋惜才寡。聊趁半日闲，摛翰学风雅。

一九五九年五月

北海月夜泛舟

日落长桥气似烘，扁舟云集月华东。
临流鼓枻浪皆舞，环海铺银星欲空。
垂柳绕堤随意绿，明灯近岸映波红。
兴阑更向滩头坐，铁树迎人笑晚风。

原注：时海边铁树开花。

一九五九年五月

武威黄羊镇即事

四周皆沃野，流水自潺潺。
连日雷无雨，终年雪满山。
近田翻麦浪，远岭拥烟鬟。
天象如何卜，阴晴一瞬间。

一九五九年六月

沈尹默先生为学步集署签赋此志喜

海内谈书法，挥毫重沈君。高龄逾八秩，精力尚超群。遒劲
颜平原，渊源王右军。为我题书签，旭日破陇云。披牍光焰作，
慰我情殷殷。

一九六二年十二月

永登道中

风来平野散微凉，农月村村特地忙。
隔水远田新涨绿，分畦嫩叶更浮黄。

一九六三年五月

177

和夏承焘教授内蒙古杂诗（四首选二）

飘萧白发出边关，敕勒新歌未可删。
喜见草原成绣错，拂云堆上看阴山。

文星联袂气凌云，马上尘飞暗夕曛。
艳杏绯桃原乐土，琵琶底事怨昭君？

一九六四年五月

看天安门观礼

游行同业自成群，礼炮声声带雨闻。
一色星旗红似火，五洲宾客聚如云。
铁拳矫健秧歌舞，彩扇轻圆文艺军。
各族骈阗人尽乐，向阳葵藿意尤勤。

原注：向阳葵藿，指手持花束之儿童。

一九六四年十月

游八达岭长城

谈笑出居庸，同游八达岭。迢迢百里馀，轻车才俄顷。捷足登长城，争摄叠嶂影。峻崖霜叶红，山容呈秋景。络绎杂外宾，盘旋到绝顶。裂眦见官厅，碧波烟雾静。

一九六四年十月

乌鲁木齐鉴湖晚步

雪寒漫步鉴湖堤，万树银鳞一剪齐。
无限旅愁消不得，林公谪戍住亭西。

原注：湖滨有鉴湖亭，相传林则徐谪戍伊犁时曾住此多日。

一九六六年三月

游武昌东湖

丛林山吐秀，万顷碧波清。

隔岸饶渔舍，行吟怀屈平[①]。

盛游多俊造，与会尽先生[②]。

浩荡东湖水，寻芳玉宇晴。

原注：①湖西有行吟阁、屈原纪念馆。　②中国历史文献研究会第一届年会会友游湖者
八十馀人，朱士嘉、陈千钧、张舜徽、罗继祖、屈守元诸先生皆逾古稀。

一九八〇年五月

南京即事

峥嵘山势拥南京，学府如林集俊英。

钟阜晴云围野寺，中山陵墓见生平。

白门漫说依天险，牛首曾闻阻敌兵。

试向雨花台上望，莫愁玄武独虚名。

一九八一年五月

寄中国历史文献研究会诸友

兰垣畅叙乐何如？连榻欣逢屈宋徒。

欺世文章吾辈少，斗争经历古人无。

闲吟也吐凌云气，展卷重描锦绣图。

盛会年年谈古籍，微茫烟雨忆西湖。

原注：一九八二年七月二十四日至三十日在兰州召开中国历史文献研究会第三届年会，与
上海师范学院吴绍烈、北京师范学院齐治平、贵阳师范学院王燕玉、岳麓书社杨坚
诸公谈诗，时卜孝萱已回北京。去年杭州年会，绍烈征诗，编成《江河集》，将由甘

179

肃人民出版社出版。因成此什，遥寄诸公。

一九八二年八月

游少林寺与嵩阳书院

游罢登封宿少林，层岚簇簇古犹今。
嵩阳书院分明在，切切寒风冒雨寻。

一九八三年十月

五泉感怀

五泉铺翠又芳辰，四十馀年寄此身。
桃李盈门三女秀，儿孙绕膝一家春。
漫随弦管趋新步，乍遇同行认旧人。
岁月无情催我老，模山范水尚精神。

一九八五年六月

登白塔山

河水风生暑亦寒，纤行选胜上层峦。
名园那有闲花草，绕塔新林已万竿。

一九八五年七月

登岳麓山谒黄兴蔡锷墓

岳麓风光次第收，枫林红叶早惊秋。
茫茫烟雨长沙市，滚滚潇湘橘子洲。
山好浑忘家万里，人忙偏约我重游。
二贤功业自千古，一代荣名未可求。

一九八五年十一月

挽朱士嘉先生（五首）①

闻讣兰垣岁月深，风悲霜惨客愁侵。
伤心谁继朱夫子，方志殷殷一片心。

武昌初见寓东湖，林角呼朋访硕儒。
旅美平添漂泊苦，尽将惆怅诉吾徒。

拿云心事一书生，著录三千集大成②。
触目华工新历史，十年难洗滞留情③。

毅然辞职上征途，即日辍耕西雅图。
热血满腔时势异，邮船进港浪花粗④。

兀兀穷年秃百觚，国淦地下哭相呼。
谁知遍举燔书火，遗稿灰飞一字无⑤。

原注：①朱士嘉，字蓉江，江苏省无锡县人，一九〇五年八月十五日生，燕京大学毕业。
任辅仁大学讲师、燕京大学图书馆中文编目部主任、美国西雅图华盛顿大学远东系
副教授。一九五〇年七月回国后，任武汉大学历史系教授兼图书馆馆长、湖北省
文史研究馆馆长、名誉馆长。一九八九年十二月二十八日病逝于武昌。　②先生
一九三九年九月经燕大洪业教授介绍，去美国国会图书馆工作，至一九四二年编成
《美国国会图书馆藏中国地方志目录》，著录方志二千九百多部。　③一九四〇年春，
先生参观美国国家档案馆，发现大批美国拐骗华工中文档案，经搜集整理，编成《美
国迫害华工史料》。　④一九五〇年春，美国著名作家斯特朗从北京去美，先生在西
雅图与之相见，得知新中国近况，七月毅然辞去华盛顿大学教职，离开西雅图，经
旧金山，乘威尔逊号邮船抵香港回国。　⑤张国淦遗稿《中国方志考》，计一百册，
先生已校补明代部分三十多册。20世纪六七十年代被毁。

一九九〇年一月

谒陶靖节祠

群贤毕至谒今朝，靖节祠前未寂寥。
江左一为彭泽令，东林三笑虎溪桥。
丘山带月荷锄去，田父开颜酌酒招。
抱朴何须清俸在，拂衣归卧懒伸腰。

一九九〇年八月

游成县飞龙峡谒杜少陵祠

衰龄近古稀，初来同谷县。泥路七里遥，缓步随时彦。廓落凤凰村，陵谷今已变。悠悠看东河，逝矣迅如箭。拾级进祠堂，犹瞻风尘面。四围留残碑，浏览更依恋。来客感高风，一一细推按。负薪拾橡人，暂避安史乱。同谷作七歌，雄奇犹璀璨。薯蓣不充肠，饥走荒山畔。物累未能除，四发行役叹。南州难久留，跋涉非素愿。季冬携妻孥，尤喜诗骨健。离陇赴蜀门，首路何须劝。

一九九〇年九月

读景蜀慧《魏晋诗人与政治》

丁卯访缪公，学风谈未已。景君擅诗词，为公得人喜。插架书琳琅，能以诗证史。己巳公示诗，奇文堆案几。春虽十日寒，垂垂梅发蕊[1]。妙语十万言，淹贯未能比。庚午读君词，清真酷相似[2]。诗史非两途，君能究终始。史识与史裁，谁及景博士。曹嵇阮陶诗，一一揭奥旨。前史隐真相，窥测明脉理。如许魏晋人，笔下甘驱使。史学开新风，前途未可止。

原注：①一九八九年春，彦威先生寄示《早春书怀示景蜀慧》，时景生正撰写博士论文《魏晋诗人与政治》一文。先生诗有"君看梅蕊垂垂发，能抵春风十日寒"之句。

②一九九〇年一月，景蜀慧同志寄示用周清真体撰写之《瑞鹤仙》一首。

一九九〇年十二月

陈从周教授设计昆明安宁县楠园落成有苏州
园林特色赋此纪胜

北有滇池南温泉，交加嫩蕊花万树。倚山累石建楠园，亭馆错落饶意趣。游人掉臂去复来，山影波光莫缓步。从周教授费匠心，红栏绿浪一胜地。设计营建赖大师，园林移地见才智。筑室穿池还操觚，文采共羡楠园记。诸老题字又吟诗①，俚曲俗韵惭附骥。

- -

原注：①苏局仙、俞振飞、谢稚柳、顾廷龙、陈从周有题字，蒋启霆、王西野、周道南有诗。

一九九二年七月

大明湖访稼轩祠四首

平桥近水绿阴繁，漾碧摇青访稼轩。
静锁图书那得见？唯馀落日满祠门。

万卷诗书事业轻，挑灯看剑说平生。
人间何限投鞭处，吹角连营伴橹声。

慷慨相逢二丈夫，闲居曾与会鹅湖。
忧时每献平戎策，化作消愁酒一壶。

别开天地一番新，百变鱼龙信绝伦。
漫说平戎书万字，君心难动枉惊人。

一九九三年四月

183

曲阜谒孔庙孔子故宅恭纪十六韵

壬申入塾初，始知尼丘圣。阙里万世师，四科首德行。去今两千年，仰止愈畏敬。列国广周游，道不为世用。货殖难安贫，先圣责子贡。我年逾古稀，展谒浑如梦。丹青剥寝庙，林殿相熠耀。故宅诗礼堂，石栏馀夕照。宫墙俨室庐，四围花含笑。弦歌坐杏坛，讲贯兼吟眺。弟子三千人，万代重师表。飞阁压城陴，弦歌何时了？今来拜坛墀，低回风日好。泮宫翠柏蟠，平生怀洒扫。丹漆梦相随，绝笔尼父老。草木喷异香，诗书供探讨。

一九九三年四月

登泰山

昨夜住泰安，望岳已神往。今晨急驱车，层峦纤回上。蹀蹀中天门，冈峦自秀朗。岩壁生微澜，洞壑泉溜响。凝望日观峰，索道高千丈。离立矗群峰，飞练山俯仰。天与山属连，云与地接壤。远峰腰带云，近树各殊状。五岳信独尊，绝顶难扶杖。眩疾犹未除，兹游亦舒畅。

一九九三年四月

游千佛山

登临劳未息，枝叶每交加。
绿荫山头树，红飞岩外花。
连绵芳径尽，俯仰峻途斜。
偏见舜耕处，齐烟映晚霞。

一九九三年四月

祝香港归还祖国

四面华灯雪浪翻，五星赤帜插高轩。
珠还香港成新咏，午夜轻风古木喧。

暮景飞腾带笑看，香江儿女本同源。
天南胜事如人意，细雨狂涛降米幡。

一九九七年七月

挽王利器先生（二首）

噩耗惊传痛若何？陇头遥望泪滂沱。
交游人物匆匆去，文字尽心已不多。

儒林翰苑有谁同？不朽声名留好风。
文籍先生方谢世，著书皆见立言功。

原注：王利器，字藏用，号晓传。一九一二年一月二十八日生，一九九八年七月二十五日谢世，享年八十七岁。四川省江津县人。著有《风俗通义校注》《盐铁论校注》《文心雕龙校证》《文镜秘府论校注》《颜氏家训集解》《吕氏春秋注疏》《郑康成年谱》《王利器自传》等三十余种。另外发表古典文学论文百余篇。

一九九八年七月

挽顾廷龙先生（二首）①

年年好语记犹真，曾倚门墙交有神。
舍我骑鲸长逝去，七旬相伴更何人！

银毫濡墨日辛勤，四籍题签自足珍②。
风雨中宵朋辈少，褒增一字费精神。

原注：①顾廷龙，字起潜，一九〇四年生，一九九八年八月二十二日谢世，享年九十五岁。江苏省苏州市人。曾任上海图书馆馆长、名誉馆长。主编《中国丛书综录》《中国古籍善本书目》《续修四库全书》等，蜚声中外，影响深远。　②《陇右方言》《陇右方言发微》《李于锴遗稿辑存》《学步集》四书出版时，蒙先生题签。

一九九八年八月

秦效忠

秦效忠（1923—2003），甘肃临洮人。1946年毕业于国立西北师范学院国文系。原在甘肃省教育学院任教，1970年学校合并，到西北师范大学从事中国古代文学的教学工作，先后为讲师、副教授。1988年退休。

送炳宸校友去会宁

东冈道上送君行，隐隐云山望会宁。
洮水北流庄外日，还来共忆费家营。

热肠直性念君多，秦汉晋唐着意说。
遍地青山遍地路，临歧不再赋离歌。

一九六二年

十里店忆往

寂寥十里店，新现大学院。人众话音杂，气氛从此变。坎坷云亭路，老人乘马车。奔波风雪里，耳际响弦歌。木构泥垩房，文武时登场。外厦青年馆，中厅大礼堂。室悬一汽灯，光淡读伤睛。鹄立期门启，微光也要争。湫隘筱庄斋，群居少忌猜。八人连榻卧，寒夜乐相挨。院邻硗确滩，院里罢三餐。邻娃呵饿狗，巡视饭桌间。滩东横大沟，或道夜狼咻。何日歼凶兽，宵行再不忧。佳木西墙外，胡桃擎碧盖。花开众鲜知，果绿皆盼睐。南睹黄河畔，水车旋巨轮。淙淙鸣日夜，流水作行云。山阳树哆嗦，

187

叶坠枝零落。青枣挂无多，扑敲遭大祸。迤逦更西行，夭桃夹道迎。折花忍损树，树主岂安宁。赴市依山劳，顺河一箭遥。飞筏白马浪，缓步过冰桥。

一九七八年

泾川教育实习杂咏

负郭学舍沐朝晖，仰对双峰振履堆。追日填溟皆伟举，精神不死永崔巍。矮梁连榻铁皮房，儿女隔墙夙夜忙。教案屡修读讲数，门中就是演兵场。主人隆谊感吾心，问暖嘘寒笑语亲。好客良俗非始见，久传王母款周君。泾汭合流护洞天，瑶池霭笼鸟飞翻。骨俗无分蟠桃会，来往多逢劳动仙。天高气爽雁翔南，安定古原今斐然。四野银溶沟洫满，一川金铄黍禾蕃。

一九八六年

猴年前夕与靖远同学联欢

金猴将降瑞征繁，靖远城乡喜上颜。
沙净黄河临盛世，雪盈乌岭兆丰年。
一堂郁律情添热，四座欢腾气却寒。
更望桃梨呈硕果，省须勤育在秋前。

一九九一年

丝路中秋教师节前与前兰州工农速中校友聚于五泉

生活富变化，今是大有年。举国近小康，四海皆桑田。熙攘古道热，晶莹秋辉圆。红叶胜花绽，黄菊如金盘。师友阔别久，幸会叹偶然。风姿与弦歌，相对犹从前。仰诸老垂范，慕众彦行遄。阅历促膝论，积愫倾心谈。晴岚献苍翠，流泉奏潺湲。三节合四美，一尊欢周筵。峥嵘咸精进，韶光留驻难。相聚何日再，碌碌愧愚顽。

一九九二年

祝农大金如师九旬华诞

巍巍我夫子，齿德为众宗。宏猷图济世，劼力事启蒙。欲科学救国，深究造化功。以教育树人，多士坐春风。辛劳无所辞，荣利不动衷。寒热怿然处，坎坷从容经。清操若朗月，高标视长庚。仁寿而智乐，瓜瓞亦精英。后生沾雨露，孺慕久弥增。恭效华封祝，期颐仰泰嵩。

一九九四年

酒泉中学六秩校庆

讨来流日夜，祁连亘古今。名邑此学府，莅世六十春。楼馆拔地起，榆杨遮日阴。红旗矗天际，气象与时新。良师乐启迪，劬劬劳心身。贤生耽研习，兀兀继晨昏。实践获知识，真理奠柢根。勤工俭学著，智德体美臻。育才千秋业，兴国四海尊。薪火传益炽，熠熠映朝暾。

一九九七年

香港回归

频眺南天念港疆，瘴烟弥漫蔽晴光。
今朝喜赖东风力，尽扫毒氛莞更香。

龙翔狮踊鼓笙繁，一五五年长魇阑。
伟略国中行两制，行将大庆缺瓯全。

一九九七年

赠武汉校友伉俪

来雁翩翩送喜音，江城二月正阳春。

189

平台共抚朱弦洽，峻宇偕登黄鹤亲。
一力栽培花烂漫，百年合好乐缤纷。
遥知俪影流连处，指顾湖山增壮心。

一九九八年

与原甘肃师专校友欢会放歌

黄河西来近金城，有山仁寿地安宁。芳春桃李色鲜艳，清秋梨枣味香醇。黉舍焕乎参差立，多士肃然络绎行。钟灵毓秀自胜境，四方俊秀乐同门。千八百日作息共，弦诵研习末或停。劈山挖池除四害，炼钢办厂复务农。日炎天长土石坚，远引洮河上高岑。夜寒腹枵灯火暗，备课试教忘黎明。往景历历时入梦，风神意气叹不群。无由团聚经四秩，学行事功闻美评。珠还燕归举国庆，金瓯将全新世临。心怡身泰喜相逢，俚句抒怀当座吟。

一九九九年

致张掖师专张曲二校友

立身卓荦意非凡，劳作矻矻半百年。
堪敬河西张祭酒，栽成朴械遍川原。

曲老英年颜似酡，修躯削顶诵南无①。
杏坛三纪功圆满，今是西方长寿佛。

- -

原注：①南无，梵文译音 na mo，此处借指英文。曲君学教英文。

一九九九年

怀镇江

博闻强记冠常人，四秩过从叨教频。
永忆西楼联榻夜，清音娓娓醒予神。

敬业乐群薄利名，风节恬淡仰仪型。
终生力尽栽植事，桃李芬芳慰赤诚。

二〇〇〇年

读天水师专何昌之《一鳞半爪》诗

一鳞半爪总华章，吟诵再三脾肺香。
质挚性情传翰墨，庄谐谈吐蕴灵光。

二〇〇〇年

吴廷桢

吴廷桢（1924—），湖南花垣人，苗族。历史系教授，中共党员。1951年毕业于贵州大学法律系，1953年毕业于中国人民大学马列主义研究班。曾任西北师大马列主义教研室秘书、历史系主任等职务，长期从事马列著作和中国近代史的教学与研究工作。发表论文40余篇，出版专著《河西开发史研究》《沙俄侵略中国西北边疆史》《坎坷的历程——近代中国学习西方八十年》（主编）等9种。1995年被评为甘肃省优秀老年科技工作者。

庆祝香港回归

英伦炮舰寇江东，白下逼降开祸丛。
割地赔银三代恨，兴风作浪百年同。
新谋两制全瓯补，故技三窝狡兔穷。
赤旆高悬香港日，家家拜祭邓先翁。

一九九七年

学步明经兄原韵

喜晤晋阳论百题，金城故事未曾迷。
可怜杨柳随风雨，犹记松梅傲雪泥。
铁骨支身腰惯挺，慧光穿雾日偏低。
雄鹰展翅桃园里，杜宇依然昼夜啼。

迢迢调配陇头西，点化山河当话题。
娲女补天空存志，精禽填海卒无栖。
庸驽不可腾空起，敬仲方能佐霸齐。
岁月蹉跎皆往矣，荒塬尚待垦锄犁。

兰州咏

兰山峭拔扼东城，白塔参天欲摘星。
苑内花香迎众庶，亭旁叶茂罩群英。
险关近锁唐宗殿，平道遥开彼得京。
更喜西疆开发好，金城气势日峥嵘。

二千年返乡偶感

重游故里七年前，岁月匆匆竟逝川。
水秀山清依旧是，花香鸟语已新篇。
黄童离去无疑虑，白叟归来感万千。
叶落当宜根立处，卢生枕梦奈难圆。

风华二七旅兰州，五十流年几度羞。
朝仰但愁云色重，宵吟又觉月光幽。
欣逢润雨滋枯杏，忧对残阳伴朽楸。
眼见宗门添画彩，平生意愿得如酬。

游茶洞

夏日炎炎绽荷珠，顽翁游览古茶都。
秀山碧绿陪苍稻，酉水青蓝映渡舻。
对峙铜门勘辖界，往来铁马报隆图。
阴寰翠女知闻否？旧貌边城已尽殊。

门球赛

白发苍苍老妪翁，沙场驰骋竞雌雄。
磨边撞正凭机智，重击轻敲赖底功。
漫道同侪皆强叟，堪称彼辈尽顽童。
挥杆但喜康娱在，一笑输赢友谊隆。

满江红·庆祝党的八十华诞

日出东方，环华夏、宵吹更迭。红旭照，斧镰齐奋，五星旗揭。邓论丰碑添旧塑，江言锐器镌新叶。看神州、气势日蒸蒸，瀛寰折。　　国两制，奇耻雪；三代表，中兴辙。奔腾图如画，万民欢悦。思昔抚今滋壮志，承前启后迎高臬。众炎黄、破浪驾长风，毋松歇。

欣闻花垣建立国立八中纪念碑

腥风血雨起苍黄，日寇凶残践夏疆。
北皖师生离故土，西湘寺庙辟宫墙。
莘莘学子凌云志，色色松材傲雪芳。
凿壁借光酬夙愿，陶成邦国脊椎梁。

武岭弦歌整八秋，惊涛骇浪砥中流。
修身立本铭心记，报国求知刻意谋。
桃李千千滋大众，栋梁处处托高楼。
丰功伟绩碑长载，酉水沅江浴后俦。

怀念八中校友

别梦依稀六十年，华光流逝叹江川。
东风润物花重放，古庙同门梦未圆。
漫步松林常忆旧，休闲竹苑更思贤。
关山渺邈何时面，翘首唯祈福寿全。

《花垣诗词》读后

金城白雪洒苍穹，喜得乡亲寄乐章。
锦口绣心陶浅陋，珠联璧合启愚狂。
天涯旧雨无寻处，咫尺新交在咏行。
马齿徒增人老矣，但求时赐化痴汤。

赵吉惠同志逝世一周年祭

黄土高原一劲松，霜凌雪压自从容。
芬芳桃李荫黎庶，锦绣文章耀学宫。
享誉东西缘博学，扬名远近赖谦风。
古稀初度方刚健，最痛精英遽化龙。

双眸历历爪痕多，兔走乌飞宛似梭。
白塔黄河曾漫步，边湾园艺并煎磨[①]。
焚膏继晷张鹏翅，日月蹉跎习唱和。
喜得九州曙光好，仙凡合奏小康歌。

原注：①边湾、园艺，酒泉二农场名。

祝贺王志（宏）老九十华诞

鬈年锐意砥中流，负笈他乡为国忧。
投党合成驱日计，绝编造就报邦谋。
栽培弟子滋黎庶，经理书城化苦舟。
九秩高龄犹健敏，长春挺近一期楼。

文学院组织离退休人员游园

结伴同游生态园，景观迎客互争妍。
闲庭信步品苍翠，大院凝眸看绿鲜。
泛论中西家国事，高谈内外士农篇。
欢声笑语满亭阁，耄耋翁婆乐一天。

满江红·西北师大百年校庆史志

变法维新，一硕果、京都校设。烽火尽①、教台重整，北师
萌蘗。倭寇无端兵禹甸，杏坛有序西疆撤。喜分流、秦陇并弦歌，
情尤切。　　一百岁，三代阅；迎雾霈，经霜雪。五十年过去，
艳阳天接。化雨春风桃李长，创新求实青蓝迭。庆诞辰、当继往
开来，鹏腾越。

....

原注：①指八国联军侵华事。

乙未春节抒怀（二首选一）

二、浣溪沙

天马行空竖里碑，头羊率众越高低，当车螳臂碾成齑。
爆竹千声辞旧彩，桃符万户接新晖，神州日显汉唐威。

二〇一五年二月十九日

甲午海战一百二十周年祭
——试步岳飞《满江红》

老驽凭栏，蹄难奋、遐思未歇。忆往昔、倭侵黄海，壮激烈。战舰纵横迎贼寇，硝烟弥漫蒙云月。孰料知、竟折戟沉沙，情凄切。 甲午耻，当昭雪；华夏恨，齐心灭。驰楼船直指，东瀛关缺。不洒同仇儿女泪，愿流敌忾英雄血。举千钧、砸碎恶魔头，朝襟阙。

二〇一四年甲午七月

抗日战争胜利七十周年

一

日寇无端犯夏疆，中华儿女遇奇殃。
南京屠杀神人愤，北国三光草木惶。
四掠奸淫张兽性，疫苗化武灭天良。
境迁七十周年整，每忆当时尚断肠。

二

卢沟风雨起苍黄，半壁江山竟失丧。
四亿凝心收国土，八年浴血杀豺狼。
义师得道终操胜，倭贼途穷卒败亡。
今日同声歌盛世，休忘神社鬼犹狂[①]。

原注：①神社即靖国神社，日本存放战犯东条英机等人灵牌的庙宇，右翼分子经常前往参拜。

二〇一五年八月

赠历史系八五届毕业同学返校盛会

乙未夏七月二十四日，西北师大历史系一九八五届毕业同学在离校三十年后返校聚会，予受邀参与座谈。愧我老朽，心余力绌，搜索枯肠，得俚语数行，聊表谢意，亦寓师生互勉之忱也。

同帐犹如昨，分飞已日多。长岗妨面影，短信递心波。日累眸光暗，年流耳力么[1]。交头抒聚首，促膝话离窠。滚滚黄河水，巍巍白塔坡。山青迎鸟语，水秀载游鹅。目标双期定[2]，践行一代荷。门生多壮志，奋进莫蹉跎。

原注：①么：细小。"耳力么"指听觉欠聪。　②目标双期：即双期目标。百年日期。中共中央总书记习近平在2012年11月17日提出"两个一百年"的伟大奋斗目标，即中国共产党成立一百年时，全面建成小康社会；新中国成立一百年时，建成富强、民主、文明、和谐的社会主义现代化国家。前景辉煌，催人奋进。

赠历史系六五届毕业同学返校盛会

风云半纪史沧桑，劳燕分飞又一堂。
风雨能纹人面皱，春秋不断友情长。
新思互吐无疑虑，旧话重提有异香。
海晏河清歌盛世，祝园国梦尽余光。

二〇一五年九月

郭厚安

郭厚安（1925—1999），四川彭山人。1949年考入四川大学教育系，因病休学，1953年复学时转入西南师大历史系，毕业后考取四川大学历史系研究生班，1958年毕业来兰州工作，先后在甘肃师专、甘肃教育学院、甘肃省中小学教材编写组和西北师大历史系工作，历任西北师大历史系副教授、教授，中国明史学会理事。出版著作（包括合著）有《中国儒学辞典》《中国儒学史》《弘治皇帝大传》《甘肃古代史》《河西开发研究史》《悠悠甘肃历史》等。

金婚有感（丙寅年仲秋）

文君故里喜相遇，弹指结褵五十秋。
举案齐眉非绝唱，弹琴有志到白头。
满园桃李堪慰藉，贤孝子孙夙愿酬。
岁月催人有华发，问心无愧任优游。

一九八六年

叶 萌

叶萌（1926—），字方生，原名叶国华，四川成都人。1950年毕业于四川大学中文系，同年参加中国人民解放军。1952年转业来西北师范学院，历任讲师、副教授、教授。主要著作有《古代汉语貌词通释》《古典诗歌与汉语言文化问题》等，还创作有长篇历史小说《王莽春秋》等。

过弥牟镇诸葛八阵图时镇上方演三国志戏

后主降车道，今留八阵图。
风云藏愤激，野石没荒芜。
有计筹分鼎，无才继大谟。
优人似知憾，弹唱满街衢。

一九五五年

梓潼长卿山司马相如读书台

一自高车入蜀行，穷乡争道识文卿。
临邛酤酒犹堪说，遂使荒台享盛名。

一九五五年

忆南京故人

廿载音书绝，无冠学楚囚。
苦吟巴峡雨，长忆秣陵秋。

梦逐南飞雁，心随不系舟。
何当理轻楫，东尽大江求。

一九七○年

读《淮阴侯传》

逐鹿中原后，饥鹰竟未飞。
不曾听蒯彻，焉得结陈豨？
坎坷无今古，功名有是非。
可怜猜忌久，犹忆汉王衣。

一九七二年

秋夜对雨三首

宋潘大临得"满城风雨近重阳"之句，遗友人书云："忽催租人至，令人意败，辄以此一句奉寄。"荞猪雁滩，秋夜对雨无聊，忽忆及之，戏为足成三绝。

满城风雨近重阳，遥望南天欲断肠。
寄语青娥休作苦，寒衣未备莫飞霜。

黄昏淅沥夜微茫，似泪千行复万行。
静掩篷窗深闭户，满城风雨近重阳。

斗室萧条夜渐长，满城风雨近重阳。
习劳牧豕归来晚，虽染污泥亦是香。

一九七五年

无题二首

荫翳方开晓雾浓，关山千里梦魂通。
舞风杨柳惊心绿，辞树桃花照眼红。

201

归句漫寻惟自语，清樽缓酌与谁同？
艰难世路思张俭，寂寞空斋羡孔融。

孤灯照壁梦依稀，身在异乡魂自归。
满树清歌双鸟唱，一庭幽影四山围。
难凭浊酒销疑虑，肯与寒酸定是非。
谬托知音若相弃，倘随秋雁便南飞。

一九七七年

念奴娇·春暮偶赋

落红庭院，又还是、双燕初归时节。二十馀年如一梦，每听杜鹃啼血。步月成诗，书空无语，春暮曾飞雪。云开雾散，冱寒终必消歇。　　瘦骨虽在堪惊，凭高念远，望断南天阔。莫苦风沙花尽谢，会有绿荫相悦。敝帚宜珍，馀年难继，旧谱翻新阕。此心犹在，不愁山岭重叠。

一九七八年

终得昭雪写呈诸故人

身如槁木命如悬，折戟沉沙二十年。
吴祐何妨长牧豕，刘晨岂料便逢仙。
馀生扰攘归心切，半世蹉跎望眼穿。
屈指光阴能有几？会当快马更加鞭。

竟与孤寒定是非，却思往事转成悲。
本无挽日回天术，幸有消冰解冻时。
且置放歌忘旧习，便谋勉学觅新知。
故人莫笑痴情甚，垂老春蚕尚有丝。

一九七九年

从命复返讲台自嘲

此身不足惜，此日不可再。见弃人世久，颓唐难自爱。偶复从交游，空谷闻謦欬。削脚适瘦屦，局促若负戴。经冬复历春，所成等烟霭。但幸不负人，耿耿此心在。即此伴蠹鱼，勉为后津逮。诚至开金石，面壁或无碍。逍遥饱粱肉，辛苦合啖菜。幕落悲剧已，大块日运载。知音何易求，吾琴久当坏。痛定思痛后，行矣慎勿懈！

一九七九年

学长张镮兄以诗贺我平反以三绝酬谢

严霜烈日屡相侵，每愧同人寄望深。
若得空疏能有济，他年或不负初心。

艰虞莫道馀皮骨，辛苦犹然事简书。
生死论交能有几？不求门驻贵人车。

积习难除亦自知，故人当笑是书痴。
此身行作沾泥絮，犹诉衷肠苦学诗。

原注：张兄已于一九八〇年谢世，惜原作已不存矣。

一九七九年

暮春忽大风扬尘继以大雪因赋

万里长风扑面来，摧花折柳啸吟哀。
正嗔黄土家家落，忽报银花树树开。
匝地琼瑶遮秽恶，潜巢蜂蝶费疑猜。
夜阑访旧冲风雪，始信人间暖又回。

一九八二年

203

为出书事赴上海车中

暮年犹自费奔波，堪笑尘心未尽磨。
别室抛家缘底事？镂心刻骨究为何？
云开华岳迷长望，日照潼关忆旧过。
此去纵能酬夙愿，君看岁月已无多。

一九八九年

贺郑天雄（文）先生九十大寿

杜集方欣有郑笺，《论衡》又喜得新诠。
鸡窗黾勉今人少，鹤算殷勤旷代贤。
堪幸门墙多俊杰，肯尊篇什贱芳妍。
千禧值岁期颐寿，学术诗书世必传。

二〇〇〇年

友人郭之茂君以其《凉园诗抄》见赠报以一律

辛苦思归久，终为病腿羁。
坐观新世变，起对旧书悲。
惠我佳篇美，回君拙韵迟。
凉园秋气爽，料必有新诗。

二〇〇一年

八十感旧颈联借用白香山句

岂为荒田便废耕，群贤应笑老无成。
投丛斥鷃忘机阱，失水枯鱼恋浅滨。
曾犯龙鳞容不死，何须鹤背觅长生。
书城愧拥疏慵甚，愿得心闲意虑平。

八十自寿戏成一绝

阴晴风雨任推迁，老去如乘下水船。
我比香山已长寿，东坡更少十馀年。

恭贺张文熊老先生"米"字大寿并祝双寿

知足心情已早成，期颐同享必同荣。
高年益会庄周意，"齐物""逍遥"启后生。

长寿如今过百年，历来天外有青天。
诗书照眼多逸兴，无虑无忧即是仙。

张兴礼

张兴礼（1926—？），字崇文，陕西汉中人。1947年考入西北师范大学国文系，1949年辍学，回汉中参加革命工作。1950年复学，并转生物系。1953年毕业，留校任教。先后从事昆虫学、真菌学与植物病理学的教学与研究工作，历任讲师、副教授、教授。1992年退休。

游圣水寺

一九四九年在汉中参加革命工作，一日途经圣水寺，寺在汉中城东南约十馀里。据传寺内有汉萧何手植桂树一株，并有五眼井，以颜色命名。当时因行色匆促，只看了黑龙泉，泉水黑色，中有沙粒翻滚，说明泉水是活动的。

留连胜境叹英豪，满眼烟霞应接劳。
沙水浮沉苍冥暗，风烟缥缈暮天高。
曾经离乱哀戎马，困顿馀生奋羽毛。
一代枭雄今去也，中华从此息兵刀。

浣溪沙·一九五〇年北上兰州复学与妻离别

聚散犹如梦一场，韶华旧事感悲伤。惆怅无语自凄凉。　　岁月即今空老大，天涯从此是吾乡。他年相见在何方？

浣溪沙·一九九四年在京出席中组部老干部
迎春游艺晚会纪实

北海西边府右东，迎春游艺玉楼中。翻波击浪兴冲冲。　曼舞轻歌窈窕女，妙龄儿伴白头翁。几回乐奏小桃红。

浣溪沙·一九九四年天安门广场

佳节年年喜气浓，今逢九五更不同。人山人海万千重。　彩凤晏栖将择木，巨龙振奋要腾空。浪花飞溅五云中。

菩萨蛮

一九八三年，率同学前往康县阳坝调查野生大型真菌。该地景色秀丽，惜乎当时正值雨季，雨后道路常阻断，有时令人进退不得。

层林尽处野花赤，晴辉欲抹远山碧。雨后艳阳天，前溪生白烟。　清江流不住，铁索悬空渡。明日乘长风，驱车向汉中。

胡德海

胡德海（1927—），浙江金华人。当代著名教育理论家、教育学家、哲学家。高中毕业于浙江省立金华中学。1949年秋考入北京师范大学教言系就读，1953年毕业后到西北师范大学教育系执教，主要从事教育学课程如教育学、比较教育、教育经济学、教育学原理等学科教学与科学研究工作。现兼任甘肃省教育学研究会理事长、中国教育学会教育学分会常务理事、甘肃省高等学校教师高级职务评审委员会委员等职。出版《教育学原理》《人生与教师修养》《雷沛鸿教育思想研究》《中国少数民族教育概论》等专著，发表《论人的全面发展的历史必由之路》《论教育起源于人类社会生活的需要》等论文60多篇。

水调歌头·今日神州花更红

大雨倾华夏，神州花更红。仰视彩云成阵，一片郁葱葱。信手擒来鬼蜮。妖氛立见澄清，手段何从容！江边月色好，人间春意浓。　　骄巨手。忆畴昔，颂丰功。分明喜泪奔流，犹疑梦魂中。为问精生白骨：而今头角安在？底事这般凶？烟消云雾散，何以露峥嵘？

一九七七年六月三十日

忆杨庄

余在宁县盘克公社社教,住杨庄队凡六月,故常忆及思之。

一

山上多明月,处处有清风。
林木何森森,水声常淙淙。
身在人间行,疑际羲皇中。
至今思杨庄,犹是最心钟。

二

山乡寥廓地,多有异乡人。
奔波缘无着,沦落为求生。
草根多无奈,高山终有情,
杨庄同托命,经营共此群。

三

别离杨庄四十秋,犹思一日作重游。
不知昔日众父老,记得当年胡某否?

二〇一〇年三月十六日二十三日

致谢韬先生
——步谢韬炳荣诗原韵作

锦句纷呈花满枝,师生谊重雅兴驰。
风雨多经应更健,磨难无端亦堪思。
京都聆教犹昨日,朋辈嬉游不再时。
寄语我师多珍重,老年聊奉威怀诗。

一九九一年九月五日

忆昔在汤溪中学读书

曾饮琳湖水，曾走九峰路。
祠堂作杏坛，烽火伴书读。
三乐艳桃李，弦歌称独步。
苍茫邈烟海，仙舟不能渡。

二〇〇七年三月八日

咏煦园——读《煦园春秋》并奉天长先生

金城多胜景，秀色饶斯园。
幽处闻流水，高楼吟诗篇。
煦因芳草绿。人缘读书贤。
至今犹汩汩，青葱丽满天。

二〇〇八年春

思念罗山府

一九六六年余在宁县盘克公社参加社教，三月进村，住罗山府李彦才老汉家，凡三月。余时念及，爰以咏之。

林木葱茏地，飞鸟盘桓处。
山下无路行，高处有人住。
主人待我好，蔬黍尽果腹。
每读陶子书，常思罗山府。

二〇一〇年三月十五日

忆孟坝

一九六九年九月—一九七〇年七月，余在镇原县孟坝公社接受贫下中农再教育，凡十月。至今思之，记忆犹新，故有是作。

其 一

我所思兮在孟坝，当年饭我有百家。
同吃同住同劳动，冬暖夏凉住其窑。

其 二

我所思兮在孟坝，当年争斗满天涯。
明明一句玩笑话，上纲上线定不饶。

其 三

我所思兮在孟坝，社员高论最堪夸。
人间美食唯三样，清油白面与盐巴。

沁园春·庆阳

穆穆大原，巍巍庆阳，陇山之东。历千秋万纪，桑田沧海；循天衍化，古象翼龙。不窋亶父，豳乡拓土，文王事业厥有功。何须说，演百代兴亡，烈烈轰轰。　　气象自古恢宏，天宝物华文化融通。有苍茫林海，邈然悠远；人文俊彦，蜚声域中。王符梦阳，华章锦绣，淋漓元气古今同。更今日，彰以人为本，和谐年丰。

二〇一〇年九月六日

沁园春·纪念外公徐毓珪先生

外公外婆乃余至亲，血脉所系，饮水思源，时念及之。爰填此词以为外公一百六十一岁之纪念也。

背井离乡，来自上阳，乃我外公。历长途跋涉，寄身于兹，一对箩筐，苦雨凄风。沧桑世事，人间冷暖，培育心田良有功。斯时也，经百炼千锤，求变求通。　　若有神人相助，富穷易位妻贤子雄。有堂名惟善，导人以德，屋宇华美，建筑恢宏。为人敦厚，信昌守道，恒茂恒盛古今同。念外公，欣祖德芬芳，蜚声域中。

二○一六年十月二十日于兰州

张昌言

张昌言（1928—?），四川井研人。1951年毕业于四川大学化学系，即被分配来西北师范学院工作，直至1995年退休。历任助教、讲师、副教授、教授、副院长、院长及化学系党总支书记、办公室主任、系副主任、激光化学研究室主任等。有合编著作《物质结构》等三部、化学方面论文近50篇、教育方面论文约40篇、中华诗词方面论文约10篇，传统诗词曲作品500余首。

葫　芦

葫芦窗外熟，腰细连双腹。
子实既殷殷，虚怀诚若谷。

一九六三年

五十遄行

一九七八年二月二十六日，在天安门广场亲睹五届人大开幕盛况，欢快之馀，忽忆今恰为余生日，已五十虚度矣！

半百蹉跎两鬓霜，今逢盛会定华章。
英豪广宇邀仙辈，伟帅神州戡恶帮。
柳暗花明春正闹，莺歌燕舞意方扬。
此心未泯登峰志，何畏崎岖路漫长。

一九七八年

似梦吟

详批作业眼朦胧，隐约咿呀唤乃翁。
字字俄成妞捧酒，行行幻作团持盅。
欢歌赏罢双眉展，曼舞飘来脉络通。
抖擞精神重奋笔，满园桃李蕾将红。

一九七九年

重访敦煌

沙鸣鼎沸水云间，画窟人声荡后山。
古塞新杨三月绿，春风早度玉门关。

一九九一年

重上麦积山偶感

宝碑洞外颤凭栏，麦垛高檐百丈悬。
三望遗臣空怅惘①，牛儿四顾岂悠然②。
唐朝菩萨恬欣相，宋代弥陀杌陧颜。
荣辱攸关依社稷，国强民富保平安。

原注：①清初，有王姓遗臣企盼反清复明，先后三易其名曰欲望、子望、了望，曾题额于
麦积山。　②牛儿堂有天王镇牛儿雕塑。

一九九一年

咏庐山崖上松

1991年国庆节，偕庐山诗会诸友登秀峰，时值东欧剧变后苏联刚解
体，观景而思国焉。

兀立悬崖百丈松，云寒雾重更雍容。
引来天下风流士，慢步长吟上秀峰。

一九九一年

廉政感咏

十年改革奠繁华，险阻横生莫怨嗟。
应事焉能无法度，封官岂欲尽私家！
当从霹雳摧枯朽，勿效蜻蜓点水花。
千古口碑存正义，一文太守誉清嘉。

原注：后汉会稽太守刘宠为官清正，誉称一文太守。

一九九二年

静夜忧思

夜阑底事锁眉梢，缥缈情思忆楚骚。
可叹世风争日下，当惊民怨不时高。
糊涂岂效板桥郑，潜玉难宗靖节陶。
老骥无方惭伏枥，綦期砥柱挽狂涛。

一九九三年

老来俏——六十六岁生日戏作

六六人云大顺期，新潮小女献装奇。
羊衫紧腹添潇洒，鸭帽藏头掩丑媸。
老友惊睽呼少壮，贤妻抿笑戏须眉。
追思历历辛酸事，苦尽甘来俏未迟。

一九九四年

215

访景电灌区一老农

电视机前访老周，皱纹满额笑无休。饱尝今日天堂乐，蓦忆儿时地狱愁。甚恼骄阳红似火，难期淡水贵如油。冬来被碎寻枯草，夜里风狂跑石头。缺裤村姑藏土坑，无粮壮汉捧陶瓯。萦怀祖母家中躺，扶伴亲娘异地游。不尽辛酸追往昔，迎来幸福话新秋。农耕车马田间转，餐饮清泉户外流。缘有砼渠苗茁壮，纵无天雨谷丰收。贪杯老少腻鱼肉，爱美婆姨着缎绸。饮水思源恩永在，瞻前顾后意微忧。年青一代安知苦，传统良风岂可丢！

一九九四年

武威海藏寺即景

古刹盛名遐迩传，西装革履也参禅。
灵钧台上经文博，无量殿中书法端。
烟柳岚情调黛色，药泉水意养红颜。
人工湖里轻划桨，塞北江南胜迹园。

一九九五年

鼠年赏鼠姑

鼠年赏鼠姑[①]，娇艳了无匹。蜂蝶飞且舞，游人醉香袭。隐约嗡嗡中，紫斑长叹息。珍珠投鱼目，花王列鼠籍。取名不须较，鼠璞古混璧[②]。金尚无足纯，委身有何蚀？只怨市场上，伪劣滥充斥。人事大一钻，假真更难识。劝君莫烦恼，好歹自有迹。谈鼠举世恶，爱汝独怜惜。寄语天下人，摧枯效霹雳。打假全方位，同医应时疾。莫道固垒众，万方共围击。华夏清又明，遍地牡丹赤。

原注：①鼠姑，牡丹之别名。　②《尹文子·大道下》："郑人谓玉未理者为璞，周人谓鼠未腊者为璞。"

一九九六年

临夏田园小景

弯渠捧出两排杨，赤胯顽童戏水忙。
麦地金黄河岸绿，悠然嚼草马牛羊。

一九九六年

青城山避暑

闹市烟尘刺鼻睛，回乡避暑上青城。
层峦叠翠疑仙设，飞瀑流银似玉倾。
鸟语花香抒惬意，鱼翔水洌寄怡情。
安沽空气鲜如许，换得神州万里清。

一九九六年

〔正宫〕醉太平·牛年咏牛

三春重抖擞，迈步向田头。躬耕连日未稍休，只奋蹄埋首。
冷冷卧地槽酸臭，茕茕嚼草身清瘦。沉吟恰似有何求：愿年年好
麦秋。

一九九七年

兰州金城关漫步

金城关外长街阔，白塔山西寺院殊。
寻访正宗牛大碗，回童笑指半坡居。

一九九七年

临江仙·香港回归有感

宝岛沉沦经纪半，饱尝奇耻辛酸。惊雷乍起案掀翻，庆珠还

合浦，看燕舞翩跹。　　但记不堪回首事，世间偏有强权。兴衰荣辱岂由天？望长城伟岸，画锦绣河山。

一九九七年

武陵春·白族三道茶

贵客临门邀上坐，笑脸绽开花。满室生香献烤茶，醇美口齐夸。　　头苦二甜三回味，寓意朴无华。记我真情似彩霞，下次再来家。

千秋岁·教师节感怀

红花绿树，似梦仙居处。耕如织，浇如哺。枝头铺锦绣，苑内鸣鹦鹉。流火下，满园桃李芬芳吐。　　得悟丰收趣，始道园丁苦。金素过，严寒去。回春苏大地，矢志昭环宇。情未了，两行热泪飞如雨。

沁园春·长城颂

宏伟长城，俯视千河，横贯万山。似巨龙腾越，头昂渤海；铜墙矗立，垛刺蓝天。威镇西陲，雄平北漠，拒侮防侵民赖安。春秋始，历秦明以降，稳耸如磐。　　神州一派斑斓。新筑就长城钢铁坚。看抗洪堤下，人身堵决；巡洋舰上，雷达搜边。颈枕珠峰，趾擎沙岛，手控菇云观宇寰。惟披沥，任风狂雨骤，情系心间。

一九九七年

撼庭秋·哀悼小平同志

梦千回小平好，愕见高峰倒。泪飞天外，心沉海底，把英魂祷。　　峥嵘岁月，三番磨难，苦知多少！使江山红遍，前程似锦，愿君还少。

一九九七年

〔双调〕河西六娘子（重头）·古稀回首

少爱峨眉峭壁松，东坡意气暗相从。傻呵呵敢把天王讽。脱了点愚蒙，沐了点光风，买得香槟半是空。听叫"爷爷"假作聋，耆年不可事雕虫。颤巍巍再把诗书弄。虽有点龙钟，还有点谈锋，且喜寒梅伴碧筇。

一九九八年

千秋岁·恩来总理诞辰百周年纪念

仲春时节，乍暖犹飞雪。神州万里怀英杰。渡洋图破壁，转战翻新页。星火炽，红旗漫卷王朝灭。　　长路从头越，事事濡心血。力已尽，情难绝。骨灰遗国土，山海齐鸣咽。浩气在，丹青永志光凝澈。

一九九八年

江城子·古密州怀苏轼

眉山夫子自云狂，站高冈，看沧桑。情系中华，梦里换戎装。走马密州酬壮志，平乱卒，灭飞蝗。　　权臣奸佞弄朝纲，病膏肓，痛肝肠。愤世忧民，无奈苦彷徨。难忍悲声拾弃幼，泪满面，鬓添霜。

鹧鸪天·访章丘清照园

艳羡花中第一流，亭亭玉立耀章丘。身居明水天钟秀，才继龙山文汇优。　　逢乱世，徙他州，平添戚戚许多愁。今归桑梓浓情甚，伴汝轻摇舴艋舟。

一九九八年

卜算子·游济南千佛山

兴国寺钟鸣，惊悟愁烦少。山下济南山上云，一览群楼小。
万佛洞中凉，名窟齐飞到。华夏精龛一眼收，胜似游仙岛。

原注：中国四大名窟精品及乐山大佛等缩小雕塑均集于万佛洞中。

一九九八年

踏莎行·文县卓笔山

一柱擎天，千寻拔地，登峰蹬道葱茏蔽。尖山卓笔凤来鸣，
入云自有仙人憩。　　笔架前趋，砚台右置，文房四宝均齐备。
神工鬼斧妙堪惊，江山更待君描绘。

一九九八年

游碧口水库

拦洪高坝汇三江，极目烟波似海洋。
远眺青山纱透俏，近观翠嶂叶摇香。
掠湖白鹭轻掀浪，戏水银鱼隐泛光。
驾艇环游歌不断，遥闻王母正梳妆。

一九九八年

鹤冲天·十一届三中全会廿周年感怀

英雄画笔，点染江山赤。情注绘多娇，期无匹。蓦地风雷骤，
泥血溅污丝帛，吴装毁旦夕。号叫癫狂，枉自仰天悲泣。　　腾
空嘶吼，龙马何堪长蛰。抚十载创伤，医心疾。巨手重张卷轴，
除尘秽，调颜色。丹青当造极。喜看今朝，道子万千云集。

一九九八年

〔双调〕驻马听·兔年偶感

兔死狐悲，同类遭殃心自怜。人极高等，何来彼此反相残。
文明礼貌重如山，精神物质双飞燕。祈共勉，长征路上浓情伴。

一九九九年

水调歌头·秦王川今昔（今韵）

百里秦王地，一马大平川。岂知昔日光景，四处尽荒烟。拖
死羊无沾草，吼夜风石乱跑，不似在人寰。但忆祖宗苦，惊梦泪
涟涟。　　严寒过，新春到，享甘甜。沧桑如历，长流清水灌良田。
笔挺白杨成网，翠绿青苗翻浪，碧海映蓝天。栖凤梧条在，何必
望东南！

一九九九年

〔越调〕黄蔷薇带庆元贞·皋兰老农絮语

想昔日、有山和尚头，无水旱沙沟；有雨粮食许收，无雨禾
苗准丢。看今朝、砼渠导引水长流，农田管保谷丰收，楼房居住
岁无愁。乐悠悠，慎勿休，放眼看千秋。

一九九九年

〔南吕〕瑶华令带感皇恩采茶歌·小姑转商场（今韵）

小姑暂把农活放，摩托车驾上，去转商场。时兴种养新模样。
高技术，咱这厢，应提倡。呀！顾客繁忙，货品琳琅。俺家已、
住了楼房，装了影院，用了冰箱。今买电脑，胜进学堂。上一回、
因特网，任翱翔。只一桩，内心藏：怕的是阿哥嫌我腹围长，快
照着减肥专柜闯。喔唷！人多挤得、汗透了衣裳。

一九九九年

卜算子·天祝石门沟民族风情苑

哈达献嘉宾，敬酒歌频起。茶奶糌粑伴手抓，未饮心先醉。
云掩月羞明，轰笑人难睡。蒙古包中听雨声，别一番滋味。

一九九九年

春光好·天祝金沙峡森林度假村

仙人洞，卧龙坡，竞嵯峨。白桦苍松山尽绿，影婆娑。　　溪
水淙淙击石，金沙熠熠摇波。山下帐篷关不住，藏姑歌。

一九九九年

鹊桥仙·东坡雪浪斋龙凤槐怀古

西槐挺拔，东槐葱郁，更喜凤鸣龙跃。诗词书画实堪钦，满
腹是、文章韬略。　　连遭风雨，平添雪浪，谁惜德高学博。龙
蟠凤逸寄超然，却难怪、徽钦被掠。

一九九九年

忆秦娥·正定大佛寺巨型铜观音手臂遭劫有感

望云端，观音微笑露慈颜。露慈颜，诚心济世，何必多言。
盗亡佛手罪滔天，凶倭恶迹惊瀛寰。惊瀛寰，强梁未灭，霸道依
然。

一九九九年

沁园春·国庆五十周年感怀

万水欢歌，千山曼舞，无限风光。看长城内外，金轮逐日；
大江南北，稻麦飘香。工厂如林，商潮似海，各族同心奔小康。

几多事，惟人民幸福，国运恒昌。　　何来如此辉煌？数行速、古今谁比量！盖未忘理想，文明建业；坚持开放，科教兴邦。香港回归，澳门完璧，吐气扬眉赖富强。久安计，愿政廉军壮，固若金汤。

一九九九年

沁园春·西部大开发颂

雄伟昆仑，浩茫戈壁，峻峭天山。望石油涌动，欲出瀚海；金族闪亮，初露妍颜。广袤森林，无垠沃土，随处潜藏瑰宝源。争机遇，已工农并举，欧亚桥连。　　风光如此斑斓，富西部、开发号角传。看巨人挥手，蓝图添彩；亿民接踵，百业支边。城镇乡村，牧区荒漠，策划施行聚众贤。为圆梦，纵千难万险，一往无前。

二○○一年

千秋岁·千禧之春

漫天飞闹，瑞雪丰年兆。儿童乐，农家笑。长街车驶疾，贾市花争俏。仙鹊叫，千禧喜庆春来到。　　坎坷知多少，须发霜凝早。心犹跳，何言老！甫观龙凤舞，再奏金蛇调。抬望眼，霞光万缕东方照。

二○○一年

李希平

李希平（1930—？），湖南涟源人。1953年毕业于湖南大学经济地理学系，同年到西北师范学院地理系任教。1963年至1978年先后在甘肃省水土保持局和林建二师工作，1978年返校执教，为讲师、副教授。1990年退休，为名誉教授。著有《人文地理》《环球地名趣谈》等。1991年加入甘肃省老协陇风诗书画社，任常务副社长、顾问等职。

题贵清仙境

三峰奇景胜蓬莱，步入名山不欲回。
两跨危桥俗气尽，归真反朴乐悠哉！

参观刘家峡水电站

明星跃起藏原东，甘陕宁青生趣浓。
丝路关津犹有迹，黄河飞渡已无踪。
银涛滚滚驱晓雾，巨峡茫茫驯逆龙。
积石山前欣大禹，荒原处处展新容。

一九九五年

黄河三峡三电厂赞

积石山前一镜开，波光佛影共萦回。
双峰姊妹迎佳客，酒美鱼肥破浪来。

金城西峡炮声隆，十万愚公锁逆龙。
大坝平湖添秀色，穷乡变富沐春风。

观牟尼沟扎嘎瀑布

牟尼风物自钟情，飞瀑隆隆空谷鸣。
曲径环游娇美景，不虚冒雨蜀山行。

雪霁初晴登莲花山

莲峰耸立彩云飞，素裹银装映夕晖。
嘹亮"花儿"迎客到，奇葩怒放缀裙衣。

一九九六年

游石佛沟森林公园

古衲修禅地，人称石佛沟。无尘山僻静，有水鸟鸣幽。深谷
含烟翠，层峦映日柔。珍禽尤所羡，来去各悠悠。阿干一洞府，
往昔少人游。春染林如醉，云蒸壑似流。山青甘露冽，泉隐曲池
幽。索尽枯肠句，聊歌解万愁。

一九九六年

丙子年咏鼠

硕鼠丧心狂，钻营窃盗忙。
腰缠万贯死，一枕梦黄粱。

一九九六年

边塞吊古

吊古沙场思万千，兵戎相见祸无边。
而今关隘长开放，丝路情深百卉鲜。

一九九七年

边塞新貌二首

昔日塞垣征戍苦，而今古迹换新颜。
雄关嘉峪依然在，一路驼铃送客还①。

··············

原注：① "驼铃" 系甘肃省产的旅游轿车名。

万里长城起海关，玉门遥接万重山。
金汤楼燧城犹在，骚客游人次第看。

一九九七年

晤阔别老友董刚兄

久别重逢三十年，蹉跎岁月两茫然。
友朋庆幸犹康健，书画诗词续昔缘。

一九九五年

木兰花慢·答同窗挚友刘起衍君

故人犹健否？相别后，几春秋。忆往昔同窗，相将河畔，晨读桥头。凭栏望，空伫立，惜韶华似水付东流。夜梦星沙共聚，醉添几许离愁。　　频年长忆少时俦，不寐夜悠悠。喜晚景升平，友朋健在，电信常邮。人虽老，犹未歇，思绵绵缓步上层楼。依旧清风皓月，少年壮志难酬。

一九九三年

喜迎香港九七回归

中华自古喜团圆，历尽艰辛逾百年。
完璧归来殊庆幸，和平两制一枝先。

悼小平同志

巨星陨落万民哀，痛失中华旷世才。
两制花开结硕果，百年港澳赋归来。

一九九七年

咏花诗

牡　丹

谁是群芳主？花坛一品仙。
洛都多国色，唯尔独居先。

荷　花

亭亭池内立，艳丽着人迷。
最仰真君子，洁身不染泥。

梅　花

寂寞花坛久，凌霜寒气催。
报春三五朵，迎得百花开。

一九九二年

老而学书

韶光似水付东流，学业无成老未休。
喜见夕阳红若火，痴情翰墨苦追求。

一九九二年

收远方亲友贺年卡即兴

往事如烟感万千，温馨贺卡喜频传。
有情岁月添人寿，夕照红霞又一年。

一九九五年

跨纪老人之歌

跨纪老人何所乐？千年喜见寿星多。
神龙跃起东方晓，景艳天青万象和。

二○○○年

古稀跨纪感怀

两鬓苍苍七十翁，桑榆晚景乐无穷。
汹涛滚滚千山暗，彩雾腾腾万象红。
老辈英雄圆旧梦，新潮豪杰树雄风。
回归港澳民心畅，一统和平两望中。

二○○○年

哭吊五弟希炎

婵娟与共慰相思，亲情友谊两心知。
湘涛不解愁和恨，泪洒星沙睹别词。

二○○○年十月

登月"开发"宏图之悬念

嫦娥奔月越千年，妙手神舟耀眼前。
应为环星遗净土，不容天外举狼烟。

李 逊

李逊（1931—），甘肃成县人。大学本科毕业，副研究员。早年参加中国共产党地下组织。新中国成立后任西北师范大学中文系资料室主任，西北师大书法研究会理事、甘肃诗词学会理事、江南诗词学会兰州区联络站站长。诗作多首在《烛光吟》《陇上吟》《新千家诗选》《宕昌诗选》《甘肃诗词》《陇南报》等书刊上发表。

夕照为霞尚满天

广栽桃李已成园，似箭韶光四十年。
蜡烛将残犹焰炽，夕照为霞尚满天。

夏游同谷杜公草堂

子美草堂何处寻？飞龙峡里柏阴森。
十年浩劫风华坠，四壁萧条日影沉。
残址苔侵苍碣断，斜阳雨雾碧潭深。
小康盛世游同谷，同谷歌声乐不禁。

一九八二年

秋访成古寺怀感①

三秋桂子十里香，我到成古路茫茫。
古寺感旧空回首，白云幽梦事难忘。

原注：①成古寺于一九四五年为成师附小，四五年至四七年我为附小教师。

一九九三年

秋游鸡峰山（二首）

初收久雨日当空，直上鸡头到顶峰。
寺内有声黄叶落，山门无锁白云封。
午餐分食伊蒲馔，碑记识名檀那供。
广播台前舒望眼，天边去雁正从容。

原注：陇南广播站设在鸡山。

悠悠古寺又鸣钟，身在山中第几峰。
步入禅堂惊鸽起，手扶松干觉云从。
层峦尽染心胸旷，万物无声诗兴浓。
清澈溪流龙洞涌，水声笑我已龙钟。

一九九五年

山　宿

同谷鸡峰郁柏松，水流龙洞日淙淙。
游人去后钟声杳，明月窥窗送晚风。

一九九六年

游裴公湖

明湖似镜几勾留，卅载重归柳影稠。
绿水无波风皱面，青山不老雪白头。

莲湖垂钓

太守裴公去未远，莲桥重饰水光妍。
羡鱼垂钓湖边站，忘却白头似少年。

游峨眉山

金顶台前观日出，洪椿坪上赏奇峰。
攀缘绝巘忘劳苦，壮气盈胸笔亦雄。

回乡曲

六十出头喜离休，春花秋月似水流。
吟诗作画饶佳兴，又步湖边弄钓钩。

韶光如流四十年，青山依旧水潺潺。
今年喜看收成好，白头归来乐陶然。

蓝开祥

蓝开祥（1932—），字东江，广东梅州平远人。1956年毕业于西北师范学院中文系，留校任教。1957年至1958年派送杭州大学古典文学进修班学习，得到词学宗师夏承焘、楚辞专家姜亮夫先生的指导。1986年后为西北师大中文系副教授。1984年以来一直连任中国寓言文学研究会理事。主要著作有《先秦寓言选》《中国古代哲学寓言故事选》《战国策名篇赏析》《古代中国寓言大系》（第一分册）等。

苏幕遮·初到兰州就读西北师院

走兰州，观陇上。黄水滔滔，远去多遐想。阴岭迷蒙阳岭亮。山水依依，塞曲声声唱。　　校周围，常慢赏。夜夜轻松，一觉精神爽。明月当空遥远望，美酒一杯，化作心欢畅。

一九五二年十月

水龙吟·登白塔山

陇原万里高秋，黄河汹涌连天际。登山远眺，群峰飞舞，热心频寄。红日温风，天鹅声亮，广东学子。望金城全景，凭栏抚遍，同窗会，豪情励。　　常道思乡恋里，怕风沙、缺乏独立。蹉跎岁月，贪图舒适，自家松气。最忌无成，自嗟自叹，难于承继。靠全心造就，一身本事，切须牢记。

一九五五年秋

满江红·杭州大学黄金进修岁月

日露东方，孤山上、霞光奇绝。湖面望、断桥烟淡，碧波广阔。远过白帆多烂漫，白堤直道柳枝拂。趁青春、赏壮丽风光，情欢悦。　　在杭大，修业切；专业定，心飞越。遇同舟共济，大家热烈。锦绣前程知拓展，天灯高照胸通达。正起步、抓住好光阴，邀圆月。

一九五七年秋

沁园春·西湖美景

美丽西湖，邈邈孤山，上下亮窗。望断桥栏处，平湖凝碧，白堤绿柳，四面风光。环视苏堤，黄莺啼叫，薄漫云烟似梦乡。须冬日，叹腊梅花放，香满山冈。　　西湖外景延长，引多少游人去探芳。爱深山灵隐，清幽胜境；天竺阁道，月桂峰昂。九道山溪，十八涧水，来到钱塘湖浪旁。凭谁问，看遍杭州景，胜似天堂？

一九五七年十月

踏莎行·西子湖畔春游

湖水白平，孤山红遍，黄莺飞舞分明见。春风尽惹逛游人，行行垂柳拂人面。　　赏看山花，寄情梦幻，眼前烟雾轻轻散。一场游兴正浓时，太阳却下春山半。

一九五八年春

忆旧游·春节杭大进修同窗喜游绍兴

记山阴日逛，过民俗祠，街上流连。绍酒飘香气，道小城故事，兴处杯欢。赏观鲁迅博馆，游百草花园。慢走沈园堂，钗头

233

凤句，壁挂情缘。　　多妍会稽岭，道禹会诸侯，穴葬山峦。古越王宫殿，叹当年尝胆，青柏遗坛。鉴湖似镜平展，遥看水接天。忆往日欢游，山阴旧事流笔端。

一九五八年春

唐多令·西湖楼外楼

何处是层楼？孤山脚下头。宋衰亡、歌舞消愁。酒地花天官宦醉，曾几载，自风流？　　时过古迹留，今人爱去游。嫩草坪、柳树枝柔。楼上品茶观丽景，莺啼叫，看瀛洲。

一九五八年夏

风入松·与泽林同游西湖

夏秋常用品茶钱，假日赏湖边。垂杨招手白堤路，漫行走、忽到楼前。十里荷花菱唱，三秋桂子蹁跹。　　清风拂面好云天，正好写词篇。同窗相伴说南宋，画情浓、浩渺波烟。当日游观松带，和风吹动纱衫。

一九五八年七月

水调歌头

一九七八年夏日参加南宁、桂林学术会议，得与杭大进修同窗棣华才女同游桂林漓江阳朔。

喜饮秀邕水，又赏桂林香。漓江百里流水，船走去仙乡。半路游船搁浅，挽裤徘徊滩地，今日好观光。我对棣华道：千载遇同窗。　　汽笛鸣，游船动，展澄江。漓江碧水蓝蓝，天堑变康庄。两岸群峰相映，不断朝旁礼让，阳朔露高冈。处处多仙女，共饮桂花浆。

清平乐·游麦积山

形如麦垛，云雾孤峰裹。秦岭侧西人走过，仰望惊心动魄。
悬崖佛龛蜂窝，七千雕像星罗。登上层层栈道，眼前万里林波。

一九八九年三月

最高楼·与泽林等登兰山三台阁

兰山顶，登上最高楼，正好赏清秋。鱼鸡凉菜层层摆，漫吃
漫品久连留。好风光，别错过，望清幽。　向夜晚、万家灯火透。
看远处、起伏山色秀。攀陇岭，览兰州。黄河如带东流去，天空
高处现星球。最楼高，情喜爱，念悠悠。

一九九六年秋

鹧鸪天·兰州暮春

遍种森林上远冈，滨河垂柳映辉光。青年滩地骑白马，少女
楼台望故乡。　天际远，大河长，人间处处换春装。漫行街道
人欢笑，春在城头花放香。

二〇〇〇年三月

沁园春·兰州初秋

陇上风光，浩瀚高原，万里顺流。望金城内外，商楼林立；
城郊绿带，树长沙洲。桥洞周边，快艇飞舞，远处皮筏自逛游。
逢节日，赏花光异彩，目不暇收。　江山如此清幽，引中外游
人好赏秋。看五泉美景，石崖吐液；层峦白塔，观月人稠。铁拱
长桥，丝绸古道，来往游人爱久留。思今日，陇原多梦幻，更上
台楼！

二〇〇〇年八月

满江红·西北师大新貌

　　大浪淘沙，黄河岸、校园凝碧。楼耸起，树林苍翠，草坪历历。新建逸夫图馆大，清幽佳境多生色。漫步走、校道绕林间，神飘逸。　　忆往昔，多土宅；思未远，人才集。演黄河合唱，再张飞翼。半百年来思巨变，校园处处凭风力。千里行、梦幻变真实，摇词笔。

二〇〇〇年冬

吕子玉

吕子玉（1932—），河南卢氏人，笔名函谷、申璞等。1957年毕业于国立西北师范学院并留校任教，副教授，退休前为中文系写作课教师。

金钟颂
——为母校西北师范大学110周年华诞而作（二百韵中节录）

盛世华诞锣鼓喧，峥嵘岁月忆当年。呱呱诞生光绪间，京师大学师范馆。时运乖庆国脉衰，八国联军次第来。丧权辱国条约多，千部条约万条索。弯腰躬脊昂首难，嗜血帝国座座山。科教救国孤愤书，莘莘闻鸡更起舞。

七七事变寇侵急，国军奋起怒迎敌。卢沟晓月饮弹痕，干城喋血将军死！京华沦陷华北危，故宫易色石狮哭。为存国脉矢西迁，风雪载途走长安。日寇逼近雁门关，函谷树秋渭水寒。西北联大存国血，翻越崇山赴汉勉。师生相携云水路，秦岭竹树奉慈荫。忽遭盗匪索买路，教授解表卸金环。千辛万苦抵城固，茅舍竹篱起杏坛。师生赓续教育篇，讲经播道文脉传。痛闻半壁踵陷落，汉江呜咽不成歌。投笔从戎雪国仇，掷书疆场奉头颅。

国运开泰谱新篇，寥廓西北盼文眼。当仁不让放文胆，西北师院担时艰。黄河水浊半抔土，甘苦自饴更欢颜。捋袖唾手舞文墨，誓叫西北换新天。八方招生群英至，叽里咕噜多方言。七年成果初显效，西北文教起一帆。

科学发展天从愿，学者专家尽唾手。捋袖奋起复文脉，天上文曲地上走。科学文化并跃进，补缺雕璧解国忧。百花总开风雨后，西北师大谁与俦？功盖半壁西北柱，共建聊慰半纪愁。前瞻风帆扬海波，锦程无限胜景稠。师道不遑歇汗马，挥洒热血再丰收！

二〇一二年七月五日

贺西北师范大学一百二十周年华诞

首启新教第一名，戊戌六君志识同。变法失败幸孑遗，京师大学留芳名。烽火西迁等闲度，陇右喜闻鼓黄钟。西北振兴赖文脉，誓留兰皋建奇功。艰难百二无虚度，更祈繁华劲东风。

蹇长春

蹇长春（1933—），四川营山人。1960年毕业于西北师院中文系，1987年晋升为教授。曾任《西北师大学报》（社科版）主编，西北师大中文系主任及该校敦煌研究所所长。长期从事中国古典文学教学与研究工作，在国内外发表学术论文数十篇，其白居易研究在学术界有广泛影响。主要著作有《傅玄阴铿诗注》（合作）、《白居易评传》、《白居易论稿》，参与编纂《中华大典·文学典·隋唐五代文学分典》，任《分典》副主编兼《中唐文学部》主编，该书于2001年荣获第三届全国古籍整理图书奖一等奖。

过六盘山

溪柳迎风二月阑，轻车送我上层峦。
盘山仄径车行缓，蓦念红军跋涉艰。

一九六二年春

戏题高尔泰临摹莫高窟仕女图二首

高髻削肩浅淡妆，楚腰细细黛眉长。
宜藏金屋夸窈窕，底事龛前礼梵王。

婵媛静女是谁家？倩影婀娜隽不华。
料应王谢堂前燕，妒煞当时后庭花。

一九六二年冬

春江送别

雾锁江关晓色寒，伊人凝睇上楼船。
风鬟翠袖随流去，怅望烟波一泫然。

一九六三年春，重庆

祝《原上草》创刊一周年

一任树高花似锦，离离原上未思迁。
陇头添得春几许？冒雨冲风又一年。

二〇〇二年春

恭祝卞孝萱教授八十华诞

大才凭自砺，著作比金针。
博洽兼文史，优游贯古今。
传奇考唐稗，数典继清音。
德寿双馨日，声名满学林。

二〇〇二年冬

七十感怀二首

书剑飘零春复秋，百年身世任沉浮。
鸭江浴血惊残梦，蛙井放言贻小羞。
樗栎讵期三不朽，颠顸直合四宜休。
数编聊供蟫鱼饱，漫喟平生志未酬。

壮心直气未全销，跨梦巡天不厌高。
惯看相争两蜗角，漫夸所得一牛毛。
养生且忌杯中酒，涉世休磨笑里刀①。

解道庄生蝴蝶梦，湖山检点任游遨。

原注：①白居易《不如来饮酒七首》之七："相争两蜗角，所得一牛毛。"又："且灭嗔中火，休磨笑里刀。"

二○○三年春

谒海口五公祠怀李卫公

划却强藩靖塞垣，奈何帝祚近黄昏。
辞章堪与陆公比，勋业宜同裴相尊①。
一去平泉萦绮梦，长留粤海厝冤魂。
千秋功罪说朋党，怨李恩牛应重论。

原注：①陆公，指陆贽，史称陆宣公；裴相，指裴度，史称裴晋公。王士禛《香祖笔记》卷一七："李卫公一代伟人，功业与裴晋公伯仲，其《会昌一品制集》，骈偶之中，雄奇俊伟，与陆宣公上下。"

二○○五年春

谒苏文忠公祠

元祐元丰两被嫌，暮年蹈海谪琼儋。
三迁白屋居何陋？芋饭"六无"味不兼①。
蹭蹬忧时怀杜甫，艰难遣兴效陶潜②。
才人例合愁穷病，垂涕祠前襟袖沾。

原注：①儋耳乃黎族聚居地，当时甚荒僻。苏轼携幼子苏过渡海谪居此地约三年，生活极其窘迫。多靠白水煮芋度日，暂住简易公房，遇雨避漏，每夜床榻为之三迁。其《与程天侔书》云："此间食无肉，病无药，居无室，出无友，冬无炭，夏无寒泉。""六无"，即指此。 ②东坡集有《和陶诗一百二十首》。据苏辙《和陶渊明诗引》，知即谪居儋耳时所作。

二○○五年春

241

吊海瑞墓（二首选一）

海公义烈凛千秋，正气粤东谁与俦？
迂愎原为匡帝业，宽仁但念解民忧。
乌台有胆除奸宄，丹陛无谋任胜流。
浊世嚣嚣鸣瓦釜，黄钟毁弃恨难休。

二○○五年春

乙酉金秋欣与洛阳白居易诗歌国际研讨会感赋

香山又值叶红时，盛会群贤品白诗。
才比元刘堪伯仲，名追李杜似参差①。
百般幽怨《琵琶引》，万种风情《长恨辞》。
千古忧思何与继？高标"二为"是吾师。

原注：①龙门白公墓垣，今扩建为白园，供人瞻仰。当代著名学者顾学颉于白园题一联云：
"元刘之外无匹敌，李杜而下见诗豪。"

二○○五年秋

谒龙门东山白公墓

香山落木正飘萧，墓草龙门意未凋。
后生追昔应回首，少傅干时岂折腰。
"六意"遗规虽渺渺，"二为"流韵尚昭昭。
江山代有才人出，好谱新声翊舜尧。

二○○五年秋

悼赵吉惠兄

几历迍邅志未更，箫心剑气任纵横。

白云变狗凭随意，红袖添香自有情。

俯首遍观廿五史，低眉穷究十三经。

留得遗编等身在，传薪有火继征程。

二○○六年春

悼郑文师

塞上秋风落叶时，倏惊绛帐哭尊师。

上庠待授郑玄业，艺苑凭传杜甫诗。

育秀千人增意气，著书百卷展才思①。

先生遽尔登遐去，解惑求真更问谁？

原注：①先生卒于二○○六年秋。张文熊师挽联云："前六十年，唯有《论衡》一评，庶免
则愚致诮；后三十载，遂成著作等身，终使陋室留馨。"叶萌师挽联云："留滞才难
尽，育秀千人，虽宅居简素，遗爱永存今似古；艰危气益增，著书百卷，幸寿享期颐，
高名不朽逝犹生。"当时，予曾邀集校内外师友二十馀人具名，将叶萌师所撰挽联制
成十米长挽幛，陈列于桦林坪灵堂，以寄哀思。

二○○六年秋

尼亚加拉大瀑布近观

高江急峡震雷霆，排壑狂涛势掣鲸。

摇落"婚纱"挥彩练，喧豗"马蹄"挂银旌①。

汇流三瀑接邻国，横跨一桥联两城。

入夜华灯如梦幻，奇观天造鬼神惊。

原注：①尼亚加拉大瀑布，位于美国东北部美、加交界处，连接伊利湖与安大略湖之尼亚
加拉河上。两湖相距仅五十六公里，而东西落差竟达九十九米。大瀑布由三股飞瀑
组成。以山羊岛为界，河东美国一侧悬挂二瀑：曰"彩虹"、曰"月神"（一名"婚
纱"），落差五十五米，总宽度三二八米；河西加拿大一侧，为最为壮观之"马蹄瀑"，
顶端水宽六七五米，落差五十四米。三瀑总宽度逾千米，总流量每秒6000馀立方米。
乃世界第一大瀑布，洵为罕见之自然奇观。

二○○七年九月

243

车过川西平原写望

飞车电掣夕阳斜，时过清明罕见花。
宿雾蒸云遮岭树，春潮经雨走江沙。
鸭群戏水翻银浪，鸦队凭风映彩霞。
照眼霓虹知市近，锦城歌舞竞繁华。

二○○八年四月

谒广安邓小平故居

伟绩千秋孰比高？百年英杰续孙毛。
岭南初试农奴戟，塞北高扬抗日刀。
黑白辨猫成雅谚，社资论制擅奇韬。
于今改革成通识，更奋前旌待我曹。

二○○八年四月十五日

谒仪陇朱德元帅故居

崖畔柴门世代农，将星偏降此山中。
云南讲武初扬剑，讨贼泸州再挽弓。
万里长征关隘险，八年抗日炮声隆。
山河百战开新纪，亿众长怀不世功。

二○○八年四月

登南充西山万卷楼怀乡贤谯周陈寿

魏兵奇袭下江油，锦里无人解主忧。
劲旅难回惟伯约，良猷济厄赖谯周。
东吴篱寄诚非计，南貊羁留岂远谋？
漫道传车非善策，刘禅本不恋巴州。

先生直笔擅阳秋，抑浊扬清踞上游。

黄皓奸邪嗟不死，谯门儒业赖传流。

文章似锦追司马，气度如虹赞武侯①。

人杰地灵今胜昔，凭栏岸帻兴悠悠。

- -

原注：①陈寿撰《三国志》，已在蜀亡入晋之后，但对蜀相诸葛亮之才略事功，推崇备至，
具见《蜀书》亮本传中；复搜辑亮遗文二十四篇，凡十万四千馀言，表奏朝廷。按
亮《集》久佚，今据其本传附列篇目，尚可略知其梗概。唯因陈寿在亮传《评》中
有言："然连年动众，未能成功，盖应变将略，非其所长与？"本传所附上亮《集》
表亦称："然其才，治戎为长，奇谋为短，理民之干，优于将略。"遂遭后世史家非议。
《晋书·陈寿传》称："寿父为马谡参军，谡为诸葛亮所诛，寿父亦坐被髡。诸葛瞻
亦轻寿。寿为亮立传，谓亮将略非长，无应敌之才，议者以此少之。"对此，后世
史家多有驳正（可参阅王鸣盛《十七史商榷》卷三九《陈寿史皆实录》条、赵翼《廿
二史札记》卷六《陈寿论诸葛亮》条及近人陈登原《国史旧闻》卷一七《诸葛亮谋蜀》
条）。

二〇〇八年四月

家山晨望

家山入梦老来频，瞩目川原在在亲。

桥下清流何款款，塘中碧水自粼粼。

青皋浥露荒林秀，平楚交风陇麦新。

莫恼鹃啼花事了，遥岑映日旺心神。

二〇〇八年四月十九日

偕姝英暨何生剑平同游都江堰青城山

锦城春老鲜芳菲，同访名山赏翠微。

低堰澜平鱼鳖隐，高岑日暖鹇鸪飞。

连云索道迷青蔼，匝地琼宫映落晖。

更陟上清寻胜迹，望中玉垒沐金辉。

二〇〇八年四月二十七日

六十周年国庆二首

星移斗转又逢牛，地覆天翻六十秋。
划却"三山"民作主，广交四海友为俦。
田畴丰稔缘蠲税，府库充盈赖运筹。
港澳回归湔国耻，台澎息浪固金瓯。

历观前史孰当行？盛世难逢逾汉唐，
天路穿云通雪域，峡江拦水济城乡。
嫦娥绕月窥玄渺，弹箭凌空护国疆。
放眼西方多苦雨，神州花月正光昌。

二〇〇九年七月

徐继畬《瀛寰志略》读后并序

徐公继畬，山西五台人。清道光六年进士，朝考第一。任福建巡抚、闽浙总督，亲历鸦片战祸。感念时艰，发愤著《瀛寰志略》十卷。探赜索荒，稽考万国，寻求救亡图存之道。尤推崇西方议会民主体制，盛赞华盛顿功成不居，视权位为公器之伟大人格，洵吾国近代正眼看世界之第一人也。因其前瞻理念触忤清廷，屡遭贬黜，遂致湮没不闻。一九九八年，美国前总统克林顿访华，在北京大学发表演讲，赞誉徐公其人其事。此一尘封之历史人物，方始为国人重新认识。己丑夏，余因事与其裔孙书法家祖蕃君过从，而有幸领略徐公之风采与事功。深慕其风骨凛然，才识夐绝，遂拜读遗编，感而赋此。

慧眼覃思识大千，经天纬地志瀛寰。
备边鹏志高林魏，筹海鲲图越马班[①]。
蒿目时艰稽万国，潜心治道问他山。
传铭域外歌民主[②]，先觉堪嗟时命悭。

原注：① "林魏"，指林则徐、魏源；"马班"，指马援、班超。②美国华盛顿纪念塔，与其国会大厦、林肯纪念堂呈一直线，遥对白宫。全用纯白大理石建筑，尖塔耸立，高五五〇馀英尺。塔内有石阶八九八级，可拾级盘旋而上，并设有电梯，直通塔顶。在塔体第十级约二百二十余英尺处，内壁嵌有汉字石碑，高一六〇厘米，宽一二〇厘米。内容为徐公《志略》中介绍美国民主制度，及称赞华盛顿之文字，全文如次：钦命福建巡抚部院大中丞徐继畬所著《瀛寰志略》曰：按，华盛顿，异人也。起事勇于胜广，割据雄于曹刘，既已提三尺剑，开疆万里，乃不僭位号，不传子孙，而创为推举之法，几于天下为公，骎骎乎三代之遗意。其治国崇让善俗，不尚武功，亦迥与诸国异。余尝见其画像，气貌雄毅绝伦。呜呼！可不谓人杰矣哉！米利坚，合众国以为国，幅员万里，不设王侯之号，不循世及之规，公器付之公论，创古今未有之局，一何奇也！泰西古今人物，能不以华盛顿为称首哉！

大清国浙江宁波府镌　耶稣教信辈立石

咸丰三年六月初七日　合众国传教士识

此石刻中文碑，系咸丰三年（一八五三），中国耶稣教信徒撷取《志略》卷九《北亚墨利加米利坚合众国》篇按语前后两段合成，由大清国浙江宁波府镌赠。

二〇〇九年八月

过沈阳故宫

紫气东来未可伤①，朱明国祚渐微茫。
君昏错杀袁崇焕，民怨肇兴李闯王。
三殿衣冠竞鼠窜，八旗铁骑正鹰扬。
金源荒貊亦吾土，莫以华夷漫否臧。

原注：①沈阳故宫大殿，有康熙手书"紫气东来"立匾，盖赞颂清之肇兴于关东也。

二〇〇九年九月

偕姝英参观辽阳曹雪芹纪念馆

《红楼》一帙着千秋，探赜寻幽迄未休。
言外诠言辨真假，梦中说梦证缘由。

金钗十二佳人泪，弱水三千公子愁。
艺苑雌黄莫须问，寻根别馆拜曹侯。

二〇〇九年九月

重到旅顺望鸡冠山炮台残垒有感

玄罴封豕斗辽东，浼我金瓯遗旧踪。
血污青山馀故垒，舻沉碧海认残锋。
清廷拱手揖顽寇，列国垂涎助逆凶。
忍耻包羞百年过[1]，神州崛起又腾龙。

原注：①杜牧《题乌江亭》有句云："胜败兵家事不期，包羞忍耻是男儿。"

二〇〇九年九月

自大连夜渡渤海湾赴天津

风微浪静暮云平，巨舶升锚赴远征。
方喜银鸥带霞没，又惊玉兔共潮生。
海空雾气兼霜气，舱里机声杂水声。
一枕华胥犹未觉，朝晖迎我到津城。

二〇〇九年九月

咏老子二首——为临洮老子文化研究会作

板荡中原百事哀，聃翁避地走西隈。
函关论道遗牛迹，岳麓传经馀凤台。
李氏追宗费寻绎，唐皇认祖剧堪咍。
或云尹喜生洮浦，偕隐东山度劫灰。

见说圣人恒不言，缘何自著五千文？
无为戒汝毋胡作，谦退持身远过氛。
尔我两忘心蔼蔼，天人相契物欣欣。

玄思妙义咸诗化，举世传扬久颂闻。

二〇一〇年夏

题和政白氏富润园并序

　　自和政县城西南行，约二十里，公路右侧，坐落有白氏富润园，即西北师范大学前校长白光弼教授之祖居，改革开放后，其族属稍加修葺者也。背依青山，前临绿野，花树萧森，碑亭高敞，屋舍俨然。亭中勒石树碑，彰县其先辈之懿训嘉行，间以名家诗文书法，清幽秀逸，文采焕然，雅有林泉韵致。庚寅盛夏，光弼校长盛情邀请陇上诗人张昌言、乔先之二位教授，《甘肃诗词》前主编尹贤先生前往观光，作一日之游，予亦应邀忝列末座。同行诸公，皆有题咏，旨在弘扬白氏家族遵循"富润屋，德润身"之古训，暨积德行善、诗礼传家之遗风。予亦敬撰一联云："棠棣争荣，弟俊兄贤延世泽；椿萱并茂，子英孙秀振家声。"意犹未尽，复缀以七律一首，用申积善之家，世泽绵邈，斯文不坠之雅意焉。诗曰：

滋兰勒石敞高轩，诗礼家风赖迟遭。
祖训昭昭歌砚瓦[①]，后昆矻矻骋书田。
频分黍稷资邻里，数造路桥通陌阡。
懿德芳型标陇右，子英孙秀翙尧天。

原注：①白氏兄弟之先祖父仲祥公，为勉励子孙勤学苦读，作为遗训，留下通俗诗四句云："生活砚瓦一对牛，不见耕种只见收。白天不怕人来借，夜晚不怕贼来偷。"今已勒石，置富润园碑亭中。

二〇一〇年夏

悼文熊师三首

烟卷三支课一堂，依然侃侃吐华章。
未缘侘傺添狼狈，守道弥坚意气扬。

羞把游谈赚士林，先生惜墨信如金。
语言逻辑开新派，学界贻馨世所钦。

249

几度尊前问道真，愧无寸进辱师门。

桑榆晚景毋虚掷，为报春风化雨恩。

二〇一〇年秋

自嘲酬刘兴源先生

寻章摘句老雕虫，浅慧轻才语未工。

似食小鱼嗟肉少，如烹彭越叹螯空①。

唯馀逸兴吟花月，岂有豪情矫世风。

青眼高歌惭寄望，忝君过誉怍私衷②。

原注：①苏轼《读孟郊诗二首》其一有句云："初如食小鱼，所得不偿劳。又似煮彭越，竟日持空螯。" ②兴源先生有《读〈双银杏斋诗存〉感怀》，盖集拙诗原句成七绝三首，颇多过誉之词，愧不敢当。

二〇一〇年秋

甲午之殇
——中日甲午海战百廿年祭

丧权辱国割台湾，痛史难忘忆马关。

蕞尔小邦频掠夺，庞然大国尚酣眠。

倭酋矢志扩兵舰，西后恣情建乐园。

未战先翰成败局，库银赔尽更危艰。

原注：中国赔银两亿三千万两，值日本四年生产总值。

沥血沧波邓世昌，千秋承唾李中堂。

须知军锐资民富，道是政新方国强。

岛国趋时促变革，神州守旧循陈章。

百年忍耻终开悟，兴国优先护海疆。

原注：七阳。前一首用新韵。

观九三大阅兵（用新韵）

扬我雄风秋点兵，缅怀先烈祈和平。
整齐方阵英姿爽，逶迤甲车装备精。
飞弹穿云慑敌胆，战鹰展翼壮军魂。
丛林原则今犹昔，富国强军是指针。

过常春藤名校哈佛大学（用新韵）

层楼古木气萧森，风范高标举世闻。
荟萃名师俱泰斗，甄裁学子尽精英。
诸奖屡获催前浪，创意频传引后尘。
圆梦哈佛无捷径，三分天赋七分勤。

乙未秋日为共商《白氏六帖事类集》校注事宜与周相录何剑平王述尧暨孙世煦诸君欢聚于新乡河南师大阔别重逢盛会难再爰感赋七律二首

牧野霜微似早秋，师生欢聚会中州。
传承白帖千秋业，董理贤文百代留。
百宋千元费堪比，三坟五典广搜求。
书生一用唯文化，时泰不劳家国忧。

原注：黄仲则诗："百无一用是书生。"

青胜于蓝合必然，诸君术业各精专。
书山迢递勤为径，学海苍茫苦作船。
勿蹈虚名夸末俗，精研绝学着先鞭。
前贤遗则须铭记，成事由人不在天。

乙未秋日因事过新乡偕姝英暨周相录君同谒比干墓垣及祠庙（用新韵）

轻车访古出重城，雨霁秋旻似晓阴。
凛凛碑林蕴浩气，森森古柏护忠魂。
仲尼剑刻难征信，姬发盘铭未足凭。
殷纣残民倾社稷，剖心极谏撼星辰。

文明华夏五千年，民本仁风肇比干。
孟曰"君轻"诛桀纣，孔云"泛爱"惠黎黔。
水能载覆君当慎，民为邦基人必安。
仰慕风规瞻遗迹，心香一瓣奠前贤。

王尚寿

王尚寿（1934—），甘肃文县人。1959年兰州大学中文系毕业，先后任教于西北师范大学函授部、中文系、西北文化研究所，为副教授、教授。编著有《中国历代美学和文论研究资料索引》《丝绸之路诗选注》，参与主编的有《简明文学知识词典》《西部风情与多民族色彩——甘肃文学四十年》《丝绸之路文化大辞典》。

春　城

蒙蒙细雨润山茶，翠碧滇池自可夸。
魁斗龙门高举笔，春城点染多奇葩。

一九七八年八月

秦始皇陵

荒烟蔓草掩坟茔，地下长眠是祖龙。
朝旭经天终夕照，枉令徐福棹瀛东。

一九八一年

山　歌

溪流汩汩枣萌芽，种菜小园还种花。
青菜棵棵飨人去，牡丹朵朵灼谁家？

一九八六年

寄学友

阻隔山川四十春，同窗岁月梦来频。
心声遥寄长祈福，陇上湘西月一轮。

一九九九年

悼洪毅然先生

探美一世多论辩，育人园丁久耕耘。种草莳花显异趣，大众
美学用力勤。蜡尽烟灭光犹耀，桃李满园慰忠心。为人不慕荣和
贵，书生本色安清贫。性本直来还直去，身自零来终化尘。长歌
代哭痛定后，一首悼词奠师魂。

游五泉山公园

山号五泉传说久，禅林耸峙初于元。蒙惠龙口悬飞瀑，东西
两涧水潺湲。浓荫翳日槐柳茂，烟树雾花鸟争喧。法像庄严大雄
殿，万源阁峻顶飞檐。金刚殿古佛接引，铁钟今将泰和传。旅游
多慕风光丽，逶迤结伴登层峦。最是酷暑挥汗日，清凉徐徐沁心
甜。

寄荣生

少小萤窗苦，同舟浪上行。
春来花料漫，夏去果黄橙。
世泰思晨练，年耆爱晚晴。
凭书遥寄语，雨夜盼烛明。

雨中游法门寺

野旷云低翠染山，秦川入望雨如烟。
千年古刹雄风再，万仞浮屠伟势添。
瑰宝真身重焕彩，珍奇密曼更辉天。
灵光显现清平岁，暮鼓晨钟透戒坛。

游崆峒山

游览崆峒访道宫，仙翁鹤驾杳无踪。
茫茫怒浪翻云海，隐隐危峰望马鬃。
笼雾苍茫色象翠，雕梁绮殿气魄雄。
登山岂忘亲临水，洗渺碧波映彩虹。

中秋登白塔山

胜日骋观上塔峰，蓝天雁阵布人形。
清辉遍洒神州地，一夜乡心处处同。

无题（新声韵）

趁势扶摇上太空，金童玉女坐云宫。
僬侥睥睨龙伯小，泰岱驼峰岂等同！

乡　音

春雨潇潇小巷深，藤荫满院半扃门。
乡音娓娓飞逾户，唤起悠悠故土心。

八四届同学联谊感怀

二〇〇四年八月十四日，参加八四届同学毕业二十周年联谊活动，夜久不寐，欣然成咏。

风华正茂话当年，往事萦回梦寐间。
展翼雄鹰千百态，前程万里正中天。

游览莲花山

莲峰耸秀古八景，重峦险要穷登临。苍松翁郁岚染翠，洞溪叮咚胜弦琴。天门道道通金顶，殿阁座座依崖林。香客憧憧烟缭绕，高头凤凰似野禽。拦路游山夜对歌，花儿婉转传情频。男女共盼六月到，一年一度逢甘霖。

春游小西湖公园

春风飘细雨，紫燕过邻沟。
映岫平湖静，隔堤巨浪流。
朝阳明旭岛①，玉兔照瀛洲②。
水榭莲池畔，侁桥待海鸥。

原注：①旭岛：湖中最大的岛，四面有桥与周围湖岸相通。岛上垒石成小山，顶端为全园最高点，上建旭亭。　②瀛洲：湖南部一小岛，名小瀛洲。

游武威文庙

文庙陇原何处求？规模宏伟属凉州。
巍然大殿双重进，郁茂虬松百本幽。

碑匾铸文名四海，楹联书法豁明眸。
先师铜像岿然立，教化千秋业绩留。

游嘉峪关感赋

紫塞逶迤万里雄，两关首尾耸苍穹[①]。
临榆抗日咽喉地[②]，运绢嘉峪屡启扃。

原注：①两关：指山海关与嘉峪关。　②临榆：山海关之古称。

师　云

师云（1935—），原名唐俊卿，甘肃会宁人。1957年毕业于西北师范学院艺术系，为西北师范大学美术系副教授，兼庆阳师专教授，甘肃省文史馆馆员、甘肃省书画研究院顾问、中国王羲之研究会学术委员。1996年被聘为美国芝加哥现代艺术馆馆员，1999年被聘为国际美术家联合会中韩文化艺术专家委员会委员。有不少作品在国内外发表、出版、展览并获奖。论文、专著有《浅论国画的艺术特点与基本功训练》《论国画中题画诗的诗情画意》《中国画教学》《美国画梦》等。

异国诗草四十二首（选五）

写墨竹图并题赠颜先生

异朝同代并萧然，相会他邦话旧年。
斑篁不到达拉斯，自在楚山湘水边。

一九九四年四月二十六日于达拉斯佛光山

海滩即景

碧海银波落涨痕，风晴沙软闹纷纷。
自在鸥波亭子外①，玉桃花面笑容真。

原注：①陆游《杂兴》诗："得意鸥波外"，元赵孟頫自号鸥波，并以名亭。

一九九四年五月二十四日于大西洋城

海滩戏水

海疆万里洒长虹，万顷优林造木城。
最是夕阳红可爱，青春归似浸寒琼。

一九九四年五月二十四日于大西洋城

密北行

林海茫茫路未成，车前羚鹿夜魂惊。
欣逢阿老得询路，归后已瞻初月明。

一九九四年七月四日于马尼斯克

咏　枫

密州九月好秋浓，引得五洲竞赏枫。
异彩霞光人尽醉，千红胜似漾春风。

一九九六年十月于美国密州北岛

题风雨芍药图

绰约东风里，韶华独在此。
一片可人怜，九分愁雨洗。

题西风瘦马图

玉辔金镶锦作鞍，嘶风啸月渡桑干。
而今衰草斜阳里，莫把牛羊一例看。

乔先之

乔先之（1935—），本名先知，河南安阳人。1957年毕业于北京大学中文系汉语言文学专业，后在兰州大学中文系、兰州艺术学院文学系、西北师范大学中文系等单位任助教、讲师、副教授、教授。曾先后担任西北师范大学中文系古代文学教研室主任、中文学科职称评审委员会委员等职，并兼任中国红楼梦学会理事、甘肃省诗词学会副会长兼秘书长等职务。

首届中国红楼梦学会感赋步张宜泉《和曹雪芹西郊信步憩废寺原韵》

红楼百卷起龙吟，刺政言情感慨深。
时事洞明飞电闪，前程杳渺覆云阴。
匠心千古多沉黳，文义而今共检寻。
莫道知音向来少，松滨盛会士如林。

一九八〇年夏

过榆关感怀陈子龙步《辽事杂诗》（卢龙雄塞倚天开）原韵

湘真馀草卷初开，广宇惊雷笔底来。
北国孤君依锦卫，南都昏主醉歌台。
空留彩石补天志，未免神州沉陆哀。
痛史但期终不复，盛明还赖聚雄才。

一九八〇年夏

夏日进京酬（袁）行霈周强（康）式昭
（段）伟中（董）润生诸学兄

京华回首忆初游，浩渺光阴廿九秋。
海岱烟霞欣共目，江河风雨慰同舟。
拯民曾尽前驱力，兴国还须后进谋。
长记鸡鸣勤起舞，奋身击水到中流。

一九八〇年夏

沁园春·第二届中国红楼梦学会期间登泰山
感赋步辛弃疾《沁园春》（叠嶂西驰）原韵

相别经年，如云胜友，又会山东。看先驱矍铄，鹤龄骥志，后生英颖，蓬矢桑弓。节概风高，文章格峻，恰似岱宗多劲松。登临际，引幽情思古，萦绕胸中。 青山齐鲁重重，举雅壮高才出众峰。对子舆浩气，鬼神却步，稼轩雄略，天地动容。三顾运筹，两朝开济，遗范千秋诸葛公。烟云远，伫玉皇绝顶，极目空蒙。

一九八一年秋

武昌中国古代小说理论讨论会诗书联欢
感赋步李太白《登金陵凤凰台》原韵

夙愿东南作楚游，心随逝水入江流。
经时辞赋传薪火，旷世珍奇出故丘。
宏论昔曾惊远域，俊才今又集芳洲。
欢声笑语诗书会，劲笔清吟洗旧愁。

一九八四年仲春

致中国《三国演义》学会洛阳会议

东望故国思纷纭，华翰周传雅意殷。
多士中州来八面，大才千古话三分。
谋深智远曹无敌，政理心平蜀不群。
尚有英风孙氏在，翌年吴会续鸿文。

一九八四年暮春

步韵奉和霍松林先生中国唐代文学学会
第二届年会新作

忆昔黄河卷怒涛，祁连峻伟副嫖姚。
肯将汗血纵横意，遍染山丹霞绮娇。
壮志当年际时盛，幽情此日与秋高。
千岩万壑唐音汇，共赏金城集俊髦。

一九八四年孟秋

贺新郎·谒徽县吴山吴玠墓作
步张元幹《贺新郎》（梦绕神州路）原韵

迢递吴山路。忆当年、中原板荡，汴京禾黍。秦陇支撑徒天柱，力挽狂澜泻注。格虎豹犹驱狐兔。战阵从无全安策，要豪雄须向锋间诉！和议后，合仙去。　　清秋风露回寒暑。正河池、天高日丽，塞鸿初度。古墓沉沉丰碑矗，似为英灵寄语：遍赤县丹诚相与！列柏森森排仪仗，对千秋忠义应如许。徽酒奠，和《金缕》。

一九九〇年孟秋

永遇乐·行经李广故里有感步辛稼轩
《永遇乐》（千古江山）原韵

少壮萦怀，钟灵地域，举英豪处。岁月难留，河山长在，未减峥嵘去。漠中方外，百年征战，安得故乡长住！引神弓、天狼怒射，笑谈石穿疑虎。　　龙城飞将，阴山雄塞，镇敌未轻南顾。青史流芳，不言桃李，下自成蹊路。畸零数运，恢宏志业，长振九州旗鼓。千秋后，声威自在，怨魂慰否？

贺新郎·谒成县凤凰山下重修杜甫祠
感赋步张芦川《贺新郎》（曳杖危楼去）原韵

漂泊西南去。过千重、云山雾水，月洲烟渚。回首两京残破事，空叹中流誓渡。算极国许身无处。诗史长歌辉日月，应烽烟北国多鼙鼓。且不负，闻鸡舞。　　而今同上当年路。看江山黎元一统，不分华虏。新建杜祠兼壮丽，瀑泻林幽鸟语。绕叠嶂长河平土。盛世蜚传惊泣作，问沉吟诗圣今安否？飞凤在，谢高举！

烛光吟——和韩剑非校友三首

幼逢沦陷事堪伤，膏药曾谋掩太阳。
宁读古书尊孔孟，不从伪报忍陈汪。
昼论形势听师训，夜审战图依烛光。
岁月匆匆过半百，企望故国亟荣昌。

初晋京华涉士林，无涯学海顿惊心。
未名湖景诚堪画，雅望师风更可钦。
志拟能书灯塔赋，才宜止谱烛光吟。

但期桃李成龙凤，无悔衰斑两鬓侵。

征鸿暂似水流东，砥柱长标大义同。
经战秋霖掀骇浪，会迎春日伴和风。
烛光永夜辉清志，薪火连年映赤衷。
文运共期昌陇右，高扬学帜树崆峒。

一九九三年秋

永遇乐·执教三纪感赋步辛稼轩
《永遇乐》（千古江山）原韵

游学京华，执鞭塞上，故园随处。三载连荒，十春累难，未拟东南去。雄关古道，宏图新构，总引此身留住。念当今、业扬唐汉，更应风生翼虎。　　辉煌灯烛，夭秾桃李，长使深情眷顾。几度枯荣，陇原花草，铺出穷通路。千秋青史，百年红泪，难忘鏖兵金鼓。关情处，文明古国，德功盛否？

兰陵王·亚欧大陆桥白杨古道遐想时值酷热
步周美成《兰陵王》（柳）原韵

白杨直，拔地摩天漾碧。京西路，万里千年，列阵森严壮行色。萧萧鸣北国。情激天涯迁客。风霜里，老干新枝，雄并关山矗千尺。　　遥思汉唐迹。对斗石奔川，片雪飞席。浮云冠带流霞食。伴中亚开塞，南欧通贾，素花红叶绕传驿。远游任西北。　　恻恻。虑重积。怅热浪蒸腾，雷电沉寂。无心野火难终极。望林带高障，陆桥扬笛。春晨秋夕，听时雨，漫细滴。

沁园春·兰州石佛沟观涛亭登览感赋

孟夏犹春，观涛亭上，丽日熏风。对层峦耸翠，思追谢李，清泉流韵，志合俞钟。鹧鸪语殷，蔷薇香逸，长共灵岩引客踪。期来日，访经霜红叶，傲雪青松。　　迢遥水复山重，似浙左风光见陇中。亘关山特立，峰青西北，兴隆双峙，涧绿南东。石佛雄深，马衔峻伟，林海波涛涌碧空。荣新木，掩通衢广野，琼玉阴浓。

一九九七年孟夏

沁园春·欢庆祖国即将恢复对香港行使主权

百载飘零，计日回归，情沸九州。念式微清室，轻残玉界，新生禹域，力整金瓯。创意无前，一邦两制，黎庶元勋共运筹。香江道，引澳濠归汉，台海回流。　　沉吟往事悠悠，尽历史长河一望收。算文明昌永，独存华夏，教科精进，还鉴美欧。联袂亟追，先鞭重著。举世炎黄预壮猷。弘国力，奋垂天云翼，辉映寰球。

沁园春·观电视直播香港政权交接仪式有感

七一零时，全球凝视，交接香江。顾王储自诩，情随云幻，江公侃论，义并山昂。米帜垂收，星旗高展，掌动惊雷震八荒。沧桑后，化鲛珠苌碧，尽作华章。　　欢声寰宇飞扬，又辽阔神州意绪长。见秣陵古刹，钟鸣警世，圆明遗址，鼎铸兴邦。紫塞黄原，玉关金驿，万里南望复海疆。羲轩裔，纵龙飞九五，绘筑天堂。

沁园春·欢庆澳门回归

百感联翩，已挽香江，又揽澳濠。怅鲲鹏大国，几朝沦落，珠玑宝地，八面飘萧。惊蛰雷鸣，飞天龙奋，雄展红旗映日高。唐虞后，把金瓯细整，玉界精描。　　南沙海域迢遥，更咫尺台澎隔浪涛。计马关割占，终成蝶梦，角楼挟制，止落鸠嘲。两岸丹心，千秋青史，一统长宗华夏标。迎新纪，看江山合璧，国运腾霄。

天祝华藏寺骋怀

会由天祝上天堂，还借人和迈盛唐。
铁马金戈馀响杳，瑶池银汉泻流长。
乌鞘西辟欧非路，大雪东辉日月光。
故邑淳风动情处，瀛寰百族望同乡。

二○○○年夏

金沙峡遥想

凉三峡望巴三峡，姊妹峰思神女峰。
云绕阳台曾梦蝶，堰围三斗正降龙。
木场陵谷停今岁，林带关山蠹几重？
南北江河清澈日，伫看绿色满尧封！

三访凉州有感二首

平生几度访凉州，物换神驰此壮游①！
畴野连天迷碧树，通衢辐市丽琼楼。
长城近护丝绸路，奔马高标龙凤俦。
最是故人勤政事，相逢慷慨话新猷②。

幸伴群公谒故凉，千秋胜迹感沧桑。
京西首郡首堪念，塞上名城名复彰。
碧落澄明飞赤马，葡萄艳丽醉黄羊。
且看欧亚咽喉处，百里新街拓旧廊。

原注：① 笔者曾于一九六○年、一九七二年两访武威，此次为三访。 ②武威地委副书记、
武威市委书记张余胜同志，武威市政府办公室副主任王其英同志，皆为笔者校友。
廿载重逢，喜出望外。相与话及武威地市之现状与前景，甚为振奋。

二○○年秋月

欣迎西北师范大学与北京师范大学同庆百龄华诞感赋

百年回首望京华，烽火征程几地家！
长溯江河过陇坂，远栽桃李到天涯。
凤麟学苑凭驰骛，山斗文坛任雨花。
世纪高歌同庆处，流辉星汉涌朝霞。

二〇〇一年中秋

国家旅游标志武威市标铜奔马礼赞四首（选三）

奋蹄扬鬃正凌空，云鸟犹惊气势雄。
万里风霜清漠碛，千秋汗血沃河嵩。
未期塞上龙潜恨，已兆中华国运隆。
重见青霄飞霹雳，关山远道贯长虹。

蛰眠天骥举凉州，震世英姿翠霭浮。
战地声威摇日月，艺坛神采耀春秋。
忠怀社稷通今古，义报黎元共戚休。
但得雄风腾故国，高标岂限水云游！

天马终归慕世间，星空飘落入人寰。
市标峻拔临欧亚，国志清雄迈霍班。
驰挟惊雷追闪电，铸凝浩气峙高山。
回望云鸟争飞势，欲跨千津与万关。

贺新凉·凉州壮观

绵邈凉州路。记当年、嫖姚将士，建功勋处。雄峙祁连长城
下，绚丽丝绸西去。历通塞兴衰难数。万里驼铃鸣瀚海，伴千秋

267

部曲劳征戍。终赢得，郡名著。　　时光流转红旗舞。五十年河山再造，古城新举。广电塔台摩天矗，路网楼群围护。展绿水青林红圃。银鸟金龙通欧亚，又国标铜马兴游旅。前景远，疾驰骛。

满江红·欢晤校友故交之武威地市领导感赋

廿载重逢，新凉市，金城旧识。谈笑处，灯辉淡月，骏姿追日。已览宏图知海阔，又临广厦惊山屹。慨望中风物变星霜，光阴疾。　　全球化，如卷席；科教略，关兴立。正中华豪举，大西开辟。百万黎元期致富，传承产业需升级。藉丝绸古道又春风，挥云翼。

敬贺潘（力生）成（应求）伉俪九秩双寿

方惊一柱擎东亚，又仰群星拱北辰[①]。
棋局争衡华夏重，典章因革汉唐新。
五洲冠盖驰燕蓟，四海羲轩望陇秦。
最是笔花飘梦至，共荣家国万年春。

原注：①潘老题北京人民大会堂联曰："一柱擎东亚，群星拱北辰。"

二〇〇一年仲春

欣贺田家炳教育书院大楼落成

书院田家百丈楼，接天雄矗正金秋。
陇原学子临嵩泰，粤海文旌映斗牛。
星汉名标辉广宇，关河泽被启良畴。
伫看桃李争荣日，化雨春风向五洲。

二〇〇一年孟秋

沁园春·"引大入秦"歌凯旋

世代凄凉，凭临极目，无际荒原。怅旷平百里，不成禾稼；辛劳万户，长陷饥寒。河伯低吟，大通遥叹，瘦损庄浪行地难。无尽泪，纵望穿秋水，只见尘烟。　　十春跨越千年，竟"引大"宏图奏凯旋。看天堂寺口，湖涵浩渺；香炉峰下，水汇波澜。鱼贯千山，雁翔万顷，渠网流光映碧天。园林约，赏丹青胜景，市内桃源。

青龙山顶钟鼓楼上远望

彩陶史迹溯流长，世纪洪钟震远方。
夹岸青龙崎仁寿，横空虹渡跨庄浪。
依稀宅第将军岳，杳渺陵园鼎甲黄。
今古文明交汇地，中川瞩望并高翔。

勋业辉煌八十年——庆祝中国共产党八十华诞组诗十四首

百载思潮苦递迁，神州大夜竟无边。
真经马列来方外，觉起中华对晓天。

动地春雷鸣沪上，燎原星火遍寰中。
雄奇战略村围市，绘出江山片片红。

西邛北肃起"长征"[①]，因忆长征万里程。
雾锁云封冲决后，重霄直上尽光明。

鏖兵黄海记犹新，炮击卢沟震万民。
忍弃前嫌纾国难，老衰故国又青春。

千里飞兵大别山，决机淮海凯歌还。
雄师不待长江渡，已定新华出宇寰。

赤帜五星扬国门，炎黄六亿复荣尊。
联翩海外归游子，大业同襄慰烈魂。

唇齿相依古语新，入朝决战较量真。
超强帝国求和日，终见东方立巨人。

指针决策共评量，"七大"精神"八大"彰。
白纸好书新字画，工程千百托朝阳。

已愤四方遭"四害"，更惊三季殒三英②。
难能浩劫经临后，烈火新凰见再生。

夕阳绚丽总黄昏，滞碍千秋几断魂。
开放革新无反复，须凭国力转乾坤。

罗泊火云腾大地，酒泉天剑贯长虹。
青霄高举"神舟"际，鼎足中华挂太空。

南天翘首忆南巡，"发展"长存道理真。
早是浦东升旭日，相将西部入春新。

港澳回归盛世标，百年国耻洗前朝。
台澎大陆团圆日，无复南沙瞩望遥。

为有疾风知劲草，应承重任挽狂澜。
新征万里开新步，远大前程奉寸丹！

原注：①西邛、北肃，指西昌、酒泉。西昌曾称越西、邛都；酒泉曾称肃州。二地皆为"长征"系列运载火箭发射基地。　②指一九七六年一至九月，党的第一代领导集体主要成员周恩来总理、朱德委员长、毛泽东主席先后辞世。

二〇〇一年

欣贺西北师范大学百十华诞次辛巳（二〇〇一）中秋《欣迎西北师范大学百龄华诞》原韵

遐思跨纪忆风华，万里秦燕望旧家。
师范馆兴才俊地，水山程向智仁涯。
金城星聚斗魁座，玉塞熏荣桃李花。
校庆今当龙奋日，更张学帜拂层霞。

二〇一二年端阳

胡大浚

胡大浚（1937—），广东潮州人。1959年毕业于甘肃师范大学中文系，留校任教，讲授古代文学，在边塞诗研究等方面多有论著。先后为助教、讲师、副教授、教授，曾先后任古代文学教研室主任、中文系主任、古籍整理研究所所长、全国高校古籍整理研究工作委员会委员。著有《先秦寓言选》（合作，人民文学出版社1983年）、《唐代边塞诗选》（主编，甘肃教育出版社1990年）、《王符〈潜夫论〉译注》（甘肃人民出版社1991年）、《梁肃文集》（点校）、《仪礼辞典》（主编，陕西人民出版社2000年）、《贯休歌诗系年笺注》（中华书局2011年），主编《陇右文化丛书》（甘肃教育出版社）、《西北行记丛萃》（甘肃人民出版社）等。

袁行霈同志见示新作《登嘉峪关》，敬和二章

雄关耸峙壮西边，极目平沙万里烟。
笑问祁连多情雪，犹为塞客泣遥天？

雪拥祁连映玉关，钢城炉火乱烽烟。
枯蓬白草依然是，妆点新图应更妍。

一九八六秋月

相见欢·回眸

丁丑孟秋，西北师院中文系五五级（五九届）近四十位年逾花甲的校友，南自海南、两广，北至北京，东起齐鲁，西达新疆，同窗情浓，怀旧意深，不远千里，聚于兰州，同窗情浓，怀旧意深，拜访师长，故

地重游。此我等永难忘怀之胜会！各位既历经数十年政治运动，亦磨砺出一大批为教育事业默默奉献终身的人才，有中学特级教师，校长、教授，中央政府授予的劳模、突出贡献专家，以至省地县领导成员。均无愧于社会，无愧于母校，无愧于自己之人生！ 谨以《相见欢》一阕志此会。

青衿化作秋蓬，去匆匆！三十八年天畔，思无穷。　霜雪霁，兰山翠，喜重逢！金缕不弹犹唱，夕阳红。

一九九七年

邝健行教授以诗见赠，奉答二章，用原韵

敢惜春华转眼销，秋风送爽复朝朝。
秦淮夜色长堪忆，更踏天星又一桥①。

金陵会上识声闻，黔水探骊喜伴君。
来日祇园弘法雨，三危应驻南海云。

原注：①天星桥为贵州名胜。

一九九八冬

武当游酬景春兄

中国杜甫学会年会于襄阳召开，十月十二日，雨中游武当，登极顶，与葛景春兄"击剑"为戏。旋得所摄照片，感而成咏，呈葛兄。

老夫聊发少年狂，剑击秋霖上道山。
足下泥泞流潦急，指登玉柱语声欢①。
云开金顶千峰湿，雾锁襄江万有寒。
笑问天公何吝啬，为借残照绘重峦。

原注：①武当胜景，首称天柱、玉女诸峰。

和葛景春兄《游隆中有感》

松筠满目郁葱葱，际遇风云起卧龙。
书院茅庐留胜迹，《梁吟》《对策》仰高踪。
频繁三顾为谁计？再表出师数已穷！
向使躬耕成逸致，犹思盖代一词雄。

戏作襄樊纪行呈莫砺锋、葛景春先生

　　淫雨向一旬，两间尽昏昏。墙乌刷新羽，地龙困涟沦。滴沥心烦恼，濡湿身难安。肚腹成泽国①，浣濯衣不干。禾耳黍穗黑，老杜昔兴叹。我辈困斗室，迫促意已阑。盛会人无多，幸免矻矻坐。即兴就争论，熙攘开炮火。主人甘勤苦，百事费张罗。喜无繁缛节，远客合怠惰。隆中得间游，武当远跻攀。三丰情邈远，诸葛九霄翰。顶礼膜拜者，出处拭目观。余谓云山里，景色庶可餐。雨帘遮望眼，烟回隐群峰②。相携登极顶，恍若出天穹。宫观何玲珑，金瓦明彩虹。暮霭添秀色，风韵一朦胧。

原注：①襄樊风行火锅，餐餐如是，虽"国际会议"亦不能免俗。　②《宜都山川记》："忽有雾起，回转如烟。"

以上一九九九年冬

壬午感事

文章著述名千古，富贵荣枯梦一场。
岂有传言乱朱紫？行看世事变青黄！

二〇〇八年

游天水南郭寺

戊子仲秋甘肃唐代文学会年会在天水师院召开，会间，与会诸君同游南郭寺，谒杜公祠，见遍地香火，感昔日老杜飘零凄楚，因成咏。

"南郭"千秋留胜迹，"北泉"清鉴濯尘心。
空庭老树绽今绿，二妙新碑嗣雅音。
举世同声尊杜甫，群贤谒庙竞登临。
堪嗟昔日寒栖地，无食无衣入苦吟！

二〇〇八年

鹧鸪天·八十书怀

庚辰秋，喜遇同窗侯兄于济南"世纪之交杜甫研究国际学术讨论会"，同游历下舜甸。兄口占《咏牛》戏赠。盖勗予亦深矣！今易其若干字，为《八十书怀》云：

拼却今生老一犁，峥嵘头角亦奚为？周身皮骨皆堪用，何惜百斤肉作糜。　　风雨疾，莫停蹄。饥餐刍草卧麻衣。尘心既尽琴心老，浮鼻归来日已西。

二〇一七年秋

阎思圣

阎思圣（1938—），河南鹿邑人。1964年毕业于甘肃师大政教系，研究员。曾任西北师大副校长、党委书记，西北民族学院院长、甘肃省教委主任、甘肃省人大常委、甘肃省人大教科文委副主任等。

喜闻教师增薪

细雨春风杨柳飘，尊师重教看今朝。
社会和谐昌国运，本固枝荣基础牢。

园丁赞

园丁潜质似寒梅，绿水青山雅士堆。
矢志栽培桃李旺，人才辈出报春晖。

参观山村小学

晨曦缕缕透光明，三五孩童结伴行。
国歌奏起红旗展，朗朗校园早读声。

北京两会传捷报

又值春风两会开，百花绽放蝶飞来。
神州大地甘霖降，"两免"还加"一补"牌①。

原注：①指教育对贫困学生给予免除学杂费、课本费和补助生活费的优惠。

观摩职教有感

华夏振兴强国基，提高素质攀云梯。
坚持职教犹添翼，揽月九天定可期。

贺兰州大学进入世界名校五百强

兰大争雄五百强，五洲四海美名扬。
红旗招展辉煌业，为国育才来日长。

蝶恋花·欢度元宵节

笑语欢声闹元宵，燕子飞来，柳绿榆荚小。百里金城锣鼓啸，
铁桥披彩龙灯照。　　盛世金猪雅乐报，南北东西，总惹群人笑。
火树银花城不夜，河中白塔身儿俏。

张如珍

张如珍（1939—），甘肃文县人。1965年毕业于甘肃师范大学中文系。曾任西北师范大学乡镇企业学院副院长、教育系主任，教科院教授。

青　岛

雨弄轻纱拂栈桥，回澜阁上起心潮。
水天接处风帆白，欲酹江山酒一瓢。

武山矿泉疗养院

大地无私出暖流，人间福荫几春秋。
氡泉水滑汤如药，一洗能祛百病愁。

踏　雪

堪羡孩童塑丽质，冬干渴望雨花姿。
劝天抖擞抛琼絮，侍立程门赏玉枝。

海上航行

决眦茫茫不见边，巨轮击水浪滔天。
喷薄红日海底出，方知奇景在人间

赵逵夫

赵逵夫（1942—），甘肃西和人。西北师范大学文学院教授，博士生导师。1967年毕业于甘肃师范大学中文系，在武都任教十余年。1979年考为甘肃师大研究生，1982年毕业留校，1992年至2004年先后任中文系主任、文学院院长，2002至2008年兼古籍整理研究所所长。出版《屈原与他的时代》《古典文献论丛》《屈骚探幽》等专著，主编《先秦文学编年史》《先秦文论全编要诠》。在《中国社会科学》《文学评论》《文史》等发表论文400余篇。现为甘肃省先秦文学与文化研究中心主任，中国屈原学会、中国诗经学会全国赋学会、中国社科院《文学遗产》顾问。

韩城谒太史祠

钢轮宛转到龙门，石阙高标阵云屯。长峡荡气除尘秽，黄流一掬洗汗痕。梁山东麓石崖耸，崖上红墙笼树云。飞檐青瓦树间现，汉磬唐钟如已闻。肃行细览过石坊，拾阶匆匆上殿堂。龛前久立室渐亮，始见尊神汉时装，两相凝视似相识，双眸向我生辉光，双唇似动如有语，灵犀一点动肝肠——

感君爱我春秋笔，几回拍案叹苍冥。仆出蚕室意昏昏①，双耳无闻目不明。偶然临鉴疑为鬼，噩梦三更幻作真；出户怅然欲何往，汗透重衣心如醒。猛思先人临终语，如闻破晓鸡鸣声。几前青灯夜复夜，窗外飞雪又飘零，欲抽双肋续竹简，更将正气笔间行。扫却烟云三千载，揭开天人幽隐情。膑膝失明可发愤，此理难为缙绅明。君不见逐臭争血得失意，沉海藏山亦铸名！②

伫立龛前心潮涌，走来守祠一老翁，言说此像宋朝造，面有黑须寄意浓："史公刑前有二子，相携归里事桑农。遵从父命改姓氏，一姓同兮一姓冯③。后裔繁衍河东西，年年清明寄哀衷。
更有孤臣烈士泪，浇起松柏摩碧穹。"身随老翁至殿后，大墓岿
然草如绣。梁山赖此傲五岳，此墓最为出云岫。

原注：①蚕室：受宫刑后临时休养处。　②古有将自己的述作抄副藏之名山，或盛铁函中
沉入水底者，求其传之久远。　③"同"，为"司"字加一竖，"冯"为"马"字加
二点，伯仲姓氏，含"司马"二字在内。司马迁子嗣史书无载。《汉书》本传言："至
王莽时，求封迁后为史通子。"则应有后。祠中匾联有署"徐村裔孙敬献"者，据守
祠刘翁言，冯姓有一支今居徐村。

一九八一年四月十四日

登华山西峰

眼底青山盆景似，屡经奇险上高峰。
劈山斧小何须看①，回首拨云绝顶松。

原注：①西峰圣母殿之后有巨石断裂，其前立一铁柄大斧。然斧阔不过尺，柄长不过丈。
道人言："沉香劈山救圣母所用。"游人多围观之。

一九八一年四月十七日

泰山绝顶

登上玉皇顶，众山何伟哉！
仰天胸次广，临险眼前开。
日出无缘看，云飞带雨来。
人间消酷暑，何用费疑猜。

一九八三年八月十二日

月牙泉

蒹葭依旧汉时渍，沉茹悲欢水一痕。
几许英雄惊白发，罕逢天马睹行云。
涟漪远涉丝绸路，皮囊难移塞外春①。

留取粼波常荡漾，游人借此洗风尘。

....

原注：①古代沙漠商队、旅客备皮囊，遇水则贮之，供路途饮用。

一九八四年八月五日

再至酒泉望钟鼓楼

酒泉即古肃州，城中有钟鼓楼，形制与西安钟楼同，而略小，四门皆有匾额，楼上有匾曰"气壮雄关"。一九六五参加四清工作至此。

一别祁连十九秋，当年风满古钟楼。
今来已是天如洗，远望飞檐大翼浮。

一九八四年八月九日

访李云章叔坚先生故居①

廿载金城仰典型，今来故里访园亭。
千篇史籍藏谁屋？两代英才过此庭②。
上表公车忧国瘁，更名去赋愿邦宁③。
依依回首祠堂路，衰柳斜阳远岫青。

....

原注：①李铭汉（一八〇九——一八九一年），字云章，著有《续通鉴纪事本末》《尔雅声类》等。其子李于锴（一八六三——一九二三年），字叔坚，一八九五年参加"公车上书"活动，在康有为起草的请废《中日马关条约》的请愿书上签了名，并联合甘肃举人七十六人，领衔起草《请废马关条约呈文》。 ②指云章先生之子叔坚先生及孙李鼎超先生、李鼎文教授皆承庭训而能传其家学。 ③明代肃王及大官僚吴允诚、宋晟之采邑禄田，明亡后清政府编入武威县，给民为业，而其赋较常赋重数倍。叔坚先生自缴白银二千两，得以减去武威县三府更名地粮千八百石。

一九八六年十一月十二日

访张介侯先生故居遗址

何处当年二酉堂？深询故老得其详①。

281

今朝麦粉加工地，往日琴书啸咏房。

剑气昔曾冲斗宿，文光近尚照甘凉。

归来展卷讽遗著，大月长天意浩洋。

原注：①一九八六年十一月十二日请武威地区博物馆梁新民馆长带领，访张介侯与李云章、叔坚先生故居，而介侯故居已拆除，具体地址未详。走访年成太、张元二位老先生，始知张介侯故居遗址即今武威市面粉厂家属院靠北之两院处，其后部今为面粉厂职工宿舍。

一九八六年十一月十三日

衡阳静园宾馆晨起口占

归来回雁此君亭①，梦晤船山竟未成。

欲写潇湘无限景，蛙声一夜到天明。

原注：①回雁峰此君亭刻有王夫之《大潇湘八景词》《小潇湘八景词》，亭前塑有王夫之像。

一九八八年四月二十五日

登衡山过南天门有感

已凌华岱仰天门，当此南天认屐痕。

屈子叩阍千载泪，只今何处复招魂？

一九八八年四月二十六日

雨中登祝融峰

久仰衡峰顶，春膏岂谓艰？

层云弥广宇，误我览千山。

一九八八年四月二十六日

忆仇池

危矣名山天下中，人文始祖化青峰①。

形天古史烟云邈②，老杜诗章日月同。

云外川原福地广，望中墟寨翠霞重。

夜来方有东坡梦③，杨将祠堂响暮钟④。

原注：①仇池山上有伏羲崖，为山之最高峰。传言伏羲生于仇池，长于成纪。　②先父子贤公有《形天葬首仇池山说》，言《山海经》等所言"常羊山"即今仇池山。见《西和史志》及《甘肃民族研究》1988年第1期。　③苏轼《和陶〈读山海经〉》自注："在颍州梦至一官居，顾视堂上，榜曰'仇池'。觉而念之：仇池，武都氐故地，杨难当所保，余何为而居之？明日以问客，客有赵令畤者曰：此乃福地，有小有天之附庸也。杜子美云：'万古仇池穴，潜通小有天。'"　④据载，仇池山上宋时有杨将军祠，今圮。

一九八八年六月十八日

张掖宝觉寺大佛①

安卧金身十丈馀，巍峨寝殿壮通衢。

梦随丝路驼铃远，笑驻春风杨柳初。

瀚海于今添绿带，蜃楼终见化宏图。

东天不比西天小，强起观光意自舒。

原注：①张掖宝觉寺，俗称大佛寺，建于西夏永安元年。正殿长九间，宽七间，中塑一卧佛，长三十五米，为国内最大之卧佛。早在元明时代，已名播中外。

一九八九年三月十一日

游临泽双泉水库

一湖翡翠泛银波，水榭风铃迷野鹅。

横桨任凭风左右，半船春意半船歌。

一九八九年三月二十六日

西北师大校庆感赋

建校当年辟蒿莱，土墙瓦舍放悲歌①。

心师精卫填东海②，志比鲁阳挥巨戈。

新起高楼失旧貌，重逢校友唱黄河。

先于五十知天命，化雨昆仑桃李多。

原注：①抗日战争爆发后，国立北平师范大学等校西迁，组合为西安临时大学，后南迁

至城固，改称西北联合大学，不久师范学院独立设置。一九三九年八月师范学院

独立为国立西北师范学院，一九四〇年春决定迁往兰州，翌年兰州开始招生，至

一九四四年全部迁至兰州。师生颠沛流离、艰难备尝。②当时多称抗日曰"打东洋"。

又：下句借用《淮南子·览冥训》鲁阳挥戈退日典故。

一九八九年十二月

首届国际赋学术研讨会感赋

文章两汉最奇雄，赋诵犹如唱大风。

国士涉洋访稷下，杨雄岂应悔雕虫。

一九九〇年十月十五日

看冯其庸先生醉书

其庸先生西北访古，相聚以酒，先生兴致颇高，大杯连饮，醉至呕

吐，昏昏倚沙发卧。前此有人铺纸请留墨宝。众皆劝其休息。先生扶案

起。狂草《河西行》诗数首，笔飞墨舞，一挥而就。众皆惊叹。

尺砚清淋尚未乾，秋毫斑管重如山。

忽然举笔挥如洒，飞上楮皮墨似烟。

一九九〇年十一月

登兰山抒怀

中国简牍学国际研讨会后，裘锡圭、陈金生、李解民先生与香港林

巽培先生赴敦煌参观，返兰至西北师大，余与俊琏同志陪游兰山，赋以

纪游。

车辗春风上绮峦，琼楼玉宇有无间。

柔条舞翠连青霭，茂树涌涛下陡山。

蝴蝶亭边庄叟梦，三台阁上季凌攀①。

黄河九曲入沧海，万里诗情逐海澜。

原注：①王之涣字季凌。其《登鹳雀楼》诗云："欲穷千里目，更上一层楼。"

一九九一年八月九日

感事兼酬青海昆仑诗社二首

卅五年间暑复寒，阅风灵薮梦中看。

尝闻龙驾越西溟①，更喜神扉启雪峦②。

同是艰难云万里，且醋墨翰竹千竿。

回眸崄巘烟云罩，清泪穿空涨海澜。

芸编缥帙有深缘，汲取汪洋驹隙间。

午夜披书游八极，良辰闭户即深山。

江河巨浪来天地，意气锋芒破隘关。

一路虫声成绝唱，芒鞋直上取琅玕。

原注：①青藏铁路已越过青海湖延伸至格尔木。　②锡铁山等处矿藏已得开采。

一九九二年三月二十八日

兰州安宁桃花会二首

万树珊瑚向远滨，浅深浓淡俱峥嵘。

清歌四起人难见，都在桃花深处行。

谁访瑶池玉女踪，当时古朴化纤秾。

春风逗得红颜笑①，更卷香魂上九重。

原注：①《诗·周南》："桃之夭夭，灼灼其华。"夭，《说文》引作"媄"，云"女子笑貌"。

后来诗人所谓"桃花依旧笑春风"，"桃花开东园，含笑夸白日"，"隔墙借问人谁在，一树桃花笑不应"等，俱由此来。

一九九二年四月

赠美国中华楹联学会会长纽约四海诗社社长
潘力生先生及其夫人成女士（二首）①

一

惟楚多才破海风，悬崖书壁遍寰中。
临池应见肩头月，浑似中秋回雁峰。

原注：①潘力生先生与夫人成应求女士本湘人，为湖南大学名誉教授。成女士工诗，吟咏
　　　祖国山河胜迹，有诗数百首。

二

神州胜迹化珠玑，四海诗人共赏奇。
倘有知音询故薮，披书楼顶诵骚辞。

一九九二年七月二十五日

登崆峒（二首）

与省教育厅程耀荣处长、校研究生处王新民同志、历史系郭厚安教
授赴西安参加学位点评估会议顺道登崆峒至绝顶口占二首。

春风带我上峰巅，来向广成问妙玄。
扣遍千岩无圣迹，笔耕全在务心田。

行程处处是晴天，柳系风移情两牵。
放眼山河风景美，前途不见有云烟。

一九九三年五月二十四日

游麦积山

百回栈道上，共佛脱凡尘。
清气连通谷，岚光照巨身。
阅历谁与比？浅笑美无伦①。
黄叶年年下，石胎最有神。

原注：①半空栈道旁有两尊石像，面带微笑，含情脉脉，看来韵味无穷，实可与《蒙娜丽莎》
相媲美。

一九九五年十月八日

游卦台山

放眼仙台上，披襟接好风。
双流合缟素，一柱抵苍穹。
古柏无年纪，残陶见化工①。
殿前稍一息，神与羲皇通。

原注：①山门外拣得陶片数枚，经同游中国社科院考古所原始社会室主任谢瑞琚研究员鉴
定，为新石器时代遗物。

一九九五年十月八日

来电感怀

友人电告，西北师大古代文学博士点在学科评议组获通过。时窗外
正大雪纷飞，此数年中未有之景象也，成一律。

忽然天上好音传，九畹从今好护栏。
海运虽成南溟远，扶摇陡向碧空盘。
高天龙战残鳞舞，小院心祈捷报颁。
西北高楼能远眺，一层增起有壮观。

一九九六年一月十二日

咏赵壹

须眉豪美笔如椽，揖见三公意泰然①。
《解摈》当年奸宄恨②，《疾邪》有句古今传③。
同担道义哭时彦④，独扫颓风激世贤⑤。
秦陇世出刚毅士，山河型典岂能蠲。

原注：①光和元年赵壹为郡上计吏到京师，司徒袁滂受计（《后汉书》本传误作袁逢），计
吏数百人皆拜伏庭中，壹独长揖而已。司徒左右责让之，壹神态自若以对，袁滂敛
衽下堂，执其手延置上座。　②本传言壹"恃才倨傲，为乡党所摈，乃作《解摈》，
后屡抵罪，几至死"。　③赵壹《刺世疾邪赋》为汉赋名篇。乾隆年间湖北一私塾先
生读此赋，在"宁饥寒于尧舜之荒岁兮，不饱暖于当今之丰年"上批了"古今同慨"
四字，为人告发，被全家处以极刑。可见赵壹赋抨击时政之尖锐有力。　④赵壹往
造河南尹羊陟，壹人，而陟尚卧未起，壹径入上堂，大哭曰："窃伏西州，承高风旧
矣，乃今方遇而忽然（注：谓死也），奈何？命也！"陟知其非常人，延与语，明旦
特为造访。　⑤赵壹上计经弘农，访太守皇甫规，守门者不肯及时通报，赵壹便离去。
守门者报告之后，皇甫规修书一封令主簿快马去追，赵壹写回信交主簿，言对皇甫
规的仰慕与期望之后，批评其"自生怠倦，失恂恂善诱之德，同亡国骄惰之志"。

一九九六年三月二十六日

西北师大古代文学博士点成立纪感二首

一闻确信尽欢颜，再闯崎岖敢谓艰？
前代手开云际路，今朝春到玉门关。
穷经半百已霜鬓，抱瓮十年总汗颜①。
不论行程甘共苦，登临又上一重山。

兰台议事感群贤，回首行程路杳漫。
九过崦嵫登远路，十临白水叹疾湍。
阆风继佩当时愿，东海延才此日难。
悬圃堪伤零异草，兰州固应早莳兰。

原注：①《庄子·天地》言，子贡过汉阴，见丈人将为圃畦，"抱瓮而出灌，搰搰然用力甚
多而见功寡。子贡曰：'有械于此，一日浸百畦，用力甚寡而见功多，夫子不欲乎？'
为圃者仰而视之曰：'奈何？'曰：'凿木为机，后重前轻，挈水若抽，数如泆汤，
其名为槔。'为圃者忿然作色而笑曰：'吾闻之吾师，有机械者必有机事，有机事者
必有机心，机心存于胸中则纯白不备，纯白不备则神生不定，神生不定者，道之所
不载也。吾非不知，羞而不为也。'"此处喻设备差，只知下笨功夫。

一九九六年四月三十日

君重师八十华诞敬献二首

精神矍铄著新篇，满座春风动讲筵。
登岳啸长山响应①，临江慨缩水回旋②。
雕龙四海推神手，树蕙西园见凤缘。
坦荡胸怀无点染，南山松柏自千年。

初见说龙仰云端③，门墙得近慰饥鸢④。
十年劫难蝶成雾，三载滋熙稊作椽。
声韵难忘传旧谱，诗骚最喜富新诠。
同柯海运徙南滨，独拄文旌守杏坛。

原注：①一九八八年侍先生赴南岳参加首届全国赋学会，先生作《重游南岳》诗，有句云：
"登临一长啸，万壑应生哀。" ②一九八九年侍先生赴江油参加第二届全国赋学会，
参观李白故居，先生百端感慨，乃有诗作。 ③一九六一年在《红旗手》《甘肃文艺》
读到先生关于《文心雕龙》的译注。 ④一九六三年考入甘肃师大，得见先生之面。

一九九六年教师节

台中游日月潭二首

潋滟湖光耀远波，明珠点点缀青螺。
随船渐入前头画，红瓦白墙罩绿莎。

日月双潭水面明①，当年平寇动天兵②。
湖边杜宇悲鱼鸟，首向河源远岸鸣。

289

原注：①日月潭由相连两湖组成，以其形可分别称为日潭、月潭，导游言"日""月"合为
"明"字。并言及荷兰、日本侵略者强占时期台湾人民的反抗斗争。　②郑成功收复
台湾，因明王朝赐姓"朱"，故台湾人民称郑成功为"国姓爷"。今台中市与日月潭
之间有地名"国姓"。

一九九六年十二月二十三日

喜迎香港回归感赋二首

虎门山耸怒云驰，碧血百年花木滋。
扼腕林公埋积愤①，捐躯关将树丰碑②。
英雄手举乾坤转，明哲谋成道路夷。
七一钟声惊世界，红旗升起照南陲。

金瓯残破古今悲，羞见香江米字旗。
长夜月明同仰望，南京国耻永追思。
五星巨旆光华夏，两制高猷著鼎彝。
龙港回归春更好，风吹台澳去狐疑。

原注：①一八三八年林则徐以钦差大臣莅广东，查办海口事务，同两广总督邓廷桢等力禁
鸦片，筹备战守，击败英国侵略者的进攻。腐败的清政府则将林、邓革职，任命琦
善为两广总督。琦善受贿暗割香港（一八四一年）。次年的卖国《南京条约》上则正
式写入"割让香港"。林则徐被谪戍伊犁，时有诗抒其悲愤。　②关天培，道光时为
广东水师提督，一八四○年曾同林则徐督水陆兵勇猛烈回击英对澳门附近关闸一带
的进攻。一九四一年英军攻虎门炮台，关血战死守，而琦善暗中与英人订立了丧权
辱国的川鼻草约，不发援兵。关天培及守台兵士四百余人皆壮烈战死。清代诗人朱
琦有《关将军挽歌》一首纪其事。

一九九七年六月三十日

五十七岁初度在日本箱根温泉

青山围馆阁，野墅自清幽。
汩汩温流涌，蒙蒙热气浮。
地炉千丈下，汤谷万山陬。
爱此天然惠，百疴俱可瘳。

一九九九年十二月十八日

芦之湖畔

粼波伫看远山皴，木屋何人奏古琴？
欲向茶幡移细步，一群翠鸟入丛林。

一九九九年十二月十八日

京都岚山谒周恩来诗碑

桑田沧海变，不似写诗时。
古树知英杰，新花竞秀姿。
功勋留赤县，壮志见丰碑。
立此多存想，如公岂有私。

一九九九年十二月二十二日

西北师大田家炳书院落成志喜

百年学府建兰州，万里黄河处上游。
且喜英贤添甓甃，明朝更上一层楼。

二〇〇一年八月十二日

寿田家炳先生

九州兴学过苍旛，西北高楼又嵘峨。
祝有声名历广宇，巡天已看万千河。

原注：一九九三年经国际小行星中心批准，紫金山天文台将其发现的国际编号为2886号小
行星命名为"田家炳星"。

二〇〇一年八月十二日

"春之咏"吟诵会感赋

春节前，省委组织部、宣传部、统战部、省人事厅、广电局联合举
办"春之咏"吟诵会，即席成一律。

新正月满照通寰，人向小康意芳妍。
巩洮花卉香南海，岷阶归芪乘云耕。
两个文明山川美，三优环境凤凰旋。
擎旗有志筹高蹈，千万英雄奋勇攀。

二〇〇三年二月十三日

将至伦敦飞机上作

腾空如夸父，逐日四时辰①。
银翼穿云海，西天看邓林。
中华今昌盛，往岁路踆蹭。
巨手开新纪，飞龙起亚东。

原注：① 12时48分由北京起飞，经10小时到伦敦。西往伦敦时方15时许，时差约八小时，
即四时辰。

二〇〇三年十二月三十日

两次迎元旦随想

　　12月31日下午游格林威治公园。16时5分在格林威治天文台大钟前留影，时国内已是2004年元月1日零时5分。晚饭后到鸽子广场看市民迎新年联欢，人极多，据云因前年、去年广场维修未得举行，今年盛况空前。因天冷，也怕再迟坐不上车，未等至新年钟响，于当地22时45分返回宾馆，成诗一首。

　　先此迎元旦，中华得日早。十亿人静听，零时过一秒，欢声动地起，礼花入云表；楼阁红灯明，街巷彩棚绕；横幅带晨曦，鞭炮迎拂晓。红霞映山川，大地披春草。如闻欢笑声，互道新年好。身似临其境，春意诗肠搅。此处雾蒙蒙，家中日呆呆。更爱我中华，物华并天宝。

游威尼斯

　　旧游河姆渡，今至威尼斯。水上作悬宫，屋底波涛驰。男女欢笑声，唯靠立木支，人群互来往，船只代车羁。人类要生存，因地而置宜，丘陵居半山，以防洪水时；亦不居独峰，久困患苦饥。平原水无法，河道时时移；石锄与木末，难将大水治。立木顶千斤，水中建地基，凭空造房屋，鳞接成平坻。水中木不朽，眼见不容疑。今至水上城，神思连渺弥。华龄过石桥，长街泛清漪。两边楼栉比，倒影窗明丽。惊叹此奇迹，古人思亦奇。仙界与人间，原本非两歧。

二〇〇四年一月十二日

悼李秉德老校长

　　李秉德先生任校长期间取得我校第一个博士学位授权点，又恢复"西北师范学院"旧校名。我当时在读研，第二年毕业，算我校"文革"

后首届研究生。李院长与侯亢书记参加了中文系研究生毕业聚餐，多所
鼓励，二十多年来难以忘怀。

西欧游学富中藏，设帐金城书满床。
身教言传行坦荡，风狂雨骤志轩昂。
恢复校名思凤翥，建成博点赞龙骧。
华林坪上回头望，手植新林皆栋梁。

二○○五年五月三日

文溯阁《四库全书》馆竣工志喜二首

一

九州台上起飞甍，画栋雕梁意匠宏。
下入山中成禹穴，高凌云际展华橝。
身依翠岭岚光照，目览黄河壮志生。
回藏英才来展卷①，弘扬传统举虹旌。

二

有清一代珍文献，鸿硕云屯成是篇。
文溯迁秦合本意②，弘历如料换新天。
车通青藏来才俊，地接新宁播舜弦。
开馆今朝行典礼，河清山秀锦云妍。

原注：①甘肃为多民族省份，少数民族中以回族、藏族人数最多。周边又同宁夏、新疆、
青海、四川等相邻，西南为入藏要冲。故《四库全书》藏此，意义重大。　②乾隆
皇帝《文溯阁记》云：文溯之名"更有合周《诗》溯洄求本之义"，盖取义于《秦风·蒹
葭》"溯洄从之""溯游从之"等句。作者为甘肃省人民政府撰《兰州文溯阁〈四库
全书〉藏书馆记》碑文中亦论及此。

二○○五年七月八日

九州台绝顶

昨日下午到兰州饭店参加全国《四库全书》学术研讨会，今日省诗词学会组织到北山参观绿化，袁老再三命余前往，遂随诗友登九州台。采风活动三日，还拟去徐家山等地，余因下午主持研讨会，故参加了一个上午之活动，回来成诗一首。

当年气盛喜登临，跬步必求至顶峰。廿载天天爬纸格，何来兴致赏茏苁。开窗常见九州台，几次欲登未从容，唯将情趣寄腕底，足下功夫纸上踪。昨日登临未至顶，今朝绝顶荡心胸。蜿蜒车道如抛梭，树木满山枝叶浓，清风一起绿云动，万树摇曳泛碧茸。管道交错布山野，银蛇飞舞向晴空，一时化作及时雨，洒向密林声淙淙，老树新苗色如洗，悬崖更见卧云松。车至半山不能上，健步登临近九重。足下烟云飘白絮，抬头高树滴醇醴。登至山巅纵游目，四面山峦尽葱茏。向南鸟瞰绿云外，黄水白波走银龙，高楼林立布河岸，栉比鳞臻没四塘，绿带花园相点缀，画图如在梦中逢，长卷东西八十里，轻烟缥缈色朦胧；远处似闻汽笛响，火车如蜓声隆隆；眼底白塔似玉镇，银峰楼阁巧玲珑；铁桥唯见几条线，横跨关河百代雄；金城关毁正重建，白马浪失起蕙风；西湖公园明似镜，白云观里响清钟；远望兰山树掩映，亭台隐约烟雨中。当年张澍山前过，嶙峋难见草木丛[1]，如见此景应惊叹：何人有此回天功！今日吾侪逢盛世，人和政洽海天融；总理视察到秦陇，亲临山顶植青松，青松万代将长在，见证今朝绿化功。遐想骋思久伫立，甘霖轻洒雨蒙蒙，回头衣上尽沾湿，唯觉激情荡心胸。再看总理手植树，堂堂正气傲苍穹，四望山山一片绿，天际云开现彩虹。

二〇〇五年七月九日

原注：①张澍《金城关》诗有"风雨常愆草木瘵"之句。

六十四初度

从上午开始，全天参加省人大常委会组织的视察活动，先后到兰州交通大学、中国科学院兰州分院寒旱所了解科研成果转化情况。结束后同杜颖副主任、李重庵副主委等视察人员在西北宾馆将军楼共进晚餐。回家后于灯下成诗一首。

易数周回遍，且云未济时。更从刚健始，夕惕日孜孜。回首过来路，羊肠多倾岐。行起不释卷，梦觉苦于思。读书六十载，风雨多所历。只今高天碧，日月出咸池。足下群峰耸，眼底白云驰。万里无尘滓，山河好明媚。中华在复兴，好风漫四陲。只觉精神爽，征程岂敢辞！但愿奔驰倒，不作枥下悲。以此绵薄力，小助积阳熙。

二〇〇六年十二月十八日夜

贺《甘肃社会科学》创刊三十周年

春风骀荡玉关来，翰苑初成万象开。
守正创新谋远路，求真拨乱扫浮埃。
为建小康商大计，企攀绝顶育英才。
振兴陇右功无算，学界堪夸点将台。

二〇〇九年八月十四日

省文史馆中秋聚会感赋

中秋翰苑聚群贤，欢庆神州月共圆。
世博文明开眼界，中华景象照云天。
同舟共济援舟曲，兴陇高猷建陇南。
更喜宏图新定位，献芹恶莠见忠肝。

二〇一〇年七月二十二日

贺中华书局百年华诞（二首）

辛亥惊雷起睡狮，响应谁忘陆费逵？
书局首举中华帜，封面全张五色旗。
辞典推陈开眼界，教材出新厚国基。
平民教育启民智，首义立功青史垂。

三座大山推倒日，中华更上一重天。
新刊正史供远鉴，精校百家利深研。
放眼全球文化热，力争民族话语权。
正当百岁闻军号，振兴国家岂息肩。

二〇一一年十月三十日

贺新华社建社八十周年

行程八十风华展，旧史新功万象涵。
为倒三山成鼓角，永通四海作鸾骖。
视频文字新华网，瞭望环球半月谈。
增进和谐传喜讯，从来不忘暴凶贪①。

原注：①暴，音"曝"。《六心雕龙·檄杨》："振此威风，暴彼昏乱。"

二〇一一年十一月十八日

李清凌

李清凌（1944—），甘肃甘谷人。退休前为西北师范大学历史文化学院教授，博士生导师。兼任甘肃省轩辕文化研究会名誉会长等。著有《西北经济史》《中国西北政治史》《华夏文明的曙光》《秦亭与秦文化》等，主编《中国文化史》《中华文明史》等。另在《中国经济史研究》《中国边疆史地》《中国藏学》《西北师大学报》等杂志发表论文100余篇。现主要从事中国古代史及西北史的研究。

清水怀古

钟灵毓秀忆辉煌，非子轩辕两发祥。
陇坻谁言隔戎夏，秦亭我赞列琼璜[①]。
鼎钟小篆传千祀，石鼓诗风奏八方。
欲尽痴心续《秦记》，文坛鸿制已琳琅。

原注：①琼璜：均为瑞玉。琼，外八角形，象征大地；内圆，象征无极。《周礼·大宗伯》云："以黄琮礼地。"古代祭地时以黄帝配享。地色黄，黄帝土德，故玉用黄琮。璜，为黑色半璧形玉，《周礼·大宗伯》云："以玄璜礼北方。"五行中水配北方，黑色。在"五德终始"理论中，秦朝自占为水德。这里的琮、璜，代表轩辕黄帝和秦嬴，他们都发祥于清水。

二○一五年十二月

麦积崖

谁将鹫岭移天东，塔影山光泻半空。
丽象开图云霭外，金容掩色洞龛中。

秦娥不带菱花镜，陇彦多滋李广风。
莫笑石崖麦垛大，方圆百里尽茏葱。

二〇一七年六月

麦积街亭

秦甘境内八街亭，失足马谡此处零。
陇阪巍巍悬铁壁，长河汹汹挂铅肩。
南兵不插凌云翼，魏将多骑本土駉①。
天阻英雄难济渭，三分之势乃成型。

原注：①駉（jiōng）：意为壮马。

二〇一七年七月

登蔡家寺

煌煌胜迹伏羌东，七百年来阖邑崇。
翠柏金禽陪古佛，蓝宫玉竹沐熏风。
题名蔡家无人祀，支应全勤李氏充。
伙我先祖多仁义，存亡续绝用原名。

二〇一九年十月

总纂《甘肃省志·文化志》有感

2017年11月6日，受甘肃省文化厅委托，总纂《甘肃省志·文化志》（1986—2007）卷，2019年6月完成，9月6日通过甘肃省地方志编纂委员会终审。甘肃文化出版社出版，作此志怀。

莺呼燕唤催人频，嘱我恭勤志二轮。
索艺搜文讴国色，传华勘实绘英尘。
莫高伎乐传天下，四库名藏降圣神。
欲托骊珠齐皓月，奈何纸短技难臻。

二〇一九年十一月

尹占华

尹占华（1947—），河北故城人。1984年于西北师范学院中文系研究生毕业并获硕士学位。现为西北师范大学中文系教授、博士生导师，甘肃省古代文学学会副会长。发表过关于中国古代文学研究的论文30余篇，出版的专著有《张祜诗集笺注》、《令狐楚集校笺》（与他人合作）、《律赋论稿》，并担任《中华大典·文学典·隋唐五代文学分典》中唐部分副主编。多首诗词作品发表于《甘肃诗词》《华夏吟友》等书刊，散曲《自解》套数曾获1992年辽宁"老龙口杯"海内外诗词大赛二等奖。

北京感怀四首

别京都二十霜，烂柯归后认沧桑。
曾惊梧叶纷纷落①，又醉槐花细细香。
车水马龙争入眼，事烟梦雨总萦肠。
如何懒上长街望？满目高楼惹夕阳。

当年动乱忆犹悲，京国萧条奈去离！
鳅跳龙门污苑沼，鸦巢凤阁噪坛旗。
雨云翻覆学投笔，垄亩徙居观弈棋。
已料同窗多得意，霄泥路隔问伊谁？

中山园靠紫城隈，老树盘藤几纪陪！
船小舷斜摇荡漾，墙红瓦绿闭崔嵬。
残花成片吹将尽，弱柳如丝系不归。
独立栏边最惆怅，啼鹃偏向耳旁催。

七日京华走马归，飘蓬泛梗愿常违。
向人唯叹树如此，寻旧方知城已非。
是处转移春烂漫，无时贪恋梦依稀。
从今别却长安路，且向灵虚觅令威。

原注：①插队离京时正值秋天。

一九八三年五月

夏初郊外即事四首

媚日能禁雨几场，又逢春去倍凄惶。
但看落溷如花堕，不睹升天有絮狂。
傍路枝高莺叫彻，满田苗长鼠偷忙。
遍寻难作登楼望，姑踏砖堆上矮墙。

争竞为生命欲偿，浑天万物各当行。
招摇过市花蝴蝶，缓慢推丸屎壳郎。
枉羡鹄飞云正白，翻来蚊咬日初长。
大千世界凭浏览，凡鸟曾矜是凤凰。

远踏平芜一径斜，便逢畦菜插篱笆。
蛛丝飘破空名网，蜂阵喧嚣俨似衙。
苍狗成云翻样样，青钱作薛漫家家。
教人常恨出游晚，枝缀毛桃地烂花。

一番健步一流连，欲远出行怯影单。
亘耐阴晴翻覆雨，任随冷暖短长天。
有蝇逐臭围茅厕，无马服车度陌阡。
夕色悄然垂树末，不堪吟望且回旋。

一九九五年四月

301

咏史五首为甘肃文史馆作

贾诩三首

风涛阒寂绝喧哗，赤壁归来怵郭嘉。
忘了贾公曾有谏，莫将兵旅向南夸。

忿把西凉小小看，一言郭李犯长安。
今朝不主凉州子，帷幄筹谋间马韩。

立储攸关国与私，不谋便是有谋时。
曹家纵免袁家覆，也有相煎七步诗。

段 颎

能战能谋佐亦伥，是非功过任平章。
将军与卒同甘苦，痛哭东西百万羌。

周生烈

先师遗训故迷蒙，赚得诸儒笔墨耕。
到底流传王与郑，不知何处觅周生。

一九九五年八月

兴隆山行

久遭尘事困，今作入山行。
出岫云无雨，应风树有声。
苔痕侵径滑，水色溯溪清。
稳步登峰顶，呼吁雾气生。

一九九六年七月

重游石佛沟试作禅句

秋叶春花过眼重，一年两度问禅踪。
山岑不作流云变，任扫青黄认本容。

一九九六年十月

陇南文县唐代文学讨论会

阴平度蜀早知名，今日承邀喜一经。
两水夹城明似练，四山绕县绿如屏。
红颜隐树榴窥客，翠色流阶竹占庭。
最是芭蕉承夜雨，唤起行人作乐听。

一九九八年九月

戊寅年杂感六首

又遇寅年说虎愁，空拳徒自握拳头。
可堪蛟份成三害，休结貉缘聚一丘。
跳涧已为骑背势，藏山敢作捋须谋！
生民只盼流年利，不管辰龙与丑牛。

难得书摊破禁传，一编一箧想华年。
官崇梁冀能贪贿，财大邓通许铸钱。
蜡照瑶台陈玉体，车通阛阓徙金砖。
欲凭太史成真录，只是当时幕似天。

移山大业已开端，变革从来起始难。
狂士已多歌独漉，痴人尚自梦邯郸！
篡权朱晃本作贼，劫客石崇原是官。
我劝天公严法网，不教黎庶诉辛酸。

生逢天下太平时，无奈徒闻麦两歧。
未见凤鸣分治乱，任凭蛙叫辨官私。
尽教狡兔营三窟，难得飞乌息一枝。
儒士续成新乐府，唏嘘歌与路旁儿。

管弦呕哑满长街，一晌偕谐一晌乖。
几处玉楼招玉手，谁家金屋贮金钗？
迷魂竞入风流阵，蠹禄争攀富贵阶。
但使桃花源有路，将从竹杖与芒鞋。

逝日陈规不可循，翻新之后再翻新。
贾生流涕因忧汉，扬子闭门已剧秦。
隶篆有心镌峤石，丹青无意画流民。
春来尽是茫茫水，可向何人一问津？

一九九八年四月

张正春赠汉武御酒六瓶

君送金泉美酒香，个中情味两悠长。
且凭曲匠多重酝，来效诗仙半日狂。
不惜颜成红烂漫，何妨兴起舞郎当！
梦魂又逐东风去，直认他乡是故乡。

一九九九年二月

致酒行

吾闻李白《将进酒》，人生得意几时有！佳节莫使金樽空，会须一饮三五斗。何况此酒出金泉，汉武颁赐在里边。李琏不封酒泉地，遗恨绵绵数千年。人有迷魂招难驻，黄泉碧落两无路。忽闻西极有瑶池，遗身忘我即成赴。世事烦心多乎哉，何必纠缠惹悲哀！不如裘马换一醉，君不闻刘伶曾道死便埋！

一九九九年三月

酒泉行六首

烽烟廊里走丝绸，一塞当喉是肃州。
西去征途留树老，东来御酒作泉流。
云间雁阵唱唱夕，日下枫林艳艳秋。
话到古今多少事，已看月色上城头。

丝途重镇讶新姿，天宝物华育健儿。
地矿有光藏壑处，惊雷蓄势聚云时。
神州曲奏酒泉子，大漠风生杨柳枝。
游客不须悬圃去，楼台花木即瑶池。

河西一去客心镌，曙色遥粘绿野川。
神马行空能踏燕，飞船藉火欲巡天。
连山忽见冰峰凸，平碛悠观落日圆。
际会风云龙虎地，敢凭新业勒燕然。

军行细柳戍征骄，何计别亲万里遥。
鼓伴雷鸣催阵阵，旗迎风起正萧萧。
时经瀚海驱天马，好傍祁连射大雕。
我亦欣然歌出塞，篇中不数霍嫖姚。

玉关内外几沧桑，钟鼓楼高阅世长。
雁去雁来年度里，云舒云卷宇中央。
丝输古道歌花雨，炉铸边陲出栋梁。
今日须凭西北望，仰看神箭灭欃枪。

杯数夜光一醉甘，新城古树柳毵毵。
瑶池西望来王母，紫气东迎驻老聃。

朴朴人情浓过酒，青青山色碧于蓝。
论功直把长缨请，何必归心效燕颔！

一九九九年八月

庆祝中华人民共和国成立五十周年

雄师百万渡江时，便是神州醒睡狮。
已聚人民强国志，正凭天地谱新诗。
飞船巡宇开怀抱，铁臂擎空筑础基。
五十年来风雨洗，一何灿烂五星旗！

一九九九年八月

为澳门回归作

酸心瓯缺日，海屿隔昆仑。
灯火鳌睛远，楼形蜃气吞。
国人虽有恨，宝岛永连根。
今作回归颂，卿云满澳门。

一九九九年十月

题儿子小龙于美国所摄校园秋色图

霜叶红黄不尽思，异乡风物说妍嬯。
春光绝胜秋光好，且待千花烂漫时。

一九九九年十一月

寄怀民勤诗友

痴语谈诗一线牵，盛情不却醉朱颜。
开怀共对碧湖水，思绪遥连苏武山。
极目苍鹰盘野外，关心红柳傲沙间。
无拘最是中宵梦，又伴高风去往还。

二〇〇〇年十月

游天祝小三峡

叠山溪出阙，入壑逐溅溅。
云拥千重树，雷过一线天。
东晴西作雨，上暗下生烟。
欲探源流去，一声林外鹃。

二〇〇一年六月

晚登银滩黄河大桥

上得长桥势驾鸿，灯明地外夜涵空。
索连两岸迷冥处，星落一河动荡中。
过眼虹霓惊异世，倚天西北起雄风。
恍如银汉乘槎客，漫认当窗织女宫。

二〇〇一年是十一月

龙园咏龙

华夏发祥在陇秦，羲娲正道是龙身。
沫中涛吐黄河水，气里云嘘大漠春。
点画成形屈似字，腾飞蓄势力如神。
会当破座风雷夕，便浴银河作壮巡。

二〇〇二年四月

参观盐锅峡电厂词二首

菩萨蛮

盐锅峡里长河水，往年魄力徒然伟。一自坝雄横，听推机电行。　　线穿云雨盖，功在重山外。前后水高低，寻源须上梯。

307

浣溪沙

水到盐锅讶貌新，暂于坝里小逡巡。顿驱光电入天云。 浊
浪直如翻沫吼。断崖犹似立眉颦，远看坝作束腰裙。

一九九五年七月

八声甘州·游兰州石佛沟

问深山法相自何年，凝情坐岩峣？阅山升山降，石生石烂，
云长云消。万壑千岩藏秀，一径绝尘嚣。泉响休惊了，伏貉蹲
雕。 会见长风乘势，撼红亭画阁，草树翻涛。俯深潭试觑，
不是月星宵。望辽空，杜鹃声里，正蓝天白影梦同飘。争如上，
悬崖纵目，松比云高。

一九九六年五月

一剪梅（二首）

何事春情把客撩？桃李娇娆，杨柳招摇。园林长是最魂消，
雀正嘈嘈，蝶正飘飘。 日日归来兴尚饶，茶水烹烧，诗句推
敲。韶光只怕落花漂，瘦了红梢，肥了青条。

衰飒深谙宋玉悲，蛩语吟微，雁字排归。无根乱叶故飞飞，
老尽园葵，败尽山薇。 心事纷纭待酒杯，垂下帘帏，掩上门
扉。原来年少梦难追，风又吹吹，月又窥窥。

一九九六年十一月

法曲献仙音·九寨沟

山黛含情，雾衣藏态，绝代羞临明鉴。石矗如屏，水平当镜，
惊窥面目娇艳。怕节物匆匆过，韶华带遗憾。任流览，叹归时、
顿成抛闪。 便几次，又拨雨云重看。却望入山途，恨红尘、
滚滚来掩。避世佳人，愿长留，质朴雅淡。爱清纯本色，莫被新

妆沾染。

沁园春·酒泉赋梦效后村体

何处相逢？临玉门关，走嘉峪东。望高山耸柱，祁连戴雪；奔云似马，大漠兴风。举夜光杯，酌皇家酒，汉武嫖姚入话中。民情好，道至今泉水，醇味犹浓。　　饮酣睡意蒙眬，便驾泛仙槎上渺空。见白榆结子，钱飞作雨；银河浴鹊，桥架成虹。织女操厨，吴刚侍宴，捧出依然是御封。忽惊醒，怪雷霆却在，城鼓楼钟。

高阳台·咏君子兰

绣幕围香，珠帘卷月，朦胧静夜寒些。曾几番看，未如淡映幽佳。怜红暗祝春来晚，怕春来、销损年华。想亭亭，谁伴清高？只差梅花。　　无端风雨趋何处？却轻临阶砌，小拂篱笆。梦里寻灯，模糊门限天涯。明朝不忿庭园里，绿依稀、当是纤芽。愿窗前，莫噪啼莺，莫褪丹霞。

贺新郎·跋《律赋论稿》

六义凭谁说。是荀卿、猜蚕赋礼，最初时节。文士逞词夸富大，两汉轰然独热。嫁接上、才芽美蘖。闲适征行方入视，始令人、一览心肠彻。偏又是，雪花月。　　何来科第攀瓜葛？竞风流，用心妆裹，画眉涂颊。绝代自存堪爱处，岁晚芬芳未歇。且试把、夋尘重拂。我见年华多亮丽，料年华、见我应无别。多费了，楮之页。

南乡子二首

弈 棋

何处解烦焦？席上谈兵把友邀。棋子落时还有韵，轻敲，盘面分评我尚饶。 平地起风涛，思计劳肠转九遭。垓下成围无出路，糟糕！冤煞秦坑半夜号。

旗鼓再重来，哪管鸿沟界有牌。飞跳断连厮杀罢，休哉！得失依然五五开。 妙计赖安排，马邑出兵伏暗埋。无奈抽刀难断水，乖乖，截下游仙一只鞋。

二〇〇一年二月

〔中吕〕朝天子·咏史（五首）

祁奚荐贤

用机，智奇，双取名和利。天衣无缝怎怀疑？教你服服气：口道高洁，心藏污秽，圣人也隔个肚皮。令瘠，尉肥，谁识祁奚狯！

霍去病不居宅

画砖，杏橼，皇姨丈心难辨。君恩浩荡大如天，怎比你金銮殿？天子多疑，英雄休骗，且高声把大话宣：此园，不怜，还要把匈奴战！

王衍口不言钱

口悬，理玄，清语天花乱。若教他少吃又缺穿，能不把钱神恋？山垒资财，云从奴弁，委实地少不了吝和贪。做官，算钱，还是阿戎心如面。

昭君出塞

髻螺，黛蛾，着意梳妆过。毡墙奶酪待如何？煞强似枕孤衾冷无人热。向往着爱爱亲亲，欢欢乐乐，刚道得声单于哥哥，倚着，抱着，也不枉受了瀚海风沙恶。

贵妃醉酒

见秋，又愁，睡损霓裳皱。只因他拆散了凤凰俦，馋嘴天鹅肉。一个柄老枯荷，一个花开豆蔻，说出来你丑也不丑！此羞，怎休？暗地里把他三郎咒。

一九八五年十月

浮生杂曲子九首

〔双调〕落梅风·早春

松犹悴，柳未黄，漫天空雪迷烟障。春来信息何处访？都写在草尖尖上。

〔南吕〕金字经·春晚

落花归何处？水浑泥又泞。一角栏杆独自凭，听，伤心不是莺，青阴缝，曲哀传玉筝。

〔中吕〕红绣鞋·夏夜

院静长蒙月照，枝安未有风摇。闪闪灯光把人招。蛩吟方细辨，花月欲真瞧，恼人呵蚊子咬。

〔中吕〕迎仙客·雨后

雨去来，草花歪，东天彩虹谁抖开？破了篱笆，冲了土台，蝉寂莺呆，快活煞蛤蟆赖。

〔商调〕梧叶儿·午后

茶烟袅，案花娇，门卷小帘高。棋犹敛，香未烧，客失邀，屋里先生睡了。

〔南昌〕四块玉·新秋

北雁归，西风响，万叶千声诉凄凉。楼高遮目不成望，树渐黄，夜渐长，心渐伤。

〔双调〕清江引·秋夜

西风不怜蓬鬓老，又把新秋报。黄昏病酒时，梦醒还乡道，梧桐雨中凋叶早。

〔越调〕凭栏人·月夜

虫语参差唠未休，树影婆娑摇欲流。月明人不愁，伴人宵到头。

〔越调〕小桃红·雪

昨宵天上撒盐巴，四野白堪画，一统江山净无价。半壶茶，客厅里闲扯车轱辘话。翎毛冻哑，枯枝痈大，错认了绽梨花。

一九九六年二月

范三畏

范三畏（1952—），甘肃甘谷人。1982年毕业于西北师范学院中文系。先后在张掖师专、甘谷一中任教，1993年调入西北师范大学中文系，现为文学院副教授。著有《旷古逸史》《轩岐探秘》等。

鹊桥仙·早春

围阴漠漠，春来何处？仍是峭寒时候。川原不见柳舒青，只陂头、芳草微逗。　　冰河消了，燕儿飞过，不误年年春绣。晴光为问几时开？记得在、清明以后。

一九七九年四月

满庭芳

夏夜风来，清和天气，读书最是从容。霓光灯下，环坐若花丛。记否当时对面，兰麝度，杏子衫秾。春心漾，抬头一笑，款语已先通。　　匆匆！何别后，或时见也，难吐情衷？叹岁华如水，转瞬谁同？清泪夜阑枕畔，肝肠断，好梦难成。推衣起，徘徊失计，何处觅惊鸿！

一九八〇年六月

无　题

幽桐碧树不栖鸾，孤月冷过云海边。

春事何曾滞风雨？槿花依旧绕芝田。

莫言夙愿三生石，幸有馨香一瓣莲。

知否樊南金笼句，双禽不是是啼鹃？

一九八〇年六月

满庭芳

与实习所在班同学春游雁滩公园，莹女士限《满庭芳·清明》索词。

春社过矣，一番新雨，陌头飞絮蒙蒙。翠红深处，梨蕊正繁秋。荞麦平芜不断，长堤上，雏燕凌风。同窗友，笑三三五，携手踏软红。　　溶溶。今日好，华年灿烂，美景难逢。喜影留亭畔，舟泛湖中。双桨去来荡漾，齐声唱，声比琴融。难忘是，乍晴时候，归去晚霞浓。

一九八一年四月

自嘲一首别东伟并序

予与东伟同学，相识于同乡聚会上，恨未一快谈。今毕业而分袂在即，读君纪念册之题词，不觉欣且悲矣。所欣者君雅好倚声，癖与余同；所悲者则方以文字相知竟在此临歧之时！匆匆间无以为别，聊赋《自嘲》一章，伤己兼叹君也。

我不思前贤，后亦不知我。君子疾没世，尼父语自可。德既不足馨，功亦难为果。唯有雕虫术，奈何苦烦琐！寒暑敢言疲？目昏肘胼坷。妻母厌饕餮，睥我呆与惰。世事有蹇颇，涉笔每成祸。寒蝉当风咽，黄鹂入笼锁。饮羊非吾愿，拍马与性左。踟蹰羡庄蝶，春光任婀娜。劝君莫学吾，期期以为妥！

一九八二年一月

赠别刘树林（兰州）

年年有所树，岁久自成林。
问君何能尔？桃李有深心。

一九八二年一月

奉送张蓁先生退休归里（临洮）

去来塞上已三春，彼此忘年作铎人。
风雨家山书一卷，几时身是自在身！

一九八四年十二月

致郭老师（名）

郭名老师，吾之业师。诙谐其性，艺术其思。一上讲堂，和若调羹；一上球场，羽掣流星①。金石为能，书法为趣，茶花皆道，尤喜钓曳。值此元旦，将辞教坛，筹此书展，以谢众缘。人人挥毫，个个染翰；我愧不能，聊博一粲。

原注：①嗜羽毛球。

一九九一年十二月

兰　州

大河滚滚向东流，塞上繁灯星夜稠。
花雨乱飘红紫陌，熏风劲拂峻低楼。
无言白塔穿云立，着意绿杨瞰堤浮。
索靖重过应驻马，临西不厌屡回眸。

二〇〇一年初夏

315

任遂虎

任遂虎（1952—2019），甘肃秦安人。西北师大文学院教授，硕士研究生导师。教育部"曾宪梓教育基金"奖获得者，生前从事汉语写作、中国文化等学科的教学与研究。曾任中文系副主任、中国写作学会副会长等职。获甘肃省高等教育园丁奖及各种科研奖励20多项。先后在学术杂志上发表学术论文200多篇。出版专著与教材13部。业余从事传统诗词和书法创作，发表诸多诗词、楹联作品及书法作品。

杏花（二首）

云乡小巷出篱垣，不慕雕楼远酒轩。
日暖风和尘不起，牧童笛里满枝繁。

轻灵清蕊入芳芬，一展容颜拽动春。
倘使他年我有幸，人间访遍杏花村。

一九八四年四月十三日

咏　莲

玉立瑶池散郁香，玉容明镜待梳妆。
玉台月弄佳人影，玉露星摇琥珀光。
玉蝶双双窥鸭绿，玉箫隐隐唤鹅黄。
玉屏卓立熏风画，玉叶蓬蓬贮温凉。

一九八四年八月

故里触物（三首）

自别家乡经岁月，此回可是异情怀。
儿时些许伤心事，都到眼前屏幕来。

还是当年旧土房，核桃树下打粮场。
从今慈母再难见，旧物瞧瞧便断肠。

坐地观云刹那间，斑衣难舞娱亲颜。
重温旧景炕头睡，午梦唯能通九泉。

一九八六年夏

题二十二年前通讯

人求幸福本天然，自律还当持乐观。
一往终能守笃静，无钱容易有钱难。

原注：《甘肃师大学报》1975年2期载文《发扬艰苦奋斗的作风》，提及余之事迹，22年后读
而有感作。

一九九七年三月十一日

重行河弯小路

时迁人渐老，有幸复东归。
路畔认青草，村中看柴扉。
云铺天上景，星闪树头辉。
莫下羊昙泪，凉飔可展眉。

原注：羊昙泪，《晋书·谢安传》载，谢安去世，其甥羊昙行不经西州路，一次酒醉至西州
门，恸哭而去。

二〇〇四年五月五日

317

文章苦与乐

文章未若高阳酒，倦目劳心且费神。
倘悟其间精邃意，片言更胜酒甘醇。

二〇〇四年十一月

秋夜观景（二首）

紫兰白菊两茫然，一任凉风理露环。
忽见流星如电火，划开夜幕落秋山。

云姿月影两悠悠，为遣新愁强下楼。
拾取桐叶看天理，唯它不负河山秋。

二〇〇四年十月十日

潇湘神·忆山乡雪景（三首）

冰玉图，冰玉图，切银铺玉挂明珠。阆苑素花开小扇，天台仙女舞纱裾。

细柳丝，细柳丝，液团浪簇塑云枝。问道是谁成此景？麻姑王母俱难知。

山上坡，山上坡，栖身银海捡琼螺。一望白棉纯一色，尽消虫害尽消魔。

原注：上中学时，一日冬雪裹树，冰景动人。余从家至校，二十里饱赏琼花瑶枝之景，时恨无相机留其妙姿。时过三十余年，犹不能忘怀。

二〇〇四年秋

黄河铁桥

沐罢晨风沐夕阳，从来直朴不虚张。
气凝白塔飞魂远，身锁黄蛟抱臂长。
敲韵三朝萦北壑，放歌一曲出东岗。
整修可喜承原貌，后世凭君认海桑。

二〇〇四年五月十五日

九曲黄河

石上丹青出大荒，沧田历尽更悠长。
云横岳岭开盘古，鱼跃龙门继炎黄。
一曲琴撩千里梦，百川玉碎九回肠。
流年运到新元代，续写春秋绘彩章。

原注：为黄河奇石题诗。

二〇〇四年十二月

校园吟花（二首）

东君有意弄时装，万紫千红气韵长。
拾取飞花春一瓣，文房墨室伴书香。

阵风侧侧尚余寒，却见枝头锦簇团。
未必情深才摄影，他年好作年轮看。

二〇〇五年四月

夏雨初霁

数片轻云夕照中，草坪染绿校园风。
莺啼雨后声含水，唤出蓝天一道虹。

二〇〇五年六月

题校园松柏雪景照

枝头墨绿盖容颜，白絮飞来发尽斑。
一裹银装归素色，天风助尔远尘寰。

二〇〇五年六月

大地湾遗址（二首）

醇厚风情陇上梁，舆图曾绘古山乡。
三秋草木沾云露，千载泥陶证海桑。
鱼尾纹中筋骨在，人头瓶里韵波长。
寻根莫叹红尘变，余烬犹能复旦光。

山路蜿蜒大地湾，农耕薪火至今传。
补天女帝消淫雨，画卦羲皇启圣编。
礓沫无声托旧梦，火塘有意冒新烟。
厅基柱洞如文契，可读源头上古天。

··

原注：大地湾遗址在甘肃秦安县，系新石器早期遗址，其第一期遗址距今约七千余年。中期房基地面用礓石沫铺成，柱洞清晰可见。出土陶器甚多，以人头瓶最为珍贵。当地相传为伏羲、女娲故里。

二〇〇五年七月

鹧鸪天·闻鸟声

不见深渊小鸟飞，却听涧谷鸟声回。近清远暗都禅意，叫出晨霞话落晖。　　音符碎，调低微，衔来夜梦绽芳菲。丝弦岂比尔音妙，醉倒行人忘却归。

二〇〇五年七月八日

大震过后，痛悼遇难民众

不在车厢不在船，一时心动复头旋。
倚窗始见人形动，搔发愁听电话喧。
欲问中源声哽咽，始闻地陷泪潸然。
哀祈默祷知何用？难赴西川愧暮年。

二○○八年五月十八日

兰州颂

一道关河历古荒，金城自古若金汤。
千年日月锤文物，百代风华铸宝箱。
古寺犹听钟鼓妙，新园更喜笋瓜香。
云当布景塔当笔，蘸取山泉写凤凰。

二○○八年六月

题梅照

友人千里寄梅来，满树奇花任性开。
洁净无瑕藏瑞气，清高有韵绝尘埃。
幽怀十载勤培育，丽质三冬漫剪裁。
扑面轻寒无俗味，蓄芳更待上瑶台。

二○○九年二月

说　文

文章不怕语难工，只怕操觚假大空。
自是蛉螟自在叫，莫充鹳鹤击云风。

二○一一年十二月

六州歌头·辛亥革命百年感赋①

清廷误国，朝野共喧哗。飙风起，惊雷动，走龙蛇，跃骝骅。为祛病除弊，立盟会，筹团社，求光复，谋华兴，倒乌纱。一喷激情，予共和开路，血碧黄花。帝制摇摇坠，烂漫武昌霞。诏告天涯，汰昏鸦。　　正百年诞，务须记，承先烈，继征车。重民业，强军械，植桑麻，育香花。休怕程途远，沟壑险，雾云遮。瞻前景，图时下，筑新家。世界洪波浩荡，莫空奏，老调琵琶。万众同携手，举国共舟划，兴我中华！

原注：①该词牌本为鼓吹曲，以慷慨悲壮为特色，有三种格式，此选常用之一种，依古韵填写。

二〇一一年七月二十日

龙首思絮（三首）

少午亦有高鸿志，欲作摩云泰岳松。
堪恨天予材质短，年年空负报晨钟。

已逝韶华依梦寻，素笺染翰与谁论？
偶见交子竿头影，始有光花发慧根。

只言人事不言天，本与陶琴共旧缘。
有感音波心隙涌，欲弹又怕落陈筌。

二〇一二年一月二十三日

元日（二首）①

回春大地雪痕除，柳色微黄又复苏。
东海飞来霞一抹，天屏着意换新符。

东风袅袅雾云除，旧梦如丝渐醒苏。
为报东君新惠赠，春山画上画春符。②

························

原注：①用王安石《元日》韵。　②郁垒、神荼：古指门神，元日题于桃符，以求驱鬼避邪。
　　建除：古代十二时辰中的两个时辰，属于除旧布新之时。东君：春神。春符：象征
　　春天的景物。

二〇一二年一月二十三日

一剪梅·惊蛰感时

爽味时光无处寻。不是高阳，便是低阴。天边复见雾纷纷。
左有风鸣，右有雷音。　　时至惊蛰物竞临。鹿也骎骎，麋也骎
骎。狂牛野马共猿心。云畔龙吟，草底虫吟。

二〇一二年三月五日

寻春（三首）

梦里寻春雾一团，醒来方感彻身寒。
开窗忽见东方晓，一缕金霞消雪残。

校门大柳拽黄髯，半似垂纶半似帘。
放学儿童弹跳唱：尖尖柳叶是春尖。

天镜重磨洗旧斑，金蟾玉兔换新颜。
春风桂影凭谁写？津渡嫦娥月一弯。

二〇一三年十二月

远　望

风吹落木正萧萧，缆引游人上碧霄。
百里云开知地广，千寻壁立示天昭。
红枫带露犹昂首，黄菊承风屡理鬓。
且漫峰巅夸远见，前山远处有岩峣。

二〇一四年八月

更岁（二首）

纵有鱼书藏墨翰，可怜天际征鸿断。
因烦斑鬓镜生尘，不碍流年暗自换。

一缕残光送岁终，流云如水洗苍穹。
泡星沏月当茶饮，坐待明晨换季风。

二〇一四年十二月三十日

题梅画

无叶扶持枝曲斜，却能独立绣奇葩。
虽然未入春芳地，散播清香到我家。

二〇一四年十二月二十七日

水塔山晨读生感

雨后清晨风物殊，云霞映得塔身孤。
从今不涉黉宫路，小鸟啾啾伴读书。

二〇一四年六月九日

少年游·楼窗望飞雪

蒙蒙晓雾罩天颜，琼练裹尘环。千山万树，一皴染就，闭目白头仙。　　春寒莫道难行路，世态总难全。静待明晨，梨花绽尽，始有雪梨繁。

二〇一四年二月十六日

诗无顶峰

人道诗能逐顶高，诗神只到半山腰。
不图画卷全收尽，卷外犹留云雨潮。

二○一五年十二月二十一日

人生是诗

人生原是律言诗，时仄时平验体姿。
心朗终能知降调，境高始可配华辞。
失粘便是辙中鲋，合掌犹如镜里鸡。
应贵联词能拗救，危途走活一盘棋。

二○一六年六月一日

论诗之诗（四首）

莫问天资有几分，诗园虽小可耕耘。
拔除杂草利禾稻，教化风行植善根。

艺苑当须多色词，万家一调要深思。
喜情愁绪皆佳料，雅语村言俱可诗。

我声出自我心琴，莫让僵弦致塞喑。
诗饼常须酵姆素，几多旧梦化新吟。

美词未必跃长鲸，满眼浮华乱絮轻。
自古嘉言无造作，于平朴处风醇情。

二○一八年十二月下旬

忆为母亲穿针线

儿时眼亮不斜偏，听母相呼便速穿。

很想重新穿一次，眼花母逝两无缘。

二〇一八年二月十一日

春　曲

春来始觉昼时长，春暖春声入室堂。

春水春云形暗变，春花春月梦悠长。

春山春壑春清秀，春露春潮春慨慷。

春语春言融笔墨，春情春意作书香。

二〇一八年三月二十四日

刘信生

刘信生（1956—），河南光山人。1974年5月参加工作。1981年12月西北师大数学系毕业，留校任教。西北师大基础数学专业硕士研究生学位教师班毕业。2005年参加教育部中学校长培训中心举办的"全国骨干校长赴法国高级研修班"，2010年至2012年参加教育部人事司组织的"第二期全国优秀中学校长高级研修班"。教授，博士研究生导师。2000年至2015年担任西北师范大学附属中学校长。

五泉游

艳阳似火烧心焦，梦境杂念自扰烦。
贤妻伴游青绿地，愚夫信步登南山。
高台蒙眼喧哗市，低处驻观幽静恬。
淡泊虚名莫近险，高处何如低处闲。

二〇〇八年六月二十九日于兰州五泉山

参加校长研修班有感

研修教育炼主题，四方英杰聚江南。
瑞云峰下曾论道①，西子湖畔今开坛。
师长妙语如醍醐，同仁思辨亦详参。
钱塘潮涌百尺浪，诸家争鸣心怡然。

原注：①瑞云峰是一块太湖石，为"花石纲"遗物，与玉玲珑、绉云峰并称"江南三大名石"。现坐落在苏州第十中学，"教育部优秀中学校长高级研修班"第一阶段在该校举行。

二〇一〇年八月十日于浙江杭州

春到阳坝

墨竹摇天鹅，飞瀑落海棠。
雾锁茶山白，春染菜花黄。
青波荡新翠，纤手点嫩芳。
明前品绿意，心腑沁茗香。

二〇一三年四月六日

黄果树观瀑有感

水从天上来，白练坠深潭。
瀑以树为名，树因瀑而显。
黄果青一时，玉崩声万年。
人随业留名，何须叹长短？

二〇一四年九月二日

游柳侯祠

　　二〇一五年五月廿七日至廿九日，应柳州高级中学之邀，交流讲学，顺道拜谒了柳侯祠。柳宗元一生命运多舛，他敢作敢为，正义担当，深受百姓爱戴。但未免得罪小人，掌控恶人力弱，终遭暗算陷害。

为民革新遭谗诣，贬谪南夷柳江畔。
造福百姓受拥戴，释奴兴学植黄柑。
士穷见节河东郎，阴郁忧愤逝英年。
罗池水边衣冠留，荔子三绝柳事镌。

二〇一五年五月二十九日于柳州

李晓卫

李晓卫（1957—），山西定襄人。1983年毕业于西北师范学院中文系，现为西北
师范大学文学院教授，硕士生导师，比较文学与世界文学研究所所长，甘肃省外国文
学学会副会长。主要从事比较文学与外国文学研究。著有《欧美文学与宗教关系研究》
《现实主义的发展与嬗变》《论欧洲中世纪文学与古希腊罗马文学的关系》等。

望海潮·金城怀古

皋兰蔽日，铁桥锁渡，金汤自古兰州。马衔岭青，雁滩洲绿，
瓜香四海飘悠。白塔望飞舟，长河横落日，霜染寒秋。夜来灯明，
万家点点似星球。　　狗娃烽火昔收，看山河壮丽，往事漂流。
平寇总督，征西大将，而今何必寻求。极目不须愁。愿鹏翅云展，
早跨骅骝。年盛应同高志，更上一层楼。

一九八三年一月

毕业前呈马骥程先生

少研圣卷出沙窝，历尽沧桑坎坷多。
桃李陇秦尝沥血，风潮满地未随波。
蓬门难改颜回乐，陋巷无悲效孟轲。
伏枥而今犹未已，二毛尚自赋弦歌。

一九八三年三月

天水行

秦州风物好，陇右渭河边。
麦积奇峰秀，石门明月圆。
少陵吊南郭，羲庙念先贤。
不枉来斯地，一游颐天年。

一九九二年四月

毕业二十周年同学聚会感赋

廿年聚首在金秋，亦有欢欣亦有忧。
神韵依稀犹故旧，容颜青少已难留。
半生迅忽今惊梦，岁月峥嵘后望酬。
馀勇暂存名号下，同心卅载展鸿猷。

二〇〇三年十二月

玛曲行

草原极望天涯远，山路崎岖心地宽。
同窗书记迎客至，诗人校长陪余还。
尕玛梁上赏峰峻，首曲河边品茗酣。
文友相逢酒为伴，归来犹觉意未阑。

二〇一一年七月

伏俊琏

伏俊琏（1960—），甘肃会宁人。1982年1月毕业于西北师范学院中文系。2000年在西北师大取得博士学位。1988年至今，一直在西北师范大学从事中国古代文学、古典文献学的教学和科研工作。曾兼任古籍整理研究所副所长、中文系主任。现为文学院教授，博士生导师，国学中心主任，甘肃省古代文学学会副会长。主要著作有《敦煌赋校注》《人物志研究》《俗赋研究》《敦煌文学文献丛稿》《先秦文献与文学考论》等，发表论文百余篇。

赠郭师晋稀先生二首

潇湘秀色钟杰灵，仗义执言浩气丰。
说字常符杨子意，论声每与曾公同①。
千茎白发书林里，四纪耕耘陇坂中。
桃李从容自有径，孤踪漂泊忘达穷。

壮岁发硎梦牛刀，千金不惜载甘醪。
诗追老杜多慷慨，道本景纯更壮豪。
魂愫常随湘水阔，衷情总爱陇山高。
峻词高举青蝇怨，白发亦能束俊髦。

原注：①郭师在国立师范学院读书期间，其研究文字、音韵之作，受到国学大师杨树达、
曾运乾的极力赞许。

一九八九年九月

悼念父亲

病床针药痛何如？话到弥留未肯抒。
不解老人永别意，至今回想泪如珠。

一九九九年五月

绝句一首

八月中秋水不如，玉人消息问双鱼。
眼中雷古三生怨，怀里万金一纸书。

为李君作四首

　　师兄李君，余同窗四载挚友。今秋来兰，与余作彻夜长谈，说到伤心处，潸然落泪，余亦鼻酸。聊赋数韵，为李君写真。

已是秋深叶未凋，金城重聚雨潇潇。
长醒才觉人依旧，愚钝初明我寂寥。
秋照红枫燃似火，中年块垒酒难浇。
清风一缕知吾意，伊梦伊人引递迢。

凝眸远眺倚危楼，秋色苍茫眼底收。
今夜义山明月意，当年务观锦书愁[①]。
眼青尚喜人情在，憔悴漫伤岁月稠。
望断青青天外草，山南山北梦悠悠。

为问君还念我么？我心犹自苦吟哦。
一书问语音犹在，两瓣黄花香未磨。
光禄无才赋离恨，智琼有意荐清波。
萋萋碧草如前事，一曲蒹葭作浩歌。

休问冰花旧桌台，碧云日暮尚徘徊。
闲翻钟雨难忘记，孤负莺期第几回？
秋水已催人早别，鲁花又怨我迟来。
春心莫共花争发，一寸相思一寸灰。

原注：①刘克庄《后村诗话》前集卷二记载，王景文云："真翁自了平生事，不了山阴陆务观。"放翁见诗亦云："我自务观，乃去声，如何把作平声押韵了！"

二〇〇〇年秋

游徐州

云龙盘踞古徐州，禹迹茫茫信难求。放鹤亭前泉水涌，华佗墓上聚蚁蝼。霸王意气今安在，虞姬悲歌千古愁。宛转蛾眉马前死，一抔黄土掩风流。山色不知楚阙废，水色空傍汉宫秋。人生百年如春梦，孤鸿落叶一扁舟。黄金只合铸知己，红豆从来生南畴。何日西施随范蠡，五湖烟雨洗恩仇。

重访合作一中

故居门巷已栖鸦，杨柳残枝影尚斜。
归来淄右远役客，难忘河阳镜里花。
杜鹃此日空啼恨，烟月春宵已驻车。
泥落可怜孤独燕，低飞犹傍莫愁家。

赠梁公新民

2002年春节，在故乡的山坳里，我读完了梁公新民著《尘世鸿爪》，感慨系之。

依栏日晚斗牛寒，千里河西望眼宽。
未与嫦娥通醉语，敢呼屈宋做衙官。
真情意气河汾讲，道义风雅身自肩。
腾格虽少兰与芷，泉山红柳志更坚。

念奴娇·参加省部共建西北师大庆典有感

暖风香草，满乾坤，新绿漫浸陇原。河水潺潺，谁更道，春风不度玉关。名校百年，成均卓越，西部独壮观。朝阳似火，应奏急管繁弦。　　遥想建校之初，硝烟烽火，颠沛多艰难。短发萧骚襟袖冷，同德共济时艰。大漠孤烟，长河落日，行直知术圆。黄钟鸣矣，击石磬观韦编。

二〇〇九年三月二十日

水调歌头·天水师范学院五十华诞

渭水育学子，瓜瓞五十年。四方校友咸聚，欢意挂笑颜。共话峥嵘岁月，指点青春往事，幽思漫无边。桃李自成蹊，长河落日圆。　　嬴秦地，羲皇里，孔明坛。汉臣忠烈，诗圣苦吟北流泉。千古英才辈出，而今黉宫高耸，成均韵悠喧。母校知天命，快哉气浩然。

二〇〇九年十月十八日

呈程毅中先生

先生学界耆宿，著作等身。庚寅上巳，西子湖畔，先生托柴剑虹老师以签名之《程毅中文存》见赠，感慨系之，聊为四韵，以为先生杖朝之颂。

几番千里访京城，学界争传盛德名。
宏著等身及稗史，冰心提携有西戎。
千茎白发拂书海，万里山河助气雄。
世上由来仁者寿，期颐笑看醉春风。

二〇一〇年四月十二日

悼段文杰先生

其 一

塞外三千里，石扃六十年。
敦煌越大漠，蜀道客行难。
妙笔图三藏，文章探真源。
英魂萦画卷，遗德玉门关。

其 二

夫子骑鲸去，何时化鹤还？
莫高怀雨露，石窟仰芝兰。
壁画勤研覈，求真奋跻攀。
仁心铸德寿，九五贞涅槃。

二○一一年一月二十五日

呈郑阿财、朱凤玉教授

　　辛卯春，余应台湾郑阿财、朱凤玉教授邀请，在嘉义大学讲学研究。
在台期间，蒙朱郑伉俪多方照顾，十分感激。

越海万顷傍德门，碧云芳草赴坁津。
郑公三道精素业，鸣凤九皋有玉音。
度日客樽清酒冽，经春桃李蹊径深。
千年写卷共研赏，嘉义敦煌是旧邻。

二○一一年五月十二日

初秋同学聚会有感

同道今逢处暑辰，雨馀风物一番新。
金城欢聚还思旧，美酒微酌谩映人。
黄水已伤秋别后，碧云长起暮愁新。
诗人兴会赋花笺，谁是山阴作序人？

二〇一一年五月十八日

观甘肃古代书法

陇上古来焕斗魁，伯英草圣异天开。
石窟翰墨惊世界，木简新书起蓬莱。
渭水浪翻秦公地，祁连风卷昭武台。
凉州一曲流香久，二月春风发震雷。

二〇一二年三月

感　时

春半依然怯天寒，抽芽新枝遍陇原。
尝疑史载难诚信，更悟网传可欺天。
西北地形多险峻，洛阳筹策总安边。
空谷容身高枕卧，时依台斗拜长安。

二〇一二年三月二十四日

漆子扬

漆子扬（1964—），号二澍，甘肃武山人。1986年毕业于西北师大中文系，文学博士。现为西北师范大学文学院教授、甘肃省文史研究馆研究员、甘肃民族师范学院兼职教授，甘肃省古代文学学会副秘书长。主要从事中国古代文学文献和甘肃地方文献的教学与研究工作，出版《名贤集助读》《邢澍诗文笺疏及研究》《邢澍诗文校释》等著作五种，发表论文60余篇。

重游平凉登崆峒

湖光潋滟塔影飞，小路林深草翠微。
鸟乐童声相问讯，何时彩云伴我回。

一九八七年

鸣沙山远眺

瀚海茫茫侵远城，驼铃犹是汉唐声。
天涯望断绿洲外，海市依稀旅梦中。

一九九四年

感　事

一番细雨一番风，此花落寞彼花红。
流光最是无情物，绿叶成荫春又空。

二〇〇一年

随甘肃省文史馆参观嘉峪关而作

一

绝漠茫茫起雄关，朔风万里海疆宽。
古今多少谪戍客，只见月圆不见还。

二

关城矗立傍祁连，落日苍茫挂天边。
瀚海飞尘风细细，宾朋指点尽欢颜。

三

四月春风到玉关，波光潋滟水含烟。
夕阳无限留倩影，翡翠凌空照大千。

二〇〇六年

登武山城东泰山庙

为问泰山庙，题碑尚有无。
苔痕秋月暮，晓径郊东隅。
出院松枝老，敲门鸟影枯。
前朝欲问事，旭日洒平芜。

二〇一一年八月

剑门吊姜伯约祠墓

魏武雄才堪称皇，天心所废志未张。
凉州义士真名士，蜀汉降王实病王。
八阵图签难拒命，一身屈魄那安邦？
君臣偏居怎接鼎，碑石枉记英雄殇。

二〇一三年五月

游鲁班山

久闻鲁班名，今到鲁班山。晨起梳洗罢，饱食心不安。
驱车过礁石，酒后谓游观。涧深藏兵武，峰回路盘旋。
合坐稳如僧，严峻似判官。黄叶小摇落，红树绽彩斑。
夕阳明圣像，峰高感寺残。昔时香火盛，今日佛影寒。
漫野声瑟瑟，村墟卷云闲。水枯沙石静，风柔野棉僝。
秋浅碧草青，马鸣羊散漫。抚驴留倩影，玉人带笑看。
有情拘霜节，好诗费艰难。奇景没僻壤，心降奈意干。
自恨不善画，愿老画图间。今去朋四散，缥缈山孤单。
梦想来年游，夜宿山村湾。山月照我影，一醉不复还。

二〇一四年十月

与王权研究会同仁张口石莲花石访古

心仪莲花久，张口味尤长。岏巑迤迆行，山风洒面凉。
行到东山顶，天地莽苍苍。不见秦牧马，但见云清扬。
時祭废奇石，霸业出帝王。秦政传百代，孔子贱秕糠。
多少枭雄气，化作孤丘殇。人生寄草木，匆匆一秋霜。
悟道山野姿，山花独自黄。攀石留倩影，吟诗难成行。
山道十余里，沉醉意未央。尚记水畔村，依依油菜黄。
入院杏缀枝，午饭扑鼻香。绿树沙沙飞，校园隐山乡。
只闻流水鸣，不闻书声朗。茶足忽惊矍，同仁共一堂。
王君起宏论，群贤多赞扬。讨论竞热烈，夕阳满河塘。
日落暗林色，离别总感伤。明月山村夜，留待来年尝。

二〇一八年五月

石义堂

石义堂（1964—），甘肃宁县人。1981年考入西北师院中文系，1985年毕业并留校在中文系任教。现为西北师范大学教育学院教授，西北师大教育学院、教师培训学院副院长，硕士生导师。兼任全国语文学习科学专业委员会理事、甘肃省中学语文教学研究会常务理事、学术委员会副主任。主要从事中小学语文教育教学与研究工作。

崆峒暮归

欲下天台回首观，崆峒暮色莽苍间。
日凭紫树浑如醉，烟笼翠崖似怯寒。
览胜诚须迷雾外，求真何必泥胎前。
归来应笑秦皇事，登探只缘慕鹤仙。

一九八五年

雨中观桃

夭桃本自喜晴开，无奈墨云凑趣来。
一幅玉帘谁挂落，露沾粉面愧妆台。

一九八五年

暮登小雁塔

残阳血染关中地，孤雁声遮塞外秋。
遥念门前慈母意，寒风一夜竟霜头。

一九八五年

登青城山

常有凌霄志，名山今可攀。
密林凝翠色，空谷响流泉。
雾涌方经雨，云开又噪蝉。
友谐心益爽，欲去却忘还。

一九八八年

感　怀

明月为谁常不老？闲愁虽淡亦难抛。
梦里方随声切切，醒时又伴雨潇潇。

一九九〇年

自嘲示友

曾羡鲲鹏上九天，才愚无奈仰高山。
痴心求道二三里，盲目读书四五年。
梦里月圆花亦笑，醒时夜半雨犹残。
与君羞道少年志，且共杜康一处眠。

一九九一年

点绛唇·送友人

拣尽寒枝，金城冷落难栖仁。危楼日暮，为君歌一曲。　南海春风，而今招汝去。从头渡，征帆泊处，能记今宵否？

一九九三年

少年游·送友

少年心似，丁香初结，郁郁吐清馨。千里寻梦，一肩风雨，谁为护征程？　　金城岂是结网地，水寒鱼不生。蓦然回首，月落星沉，灯暗泪莹莹。

一九九三年

学书偶成

龙门二十品，气韵本清高。
天马凌空至，惊涛裂岸虓。
上承汉体势，下启唐风骚。
刚健成一绝，学书未可抛。

一九九四年

苏武慢·盼回归

暮倚危楼，大河残照，遥看岸回流转。断芦飘叶，孤雁鸣悲，正是画图秋晚。威海舰沉，圆明壁坏，烛泪枉凝史卷。望归程，何必天涯，咫尺竟成天堑。　　空怅叹。一介书生，半点文墨，手无倚天长剑。一邦两制，范垂五洲，还赖邓公远见。江河放歌，长城起舞，更喜紫荆颜展。待罗湖飞渡，台海平波清浅。

一九九六年

游仙人崖

十年梦系此番来，不见仙人空见崖。
山笼寒烟凝碧树，雨分薄雾润苍苔。
陇原美景已明目，教改浓情更壮怀。
四少欲随三老兴，醉仙阁里且徘徊。

一九九八年

秋日山居四首

暮赏残阳似画图，晨观山色转窗枢。
秋风欲举红枫入，疑是江湖万里书。

秋来雨气总迷暝，半日潇潇半日晴。
闲坐无聊顽兴起，笛成卷叶弄清声。

气爽秋高草正肥，首阳初上意低徊。
采薇此处人何在？回首已成万事非。

十月秋寒百草枯，唯馀此处拒霜屠。
山花犹自鲜人目，碧草还能飨兔狐。

二〇〇一年

农家即事

风淡云高日欲斜，山行信步到农家。
庭中稚子扑红叶，阶上老翁煮绿茶。
见客殷勤铺草垫，感君劳苦话桑麻。
传言昨日新闻里，农税今年似少些。

二〇〇一年

初游清华园荷塘

梦萦曾几度，今到清华游。
细草环池碧，乱花遮眼稠。
塘中无绿叶，水上有轻鸥。
朱子遗篇在，重读意气幽。

343

游官鹅沟

正逢气爽秋高天，人到官鹅意兴阑。
夹岸激流龙虎啸，连峰薄雾岫烟旋。
九叠飞瀑舞银练，十里长峡倚碧山。
到此尘心尽洗却，世人何必羡桃源？

醉花阴·玉渊潭观樱

梦里依稀曾几度，错识东瀛路。节气又清明，柳絮轻扬，尽日随风舞。　　樱花似雪妆枝素，俏丽惹人妒。莫道输杏桃，试问春风，昨夜谁家住？

水调歌头·怀师

别梓犹年少，难得几回还。借问白云青鸟，恩师可在坛？当年飒爽英姿，只恐霜生白发，微添心底酸。且举杯中酒，遥望祝平安。　　年似水，月圆缺，仗青天。吾生有幸，得入门墙窥坟典。九霄鸿鹄志短，千里故园情忔，赤子心如前。重九期再会，明月正中天。

周玉秀

周玉秀（1964—），女，甘肃庄浪人。西北师范大学文学院教授，博士，汉语言文字学专业硕士研究生导师，主要从事古代汉语及中国古典文献学的教学与研究。

教师节忆恩师

教师节之夜，梦忆昔日与恩师柳公论《红楼》《聊斋》之事，时默默伤意，时欣欣解颐。及觉，有所感而作是诗，遥谢恩师相忆之情焉。

九月逢佳夜，共师梦昔时。
洛川郁青气，陋室茂奇思。
伤意红楼泪，解颐狐鬼辞。
春蚕丝不尽，蜡炬灰有知。

一九九五年九月十一日

悼念郭晋稀先生

宗师仙去将三月，星陨陇原乞梦萦。
终使精诚感天地，即偿仰慕显神英。
吾哀衾薄黄泉冷，师念德修文采宏。
轻抚寒衣哽难语，南柯魂断泣成声。

一九九八年十月十日

咏　菊

天赋淡泊远春光，百花歇尽我独芳。
笑看众木萧萧叶，傲迎深秋凛凛霜。

二〇〇七年十一月二十一日晚与友人共勉

弟子庄红红结婚志喜

灼灼桃花通美意，蓁蓁连理系同心。
夫妻恩爱恒温暖，琴瑟百年奏好音。

二〇一〇年十一月二十六日

赠诸君

教研室同仁为余赴韩国执教饯行，聚于专家楼9号包厢，吃开锅羊肉，赋小诗以相勉。

六八春秋辨是非，未知天命志先衰。
唯喜诸君材质俊，蕙园兰圃共栽培。

二〇一二年一月六日

龙马颂
——献给2012年中华龙年

仓颉审迹为文字，大禹导河治洪荒。
蛟龙腾水千堆雪，天马行空万里光。
作雨兴风驱旱魃，腾辉吐箓授明皇。
嗟吾先圣传灵瑞，代代年年降吉祥。

二〇一二年一月二十三日，农历壬辰年正月初一

春日偶成

小径崎岖觅新苔，春风料峭又入怀。
缘是鲲鹏双展翅，层云万里报书来。

二〇一二年三月二十九日于韩国岭南大学

遥寄大学同学三十周年天水聚会

暮色苍茫渭水滨，君思聚会我思君。
羲皇故里观奇卦，南郭寺中参圣魂。
万岁秦州卧龙虎，千秋骄子驾祥云。
嗟君杯盏成欢宴，忍泪梦中忆故人。

二〇一六年八月六日

赋园区满地秋叶

满院黄金甲，一腔思旧情。
乾坤无限好，处处有归程。

二〇一八年十一月五日

听唐贤清教授讲座感怀

普方民古外，华夏共全球。
五位承三角，发微谱春秋。

二〇一九年五月二十日

单　芳

单芳（1965—），女，山西临汾人。1985年毕业于西北师大历史系，获历史学学士学位，2007年在西北师大获文学博士学位，从事中国古代文学的教学研究工作。现为西北师大文学院教授。

浪淘沙·怀乡

风雨又连天，辗转难眠。凝眸西望月娟娟。往事犹怜春日短，每忆童年。　　聚会总无缘，旧路三千。空将想象入诗篇。萍水他乡都不见，一线情牵。

采桑子二首

年年岁岁寒冬至，衰柳枯杨，四顾茫茫，寂寞颓垣野径荒。韶华最怕繁霜早，独自寻芳，无限徜徉，纵有伊人也黯伤。

校园总是闲情绕。往事随风，挚友情同，笑语欢歌荡夜空。春秋几度佳朋散，来也匆匆，去也匆匆，何日重逢细雨中。

蝶恋花·游青城山

雾挡云遮依碧树，枉自葱茏，点点沾衣露。墨客文人凭纸赋，朝朝暮暮归期误。　　挂杖道人幽径度，银须飘拂，隐入林深处。

秋实春华君且住，炉烟袅袅南柯悟。

满江红

黯淡心绪，从何起，迷蒙无语。凭谁问，年华空逝，艳阳几许？人海茫茫心意与，迢迢乡路孤自旅。望平川，何日是归年，凌霄羽。　　君不见，山相阻；水漫漫，烟波渚。叹光阴递嬗，暮春将去。感喟朝霞真绚丽，游山观水寻佳句。又一年，骇浪涨新痕，悲时序。

水调歌头·忆油城

常忆油城月，心系少年时。顽童日日欢娱，何曾筑樊篱。尽日明媚韶景，难遇云霾骤雨，谈笑度春期。不羡读书伴，谁诵梦中诗。　　雪山水，戈壁月，永相随。卓然挺立，高耸钻塔有丰姿。万里风沙吹起，寥廓穹天随意，大漠亦稀奇。远客迎朝日，意惬任奔驰。

冯玉雷

冯玉雷（1968—），甘肃白银人，1992年毕业于陕西师范大学中文系。《丝绸之路》杂志社社长、总编辑。中国作家协会会员，兰州市作家协会副主席。

敦　煌

宇宙大观意徜徉，风幡动静心念墙①。
几多飞鸟误尘网，唯有龙驹骋四方。

原注：①禅宗六祖慧能途经法性寺，逢两人为旗幡飘动原因争论不休。他说："不是风动，也不是幡动，而是你们的心在动。"遂为著名禅宗公案。

题赠罗马朋友

漠漠黄沙驼道远，长安罗马久相连。
古今情韵言难尽，乘马且观初月泉①。

原注：①鸣沙山旁有月牙泉，形似初月得名。

黄山小憩闻虫声

黄山秋籁鸣如织，趯趯嘤嘤如缕丝。
远客踏云惊喈喈，欢欣雀跃献歌诗？

庐山夜雨

庐山夜雨浓如酒，虎啸龙吟唱晚秋。

飞瀑流云呈俊秀，化为禅诗润九州！

关陇古道歌

陇坂高险碧连天，两过关山始知难。戎狄漫游莽塬间，苍茫岁月叹复叹！西羌逶迤过陇原，大禹开夏传万年！积石遥望马衔山，熠熠生辉玉光现。仰韶叩问大地湾，玉气相接脉相连。踔厉前行叶舒宪，玄玉有感在心间。迢迢玉路吴山远，暮投陇州望垄山。云雾苍茫慨而叹，齐家至此神气敛。两过千河走两岸，漫漫征程到固关。年初冰雪覆险道，今夏又遇石阻断。长宁马鹿连古道，老爷岭上峰连天。穿山越岭驰如电，恭门古镇墩台现。猎猎山风笑君憨，一村一驿紧相连。夜梦神驹踏破天，星汉灿烂马家塬。山坳小村张棉驿，三国遗风街亭闲。清水河畔大地湾，华夏圣址有圣殿。礼仪之邦多俊秀，玉成中国长流传。山高路远时光老，多少行人情未了？莲花叶堡说风山，葫芦河畔到秦安！仙桃一颗论古玉，行走山河多发现。我辈本为山野人，勤勉躬行有何憾？骋望古今气如山，愿得真知祭前贤！

二〇一六年七月作于第九次玉帛之路（关陇道）文化考察途中

马世年

马世年（1975—），甘肃静宁人。现为西北师范大学文学院教授、院长、博士生导师，国学中心主任，甘肃省先秦文学与文化研究中心副主任。教育部长江学者奖励计划青年学者，国家社科基金重大项目"韩学文献整理与研究"首席专家，甘肃省飞天学者特聘教授，甘肃省领军人才。兼任中国法家研究会副会长、中国《史记》研究会副会长、中国古代散文学会常务理事、中国赋学会常务理事、甘肃省古代文学学会秘书长等。著有《〈韩非子〉的成书及其文学研究》《新序注译》《潜夫论注译》等10余部，发表学术论文80余篇。

对海棠

苍凉斗室梦痕长，惊起凝神情暗伤。
风雨萧条秋夜冷，不堪寂寞看海棠。

二〇〇〇年十月

成纪对雪二首

其 一

岁暮惊回首，忽然是旧年。
独临夜雪里，心事满江山。

其 二

雪飞泾渭地，春满阿阳城。

沧海惊雷绽，欲为第一声。

二〇〇三年一月

咏　史
——夜读《项羽本纪》步龚定盦《秋心》韵[1]

秋来天地雨如潮，旧梦依稀似可招。
钜鹿风神独振臂，江东意气更折腰。
军中泣血项王剑，帐内销魂虞女箫。
功业平生终有数，重瞳如月射林梢[2]。

原注：①龚自珍《秋心》："秋心如海复如潮，但有秋魂不可招。漠漠郁金香在臂，亭亭古玉佩当腰。气寒西北何人剑，声满东南几处箫。斗大明星烂无数，长天一月坠林梢。"
②《史记·项羽本纪》："太史公曰：吾闻之周生曰：舜目盖重瞳子，又闻项羽亦重瞳子。"

二〇〇三年九月

偶　题

早岁豪情不自知，箫心剑气两由之。
眼中犀角无人会，且弃且寻作旧思。

二〇〇五年春

初至复旦遥呈赵逵夫师

天涯一去几深情，满眼繁华到沪城。
复旦颜色初未解，鱼书万里拜先生。

二〇〇五年十二月，冬至

复旦初怀

岁暮征程犹未还，江南草木亦堪怜。
书生意气无人会，海上祁寒又一年。

二〇〇五年十二月

353

甘 州

甘州花树渐凋零，风动黑河叶满城。
际会因缘原不定，更看大漠作西行。

二〇〇七年九月

晨 起

树间虫鸟五更鸣，晨雨隔窗动晓情。
吟到渥然槁木处，如何慷慨赋秋声？

二〇〇八年九月 秋分

阿阳早春

冰破残冬雪未消，东风日暖酒旗摇。
阿阳城外柳千树，静看春潮枝万条。

二〇一〇年二月

壬辰贺岁二首

其 一

律回岁晚，天地大寒①。
千山飞雪，万里冰天。
玉树晶莹，和气初含。
为此春酒，迄用康年。

其 二

古帝太昊，伏羲龙身②。
结网画卦，制彼序伦③。
维兹成纪，肇始人文。
万象更替，颂此阳春。

二〇一二年一月

秦　州

壬辰夏，赴天水参加甘肃省古代文学学会年会，与故人见，因感而作。

十五年来发渐霜，烦忧尘事两劳伤。
故人初见犹含笑，听雨秦州一梦长。

二〇一二年七月

暮　雪

雪飞天地外，风过渭河埃。
欲改江山旧，长吟入梦来。

二〇一三年二月

成纪咏古

旧史微茫若缈然，细摩古玉说从前①。
瓦亭南下入秦地，崆峒西回对祁连②。
成纪三迁缘渭水，伏羲一画启中天③。
绵延故地原难定，陇右阿阳可问边④？

史称"治平成纪""显亲成纪""秦州成纪"。伏羲一画：史载伏羲作八卦。八卦始于乾卦三爻之第一画，乾为天，故称"一画开天"。 ④汉高祖二年（前205年）设阿阳县，辖境在今静宁县中北部。

二〇一三年五月

雨中重游日月潭

玉山明水若寻常，万里重来似旧乡。
日月潭边匆促客，一蓑烟雨任苍茫。

二〇一三年五月

甘 南

别梦年年莫自惭，行踪几度到甘南。
雨中山色从容看，遍地格桑是草原。

二〇一五年七月

冬日杂诗二首

其 一

最爱眼前水，居然天上来。
黄河如碧玉，万里静尘埃。

其 二

陇右千山阔，金城万木深。
我家春水暖，脉脉动人心。

二〇一七年冬

戊戌初春过河西二首

其 一

西去年年过此中，驱车遥指肃州东。

祁连山上连天雪，一地苍茫照晚红。

其 二

焉支南望意茫茫，弱水流沙对大荒。
瀚海阑干春气冷，风尘满面使人伤。

二〇一八年二月

端午赴酒泉途中作

西指流沙故国遥，先生心事楚天高。
人间五月端阳日，路转昆仑唱离骚。

二〇一九年六月

庚子秋赴南充拜见伏俊琏先生二首

其 一

川北秋深雨复晴，嘉陵迢递过重城。
席间笑语歌初起，樽酒未干诗已成。

其 二

夜雨未阑酒未赢，阆中风物动离情。
明朝山岳苍茫路，更隔陇山第几程？

二〇二〇年九月 秋分

过洪洞

车过洪洞日向西，白杨万树草萋萋。
沉沉暮霭歌吹起，谁唱苏三尽泪迷？

二〇二〇年十二月

凉 州

读杨华学兄诗集，中有《凉州词》数首，感慨系之，因赋此诗以贺。

卅年学剑不学诗，中岁读诗渐觉迟。

卷内凉州三两处，长吟浑忘暮春时。

二〇二一年四月

壬寅贺岁

辛丑岁末，余归家省亲，抵酒泉，越河西，返金城，过黄河，复又驱车，至华亭，望崆峒。数日内由西至东，辗转三千余里，行程所至，几横贯陇原。除夕日作此以贺岁。

崆岳祁连入画图，长河更对大荒区。

人间旧岁开新序，千里春风到也无？

二〇二二年一月 除夕

春　怀

尘埃野马隔西邻，竟日浮华惜此身。

一树鹅黄且莫问，怕惊陇上看花人。

二〇二二年三月

春日偶题

青衫华发莫相寻，却记当时旧梦深。

万里尘沙遮望眼，一年花树动人心。

饮冰十载志慷慨，吹剑千回世陆沉①。

寒热清凉浑忘久，海棠春影染衣襟。

原注：①饮冰：《庄子·人间世》："今吾朝受命而夕饮冰，我其内热与？"成玄英疏："诸梁晨朝受诏，暮夕饮冰，足明怖惧忧愁，内心熏灼。" 吹剑：《庄子·则阳》："惠子曰：'夫吹管也，犹有嗃也；吹剑首者，映而已矣。'"宋杨万里《秋怀》诗："盖世功名吹剑首，平生忧患渐矛头。" 陆沉：《庄子·则阳》："方且与世违而心不屑与之俱，是陆沉者也。"

二〇二二年四月，寒食

再版后记

　　当西北师大110周年校庆即将来临之际，学校准备重印此书和《灿烂星河——西北师范大学校友诗选》。事实上，在这两本书出版之后我即考虑到增订问题，一直在留意收集有关资料。除抽空翻阅一些校史资料和一些老教师的论著、回忆录之外，也同一些老教师的家属联系过。如李嘉言先生，在西北师院任教五年，本书只收有一首，翻阅了很多20世纪40年代的报刊，均再无发现。我先后同河南大学校长、书记关爱和教授谈过两次，又同李先生的女儿通电话、通信，她寄来几首李先生的诗，但均非在兰州时所作。八九年中只在各种材料中发现易君左先生的诗三首，王汝弼先生的两首，张焘先生的一首，李秉德先生十余首。

　　2011年，我着手增订《世纪足音：西北师范大学教师诗词选》与《灿烂星河：西北师范大学校友诗选》两书，让硕士生宋佳陆、郝健再次到校图书馆翻阅20世纪40年代兰州报纸的副刊，查找当时西北师院老师、学生之作；同甘肃省图书馆有关领导联系，后又让她们到省图书馆，将以前所未见到的甘肃民国时几种报纸的副刊全部照相带回，再据校史资料所载当时教师、学生的姓名细心查找。老师中发表诗词最多者为冯国瑞、易君左两位。此外刘国钧、李恭、罗定五先生也各有几首。但无论如何，20世纪40年代的作品算是较以前充实了。

　　此次增订，胡大浚、塞长春二位也提供了他们的诗作，乔先之、伏俊琏等教授提供了部分新作。另外，根据一些先生的意见，对其中个别篇章有所删削，个别作品在字句上稍作修改。

　　因为尹占华、伏俊琏教授都有事情，增订工作由我承担。博士生彭春燕重输原书，宋佳陆将新增之作输入。抗战时期和国内战争时期的兰州所印报纸纸质差，背面的墨迹多印到正面来，而正面的字迹有的反倒不清，或竟是小油墨团，无法辨识。宋佳陆因长期盯荧屏造成眼病，她将已输入的部分印出，我又拿放大镜从原件复印件辨识，填改空缺，纠正误识之字（原件多繁体、异体字，加之漫漶不清及原文用典等原因，有的地方很难确定），由郝健完成第一阶段的编排工作。因一些老师陆续提供稿件，提出修改、抽换，有些老师的生平简历也在查寻核实中，校对上问题也很多。后一阶段的编校工作由博士生魏代富、车颖承担。以上几位同学为此书的编辑付出了辛勤的劳动，志此不忘。刘基书记、王嘉毅校长等学校领导对此书的增订再版给予关心与全力支持，党委宣传部张生勇部长就本书出版事宜多次同有关方面联系。郎得明同志在此书出版过程中一些具体问题解决上也费心不少。今在此一并表示感谢。

赵逵夫

2012年7月10日

三版后记

二十多年前准备编《世纪足音：西北师范大学教师诗词选》时，心中想的只有一个字："全！"希望有诗作存世者，不遗漏，通过这本书来反映西北师大校风、学风，反映我们国家百年来的发展变化，也反映出各个阶段上我校教师思想作风的转变和诗歌创作上的成就。在内容上只要是思想内容没有问题，能增加学生各方面知识的都收。只是为了避免过分失衡，确定一位老师一般不超过60首（因个别老师已有诗集，本书不能不定一个上限）。大部分教师因忙于教学，加之改革开放前的三十多年中知识分子着重在进行自我思想改造，很多事情的认识上信心不足，作诗词者不多；有者也不注意保存，多散佚，加之一些老先生已逝世，所以收集起来困难很大。从编成到交付出版一直将主要精力放在搜集、补充作品上，着重点一是20世纪50年代以前之作，二是未收集到作品的老先生之作，三是有诗名而所收不多者。书出之后我也一直在注意收集，以备增订，故第二版数量又有所增加。

近几年来同一些老师谈起这本书时，有的先生说到，一些存诗多的老师可尽量选在西北师大（西北师院、甘肃师大）任教期间作品，此前之作可以不选，内容上也可向教育、学校活动倾斜一下，这样便更能体现学校的历史及教学与学风。我觉得很有道理。因此这次修订，删去了几位老师早期之作。考虑到有的老师是1970年由甘肃教育学院合并过来，还有的是从甘肃别的学校调入，此前虽不在西北师大，但总在甘肃的院校工作，也都在兰州，所以就不是按合并进来或调入以后收起，这些老师在兰州时的作品，也照样收入。

2012年再版之后，我也一直在关注、搜集老师们的作品，这次重版，也有一些新的收获。就1949年以前一段而言，黎锦熙先生增收七首，尤其《兰州同师院师生游五泉山步徐君韵潮（绅）九日雅集韵》《和慕少堂老人（寿祺）见赠》等，反映出黎先生同西北师院师生的关系，同甘肃学人的友谊，很有意义。何士骥先生增加一首，冯国瑞先生增词三首。顾学颉先生增收《闻第三次长沙大捷》，丁易先生增收《长沙第三次大捷步顾肇仓兄原韵》，表现了老师们对在抗战时期对抗击日寇战争的关注与在取得胜利后的喜悦心情，至今读之令人情绪激动。1950年以后，一些老师作品也有补充，而且也新增了几位作者：有胡德海、李清凌、任遂虎、刘信生、周玉秀教授。

还有一事应说明一下，三十多年前多次听李鼎文先生谈到李恭先生。李恭先生是太炎先生的弟子，学问扎实，而且创办了武都师范。李鼎文先生受其教诲，我以为李恭先生在20世纪40年代曾兼任西北师院教授。后来听李恭先生孙子李庆武同志说，他祖父曾在兰大任教，并未在西北师院任职。李鼎文先生可能是听过他的学术报告或有私下请益之事。故此次重版再未收李恭先生之作。

因尹占华、伏俊连二位都有事，有的也不在学校，故年初准备修订此书时我在电话上将一些想法告诉他们，他们都表示同意，具体工作由我承担。期间张兵同志帮我重新选定匡扶先生之诗，李明德同志帮我选定任遂虎教授之诗；甘肃文化出版社鲁小娜同志在编校中作了认真的校改，使此书减少了一些遗憾，在此一并表示感谢！

本书的此次修订出版，文学院给以大力支持，也表示感谢！

赵逵夫

2022年9月10日